アリューシア・
シトラス

誓いの言葉を告げた二人と
ダートレス大司教。
大司教は満足そうに頷くと、
祭壇の上に安置されていた布へと手を伸ばす。
恭しい手つきでそれを解けば、
中から顔を覗かせたのは
銀色に光り輝く一対のリング。

ベリル・
ガーデナント

ガトガ・
ラズオーン

グレン・タスマカン・グディル

OSSAN-KENSEI
片田舎のおっさん、剣聖になる
7
～ただの
田舎の剣術師範
だったのに、
大成した弟子たちが
俺を放って
くれない件～
佐賀崎しげる
Illustration
鍋島テツヒロ

CHARACTERS

ベリル・ガーデナント

片田舎で剣術道場師範をしていたおっさん。レベリオ騎士団の特別指南役として都に出向く。父モルデアとの一騎打ちの果て、自らの剣を見つめ直し始める。

ルーシー・ダイアモンド

レベリス王国の魔法師団・団長。
強力な魔術の研究に日夜取り組んでいるが、本当の年齢は――？

ロゼ・マーブルハート

ベリルのかつての弟子。
王族殺害を企てるもベリルに敗北して改心。その後姿をくらます。
ベリルに一生の恩を感じている。

スレナ・リサンデラ

ベリルのかつての弟子。
“竜双剣”の異名を持つブラックランク冒険者。
ベリルを長年慕い続けている。

アリューシア・シトラス

ベリルのかつての弟子。
“神速”と謳われるレベリス王国の誇り高き騎士団長。
ベリルを敬愛している。

イブロイ・ハウルマン

スフェン教の司教でルーシーとは知己の仲。
かつてベリルに事件解決を頼んで以来、何かと縁を持つ。

ガトガ・ラズオーン

スフェンドヤードバニア教会騎士団長。
王族護衛任務のためレベリオ騎士団と協力する。
ロゼの義兄。

シュステ・フルームヴェルク

ベリルの元弟子・ウォーレンの妹で、フルームヴェルク家の息女。
屋敷を訪れたベリルと交流を深めた。

ヘンブリッツ・ドラウト

レベリオ騎士団の副団長。
特別指南役となったベリルに心酔している。

CONTENTS

STORY

片田舎の村で細々と剣術道場を営む男、ベリル・ガーデナント。
「しがないおっさん」を自称しながら過ごしていたある日のこと、
若くして王国騎士団長に昇り詰めたかつての教え子アリューシアによって、
レベリオ騎士団の特別指南役として召し上げられてしまう。

〝片田舎の剣聖〟としての名声がレベリス王国の都で日増しに高まるなか――

スフェンドヤードバニアと国境を接する
フルームヴェルク領の辺境伯にして元弟子ウォーレンより、
貴族の夜会に招待されたベリルとレベリオ騎士団。
慣れない上流階級の場に苦心しながらも、ウォーレンの妹シュステの助けで
なんとかやりすごしたベリルだったが、その帰り道。
ヴェルデアピス傭兵団から襲撃を受け、
辛くも敵を退けるが騎士団も大きな損害を被ってしまう。
かつてない強敵と危機。
しかし故に、ベリルの心は確かに炎が灯りつつあるのだった。

OSSAN-KENSEI

一　片田舎のおっさん、冬の到来を感じる

「よし、お疲れ様でした」

「お疲れ様でした！」

今ではすっかり慣れ親しんだ騎士団修練場での稽古。いつものように教練を一通り行った後に一区切り付け、一旦締めの挨拶を交わす。

時刻は大体お昼を少し過ぎたくらいかな。俺はいつも朝方に来て軽く身体をほぐした後、大体この時間帯で切り上げている。他の騎士は朝から引き続き鍛錬をしたり、逆に日が十分に昇ってから来る者も居たりとまばらだが、俺はアリューシアに連れられて特別指南役となってからずっとこのルーティンだ。

長くやりすぎるとかえって効率が落ちるし、そもそも俺の体力が持たない。ビデン村で生まれ育ってずっとこの生活リズムだったから、今更変える気にもならないしね。

このリズムをアリューシアもヘンブリッツ君も、他の騎士たちも尊重してくれている。なのでありがたく俺のやり方でやらせてもらっているわけだな。

「うお、寒……っ」

木剣を預けて一度外に出れば、肌に感じるのは随分と冷めきった風であった。

暑さに茹だる夏が終わり、過ごしやすい秋の季節がやってきたかと思えば、もうすぐそこに冬の息吹が近付いてきている。皆と汗を流している時はまったく気にならないものの、こうやって動くことをやめて外の空気に当たれば否応なしに季節の巡りというものを感じさせるね。

ビデン村で過ごしていてもバルトレーンで過ごしていても、夏は来るし冬も来る。当たり前だ。レベリス王国から思いっきり北の方や南の方に行ってみれば違うのかもしれないけれど。

バルトレーンで過ごす冬は初めてだが、周りの人に聞く限りでは雪が積もったり寒波がやってきたりすることはそうないらしい。とは言え、何も対策せずに呑気に過ごせるほどでもないので、それなりの防寒対策は必要だ。

俺の場合はビデン村から持ってきた愛用のコートがあるし、騎士団では支給される冬用のコートもあるらしい。加えて、ただ家で過ごすだけでも寒いからこの季節は薪の消費が激しくなる。

俺一人ならなんとか我慢すればいいんだけど、今はミュイも居るからその辺りの対策はしっかりしておかねばならない。実際、今俺の家には結構な量の薪が備蓄してある。昼間はともかく、夜は火を熾《おこ》していないと結構つらいのだ。

「今度ミュイの防寒着も買いに行くかな」

呟きとともに、白い息が立ち上る。

イブロイから贈られた箱には衣類も入っていたが、冬にばっちり着込めるようなものは流石に入っていなかった。まああれを貰った時はまだ季節が夏前だったし仕方がないと言えば仕方がない。そもそも頼りにするのも何か違う気がする。ので、彼女にはこの冬をしっかり越せるような服も買い揃えてあげたいところ。

一応、魔術師学院の方でも制服の上に羽織るコートを支給されているのだが、それ一枚では何かと不便だろうしね。本格的に冷え込む前にその辺りの準備もしておこう。

「お疲れ様です」

「やあベリルさん、お疲れ様です。今日は冷えますねえ」

「いや本当に。お互い体調には気を付けましょう」

騎士団庁舎の中庭を抜け、正門前へ。すっかり顔馴染みとなった、守衛を務める守備隊の方と挨拶を一つ。

彼ら守備隊も普段は薄手のマントを羽織っているのだが、この季節に流石に薄手のマント一枚では厳しいらしく、しっかり厚手のコートを羽織っての職務遂行である。

他方、町模様も冬景色に染まったかと言えば案外そうでもなかったりする。雪でも降れば違った趣があるかもしれないが、露店はいつも通り出ているし、活気自体は春も夏も秋も冬も特には変わらないようだ。町行く人々の服装は順調に変化しているけどね。

ビデン村なんて、冬の息吹を感じ始めると皆一様に引き籠っていたもんだが、流石都会は違う。

単純に人口が多く店も多い上に、酒場だったり夜の店だったりの娯楽もあるから年中賑やかだ。前者はともかく、後者に入ったことはないけれど。

「ふむ……」

このままっすぐ家に帰るのでもいいが、折角だしちょっと西区の方にも寄ってみよう。というのも、ミュイを連れて服を買いに行くのなら下見くらいはしておこうと思ったからだ。

常日頃からお買い物でお世話になっている西区ではあるものの、その中心は食べ物関連である。俺もミュイも必要以上に着飾らないから、日用品以外をわざわざ買いに出かけることはほとんどしない。

そして立ち寄らないと、そういう店の場所や品揃えが分からない。過ごしやすい季節ならまだしも、この寒空が続く中でミュイを連れまわすのもなんだかなあという感じなので、西区で何か買って小腹を満たすついでに、ちょっくらそれっぽい服飾店でも探しておくか。

「らっしゃい！　安いよー！」

そんなことを考えながら西区の方へ足を延ばすと、聞こえてくるのは威勢のいい商売人の声。中央区とはまた違った趣の騒がしさである。

あっちは単純に賑やかだが、こっちの方はちょっと喧しい要素が加わってくる。売って買っての場所だから、騒がしいのは恐らく良いことなのだろう。四六時中うろつくとなると少し耳に悪そうだけどね。

「兄ちゃんどうだい、今なら魚が入ってるよ」

「えっ」

軒先に並べられた食材やらなにやらを眺めつつ歩いていると、ガタイの良いおじさんに声を掛けられた。

声に釣られて売り場を見てみると、本当に魚が並んでいる。正直に言ってかなり珍しい光景であった。

「魚かあ。珍しいね」

「なんだ兄ちゃん、バルトレーンは初めてか？　これから増えるぜ、寒くなるからな」

「ああ、なるほど……」

以前ルーシーに聞いた話では、魚介類は保存と輸送の問題で新鮮なものは本当に滅多に出回らない。出回ったとしても恐ろしく高価であるという。そしてその保冷と輸送に魔術師がかかわっているということも。

やはり海の生物を運ぶには鮮度が大きなネックとなるらしいが、こと冬となるとちょっと事情が変わるようだ。

ビデン村じゃ真冬でも魚なんてありつけなかったから、結構興味はそそられる。村に川は走っているものの、魚はほとんどいないんだよな。居たとしても多分、上流の方でアフラタ山脈の動物やら魔物やらに全部持っていかれてるんだろう。せいぜい丸々頭から食べられるような小魚しかいない。

「……当たり前だけど肉に比べると高いね」

「そりゃあな。海からこっちまで運ぶ手間があるからな」

多分、同じサイズで量ったら二倍か三倍はお値段が割高なんじゃないだろうか。それくらいには高級品だが、裏を返せば肉の三倍程度の値段で魚が手に入るということでもある。金ですべてが解決するとは思っちゃいないけれど、多少の金で解決出来るという事実は大事だ。

「調理は？」

「焼いてもいいし煮てもいい。ただし煮る場合は身が崩れやすいから気を付けろ。それと、肉と同じでモツはちゃんと抜いておけよ。あと分かっていると思うが保存は利かん。今日中に食べちまうのがいいだろうな」

「ふーむ」

おじさんが結構丁寧に説明してくれた。恐らくここで売り逃したら自分で食べるか最悪捨てなきゃいけないから、向こうも商売に必死なんだろう。何となく気持ちは分かる。

物珍しいし食指が動くのも事実だが、今日中に消費すべきとなるとあまり量は買えないか。干物とか燻製とか、保存の利く状態にするのも不可能ではないだろうが、素人がやってもあまり良くない未来しか見えない。

「……じゃあ、そこの二匹を貰おうかな」

「毎度！」

肉に比べれば確かに若干躊躇しそうな金額。しかしその程度であればスッと出せてしまう己の収入がちょっと憎いぜ。いや憎いは言いすぎたな。むしろ感謝である。

まあそういうわけで、手のひらより少し大きい程度の魚を二匹ほど購入となった。俺とミュイで一匹ずつの計算だ。主食とするにはやや小ぢんまりとしているから、話のネタとして一品出しておく、くらいの塩梅になるだろう。

ミュイなんてほぼ間違いなく魚を口にしたことすらないはずだからね。どんな反応が返ってくるのか、ちょっと楽しみである。

問題は調理だけど、まあ無難に塩焼きでいいかな。取れる出汁にも興味はあれど、このサイズで二匹だと十分な味が出るかは微妙なところ。煮ると身も崩れるっぽいし、やはりここは焼き一択だろう。

「思わず買っちゃったな……」

本来は西区の服飾店を下見する予定だったのに、つい流れで生鮮食品を買ってしまった。自分の計画性のなさにちょっぴり凹みつつも、とりあえず最低限は調べておこうと足早に西区を歩く。

服を買うと言えば、直近ではアリューシアに連れられてジャケットを買いに行った出来事が思い出される。

あの時は中央区のやたら小洒落た店に入って結構な金額を払ったが、今回の目的はオシャレではないからな。寒さを凌ぐという主目的を満たすためだから、店の格だとか店構えだとかはあまり考慮していない。とりあえず服を売っている店を見つけたらチェックしておくくらいである。

「お、あそこも良さそうだ」

そうやって意識しながら西区をずんずんと進むと、案外そういう店は多い。無論、装飾品がメインだったり靴がメインだったりと、微妙に目的からずれている店も多いが、店数自体はそこそこ見受けられた。

季節柄、冬物を取り扱っていないということもないだろうし、これなら服を扱っている店さえいくつかちゃんと見繕っておけば、そう失敗はしなそうである。流石、バルトレーン最大の大市場の看板に偽りなしといったところか。

ただ俺自身のセンスというか、そういうものがあまりよろしくない自覚はあるので、俺の判断で買い与えるのは出来れば避けたい。ミュイのお気に召さない可能性も十分にあるからな。

しかし、初めて西区に訪れた時はあまりの活気と店の多さに目を回していたもんだが、人間住めば都とはよく言ったもので、俺もいつの間にか随分とこの土地に馴染んできた気がする。今では西区を回っていても、相変わらず賑やかだなあ程度の感想が漏れるくらいで、目を回すことはなくなった。

これも一種の成長……成長なのか？　よく分からん。ただ、慣れてきたという表現は間違いではないだろう。その意味では成長と捉えてもいいのかもしれないが、いい年こいたおっさんが「都会でも目を回さなくなったぞ」と宣《のたま》ってもなんの自慢にもなりゃしない。言っても自分が虚しくなるだけである。もっと他にも自慢出来ることを増やしたいものだ。別に誰かに己の半生を自慢したいわけでもないけどさ。

「お、あそこも……あれ？」

いくつか候補を選び出し、脳内でミュイを連れて歩いた時の想定をしながら歩くことしばし。やや周囲の圧に押され気味ではあるものの、がっつり冬に着るようなアイテムを所狭しと並べている、推定良店を発見し。

どんなもんかと詳細を一目見ておこうと近付いてみたところ。

「……先生!?」

「スレナじゃないか。奇遇だね」

恐らく俺と目的は同じであろう、厚手のジャケット類を手にしつつ頭を悩ませているスレナとばったり出くわした。

そりゃあの恰好で年中過ごすには些《いささ》か寒過ぎるだろうしな。おじさんお腹を冷やさないか地味に心配してたんだよ、本当に。

「お久しぶりです。奇遇ですね」

「いや本当にね。買い物かい？」

俺に気付いたスレナは一瞬ぎょっとした表情を見せたが、すぐに態勢を持ち直した。この辺りの切り替えの早さはアリューシアにも通ずるものがあるね。二人ともそうなんだけど、何らかの事態に直面して焦ることはあれど、次の瞬間には少なくとも外面は整っている。俺には難しい芸当だ。

「ええ、冬物が大分傷んできたので、いっそ新調も視野にと」

「なるほどね」

声を掛けた時、スレナは厚手のジャケットを手に持ってその感触を確かめていた。きっと冬物の仕入れだろうと当たりを付けてみたのだが、どうやら正解だったらしい。

基本的に俺のような平民は、同じ服を長期間使うことが多い。単純に買い替えるための金が勿体ないし、修繕する方が安上がりだからだ。

その分新しく買う時は生地や縫製、値段なんかを吟味して少しでも長く使えそうなものを選ぶ。そもそも片田舎に住んでいると衣料品の仕入れにも苦労するので、一回のチャンスでなるべく長持ちしそうな服を選びたいわけだな。

これが都会に住む金持ちや貴族様だとまた違うんだろうけどね。聞く話によると、煌びやかな服を一回の夜会で使い捨てるような人も世の中には居るらしい。俺には到底信じられん話である。

で、スレナに関して言えば間違いなく金は持っている。ゼノ・グレイブル製の剣の製作費をポンと出してしまえるところからもそれは明らかだ。なんてったって冒険者の最上位だから、その収入は俺なんかよりも遥かに多いだろう。

ただ、だからと言ってむやみやたらに浪費しているようには思えない。今だってじっくり見極めようとしているから、とりあえず買うだけ買って後で考える、みたいなことはしない様子。

　まあ彼女の場合、依頼や戦闘で着る服にもなるだろうから、その辺り妥協は出来ないんだろうけどね。

「先生も服を買いに？」

「うん。俺のもそうだけど、ミュイの分を考えなきゃいけなくて」

「ミュイ……ああ、あの」

「そうそう」

　俺の返しに一瞬考える素振りを見せたスレナ。しかしすぐに思い浮かんだようで何より。まあミュイとスレナは一度シャルキュトリで会っているからな。あの時はスレナが随分とミュイを威圧していたが。

「彼女もまるきり幼子というわけではないでしょう。わざわざ先生がやらずとも……」

「いやいや、そうはいかないよ。これでも後見人なんだから」

「……それはそうですが」

　どうにもスレナの目から見ても、俺は少々過保護に映るらしい。

　とは言っても、なかなか周りに参考に出来る人が居ないというのもあるしなあ。おやじ殿とお袋は俺の幼少時代どうだったかなと思い返してみるも、ほどほどに優しくほどほどに厳しかった、くらいの感想しか出てこない。

そもそも記憶が古すぎてしっかりと思い出せないし、何より俺が剣士を志すようになってからのおやじ殿は相当厳しかった。ミュイの教育方針について、あれを参考にするのはちょっと拙《まず》い。

結局、大した参考資料もないままぶっつけ本番でことに当たっているようなものだ。準備期間だって何もなかったし。ミュイを預かることになった結果に不満はないが、その経緯については未だにルーシーを一発しばいてもいいんじゃないかと思っている。やらないけどさ。

面倒を見るにしても、一応俺の中で優しいと甘いの区別はつけるようにしている。しかし、それもどこまで正しく線引きが出来ているのかはやっぱり怪しい。

俺の周りに、子育てについて相談出来そうな人が少な過ぎる。ミュイの年齢で子育てというのも少し違うのかもしれないが。

「とは言え、今日は下見みたいなものだよ。やっぱり服は着る本人が選ばないとね」

「まあ、そうですね。私も人が選んだ服には袖を通しづらいですし」

こっちの理屈にはどうやらスレナも賛同らしい。彼女の場合は最高位冒険者という立ち位置もあるから、身なりには常人以上に気を遣うのだろう。

「……しかし、スレナは寒くないのかい」

「多少は我慢出来ますし、我慢出来ない時のための服ですから。それに、私はあまり着込むのが好みではないので」

「……まあ、単純に動きにくくなるしなあ。スレナの戦い方としても身軽な方がいいだろうしね」

「そういうことです」

言いながら彼女は、再び服の物色をし始めた。ちなみに店主さんはまさかブラックランクの冒険者がやってくるとは露ほども思っていなかったようで、先ほどから完全に空気に徹している。いや気持ちは分かるよ。

服にはその人個人の好みとかセンスとか、そういうものが出る。一方で、その個性の主張がまかり通らない時もある。スレナやアリューシアのような者はその機会が特に多い。

極端な話、もしスレナがめちゃくちゃ鎧が好きで、ばっちりプレートアーマーを着込みたいんですと言ったとしたら俺は多分反対する。それは彼女の戦い方に合わないからだ。そして自分の好みを優先して戦いに支障が出てしまえば、最悪死ぬ。

逆にロゼみたいな防御重視の人間に対してなら、しっかり着込んだ方がいいと言うだろう。

スレナの最大の武器は極めて高い機動力と、その機動力を長時間支えられるスタミナにある。あの儚い少女がどうしてこんなパワフル冒険者になったのか、その疑問は尽きないがそれはそれとして。

動き回る上に、防ぐというより躱《かわ》すスタイルのスレナに鎧、それも重鎧は絶対に合わない。同様に、俺も金属鎧は身に着けたことがないし身に着けるつもりもないしね。状況に合わせた正装はするけれど。

「そういえば先生、その手の物は……」

「ああ、これ？　見ての通り魚だよ。珍しくて買っちゃった」

着こなしについての話題が一段落付いたところで、スレナが服を選ぶ傍ら、俺の持つ荷物に目を付けた。

さっき買った魚は紐で括って二匹を吊るして持ち歩いている形だ。気温が低いからこそ出来る持ち運び方でもある。まあこんなもんぶら下げて服を物色するなと言われたらその通りではあるんだが。

「バルトレーンでもそろそろ出回る時期ですからね」

「やっぱりそうなんだ」

この辺りの物流というか、世界の流れというか、そういうものについてスレナは恐らく相当詳しい。バルトレーンのみならず、各都市を色々と依頼で動き回っているらしいからな。

その分、同じ騎士団に居るアリューシアやクルニ、バルトレーンを拠点とするフィッセルらと比べて会える機会が格段に少ないのは痛し痒しといったところ。会いに行くにしてもギルドに居ないことが多いだろうし、ここでばったり会えたのは本当に偶然かつ幸運であった。

「ちなみにスレナは魚って食べたことある？」

「ありますよ。肉と違った風味は好きですが、小骨が多いのでやや食べにくさもあります」

「あー……小骨か、なるほど」

魚を捌いた経験がほとんどない俺と違い、スレナは流石に物知りである。肉は骨が分かりやすい上に、そもそも骨付きで市場に回ることがあまりない。同じ感覚でかぶり付くと痛い目を見そうだ。ビデン村では骨ごと噛み砕けるサイズしかいなかったからな。

「ありがとう、食べる時は参考にするよ」

「はい。これからの季節、飯処で魚が出ることもあるでしょうし」

「ふむ……」

言われてみれば確かに。安酒場などではなかなかお目にかかれないだろうが、それでも流通する以上、どこかの店でメニューとして出される可能性は大いにある。

格の高い店に自分からはあまり入らないんだが、今まで行ったところで可能性がありそうなのは、ルーシーに誘われた場所か、キネラさんに誘われた場所くらいか。うーむ、どちらも俺一人では足を運びづらい場所だぞ。ミュイを連れていくにしてもちょっと格式が気になってしまう。

「……ちなみにスレナはさ」

「はい？」

「魚が食べられて、ついでに酒も楽しめて、お値段そこそこで、あまり肩肘張らずに済む……みたいなお店に心当たりあったりする？」

大分無茶を言っている自覚はあるが、スレナに聞いてみたのはただ単純に店が知りたかったというだけではない。

バルトレーンに来てから、元教え子たちや新たに知り合った人たちと、ちょこちょこご飯を食べる機会はあった。ロゼは状況的に難しかったといえど、それ以外の子たちとは大体一度は同じテーブルで飯を突《つつ》いている。

その機会が、スレナとはなかなか少ないことに気付いたのだ。彼女は彼女で忙しいし、活動する範囲が違い過ぎるので無理もないことではあろう。意識的に会おうと思っても会うのが難しい筆頭でもある。

そんな彼女と偶然とは言えこうしてばったり出くわしたのだから、彼女の迷惑でなければそういう交流も改めてしておきたいなと思うのだ。

同じ食卓を囲んだのは、偶然鉢合わせたシャルキュトリでだけ。一回くらい、ちゃんと予定を立てて落ち着いて食事を共にしたいと感じるのは多分、そうおかしなことでもないと思う。彼女の場合は特に、積もる話もあるだろうから。

「んん……あり、ますね。私もあまり格式ばった店は得意ではないので」

「ははは、スレナも苦手なんだね」

「ええ、まあ」

俺の返しに、彼女は少しばつが悪そうに苦笑を交えて答えてくれた。ちょっと恥ずかしい、みたいな感じだろうか。でも、俺としても彼女と同意見なのでそこはなんだか嬉しいね。やはり俺みたいな小市民に、高級な店はあまり馴染まない。

「もしよければ、そういう店も今度案内してほしいな。勿論、スレナの予定に目処が付けばでいいけど」

「！　ええ、勿論です！」

「う、うん。ありがとうね」

あくまで予定に余裕が出来た時にでもどうかな、くらいの言い方をしたはずなのに、えらい食い付きようである。いやまあ、拒否されたり渋々対応されるよりは遥かにマシだけれども。

「今は決められないだろうし、庁舎……は来づらいか。うちの家に来るなり手紙でも」

「せ、先生の自宅に!?」

「ああ、うん、連絡にね……？」

「あ、はい」

見ている限り、スレナはアリューシアとあまり折り合いが良くない。となれば顔を合わせる可能性のある庁舎には来づらいだろうし、うちに直接来てもいいだろうと思っただけなんだけどな。

「あ、でもそういえば俺の家の場所って伝えてないような……」

「……確かに」

「じゃあ教えておくよ。中央区の――」

我が家の場所を伝えながら、ふと思う。

ルーシーとかフィッセルが既に来ているからついつい忘れていたが、思い返せば俺は新しい家のことを誰にも喋っていなかった。あそこは元々ルーシーの家だし、彼女に連れられてフィッセルがやってきただけに過ぎない。

アリューシアやヘンブリッツ君にすら伝えていない気がする。騎士団の人とは庁舎で日常的に会うから、わざわざ自宅を教える必要もなかったんだよな。

となると、俺から自宅の場所を伝えた初めての相手はスレナになるのか。別に家自体に特別な価値があるわけでもないし、何か大事なものを沢山保管しているわけでもない。住んでいるのも俺とミュイの二人だけだ。

ことさら秘匿する必要性は何もなかったんだけど、結果として誰にも伝えていなかった事実に自分自身ややびっくりしている。思えば昔っから田舎の道場が我が家だったから、他人に家の住所を教えるというのがひどく新鮮な行為にも感じた。

「では、いずれ手土産を持って伺います」

「いやいや、そんな気を遣わなくていいからね……?」

ふんすと鼻を鳴らしながら意気込むスレナ。こっちとしては逆にそれだけで意気込まれても困るんだけどな。俺もミュイも委縮しちゃうだろ。彼女のことだから、たかだか手土産にやたら金を掛けそうでちょっと怖い。

「それじゃ、買い物の邪魔をして悪かった。またね」

「あ、はい！」

俺は今日はあくまで下見のつもりだったのに対し、スレナはしっかり選んでいたから今日決めるつもりだったのだろう。それを偶然とは言えちょっと邪魔してしまったのはあまり良くない行動であった。

ビデン村と違い、バルトレーンは圧倒的に人の数が多い。それはつまり、顔と名前を知っている人より知らない他人の方が圧倒的に多いということだ。

そんな中で知り合いを見つけてしまったら、ついつい声を掛けてしまう。これが良いことなのか悪いことなのかは分からないままだ。いちいち出しゃばってしまうような迷惑おじさんにはなりたくないものの、いざ自分がそうなっていないかと自問すると少し自信がない、というのが正直なところ。

「……その辺りの立ち回り方も聞いておけばよかったかな……」

それに加えて、俺の知名度というか、そういうものは今後恐らく上がってくる。それはフルームヴェルク領へ遠征したことでよく分かった。となると、知り合いを見かけたからと言ってみだりに声を掛けるのも、もしかしたらあまりよくないことなのだろうか。

その点、スレナやアリューシアなんかは俺がそうなる遥か前から有名人だ。立ち回り方なども心得ているに違いない。アリューシアはともかく、スレナとはあまり出会う機会がないから、折角ならそういう心構えも聞いておけばよかった。

いや、それこそ買い物の邪魔にしかならないか？　うーむ、難しい。

「やれやれ、この年でも新たに学ぶことがいっぱいだ……」

別に自分が達観しているとまでは言わないが、仮にもいい年こいた大人がいつまでも情けない姿を見せるのも、ちょっと恰好が付かない。いやこれは今更感も大いにあるけれども。

ただまあ、そんな感情もバルトレーンに来なければ持ち得なかったものだ。単純な剣の腕以外にもまだまだ成長の余地がある、と前向きに捉えるとしよう。

◇

「ただいま」

「おかえりー」

西区でスレナとたまたま鉢合わせ、少しばかりの歓談を楽しみ家に帰ってしばらく経った後。

とりあえずで買ってしまった魚を冷所に吊るしておき、今日の晩飯のための仕込みをどうするかやや悩み、ひとまず手軽で量を仕込めるスープでも作っておこうと火を起こしたり具材を投入したりしていると。

魔術師学院での講義を終えたミュイが我が家に帰ってきた。いつもの制服姿の上に、学院で支給されたコートを羽織っている。剣魔法科の講義で身体を動かしている間はまったく問題ないのだろうが、机に向かって講義を受けていたり、単純に通学している最中は結構肌寒い季節になってきたからね。

「うぅ、寒……」

「はは、こっちで温まるかい？」

「うん」

今は丁度スープの仕込みをしているので、火を熾している。外に比べれば室内もいくらか暖かいし、台所の傍はもっと暖かい。外で冷えた身体を休めるには丁度いいだろう。

しかし出会った当初に比べ、ミュイは大分丸くなった。これまで何度も抱いてきた感想ではあるが、思う度に丸くなっているなあと感じる。

最初はむやみやたらに叫ばなくなったところから始まり、次に周囲に対する警戒の閾値《いきち》が下がり、言葉尻も穏やかになり、最近は目に見えて素直になった。

実に良い傾向である。このまま健やかに育ってくれれば御の字だが、その責任の一端を担っていると考えると、ただ彼女の成長を喜んでいるだけではいけない。一番身近に居る大人として良い背中を見せていかねばならない以上、俺も背筋が伸びるというものだ。

「……あれ、これ魚？」

「そうそう。市場で珍しくて買っちゃった」

火に当たりながら周りを見回していたミュイが、目聡く魚を発見した。そりゃまあ吊るしてあれば目立つと言えば目立つ。普段家に存在していないものがぶら下がっていれば流石に気付くか。

「今日の晩飯にしようと思って」

「……ふぅん」

ミュイは一見素っ気ない反応を見せたものの、その視線はチラチラと魚の方に寄せられており、興味が隠しきれていない。その辺りもまた可愛いのである。

「ミュイは魚って食べたことある？」

「……ない」

「じゃあ俺と一緒だ」

分かりやすくそわそわしている彼女に気持ちの方向を合わせておく。俺は厳密に言えば魚を食べるのは初めてじゃないが、ビデン村で食っていたのは一口で食える雑魚ばかりだ。それを今吊るしている魚と同じと言うにはちょっと憚られる。

なのでこれは嘘ではない。捉え方の違いというやつだな。

「シンプルに焼いて食べようと思ってるんだけど」

「ん、良いと思う」

「じゃ、そうしよう」

お姫様の承諾も得られたし、今日のメニューは具材たっぷりのスープとパン、そして焼き魚に決まった。

ちなみに食事のレパートリーについて、どうにかした方がいいよなと思いつつ中々手を付けられていない。結局具材を雑に投入して煮込めばそれっぽいものは出来てしまうので、俺もミュイもそれで満足している節がある。

別にそれを悪いことだとは言わないけれど、見たこともない食材でやったこともない調理をするのはちょっと怖いしなあ。その辺り俺の精神は未だ片田舎の平民のままだ。多少懐の余裕が出来たとは言え、食材の無駄遣いになる可能性が高い料理はやっぱり避けておきたい。

まあ、何か一風変わったものが食べたくなったら外食でいいや、とも最近思い始めた。それを容易に実行出来る財力に改めて感謝である。

たまには肉に思いっきりかぶり付きたい時もあるし、人目を気にせずエールを流し込みたい時もある。しかしながら、俺はそういう欲求は極力独りの時に解消している。単純に、今のミュイを酒場に連れて行くのはちょっとどうかなと思っているからだ。

流石に暴れたりはしないだろうしそこは信頼しているが、変な連中に絡まれでもしたら困るからな。

俺の顔と名前は、騎士団の皆と王国守備隊の間では多少なりとも広まっているものの、一般に浸透しているとはまだまだ言い難い。別に有名になりたいわけじゃないけどさ。

なので、ミュイの風除けとしての機能はまだ弱い。そもそも酒場に子供を連れてくるなと言われたらそれまでなんだが、何かの機会があればそういう店に入るのも悪くはないのだろう。それがいつになるかは分からんが。

「ミュイ、温まったら着替えておいで」

「ん」

火に当たって暖を取るのもいいが、早めに着替えさせておく。

魔術師学院の制服は結構いい生地なので、下手に汚したくはない。まあ剣魔法科の講義で多少汚れたり破れたりするだろ、というのはその通りではあるけれど、必要に迫られて汚すのと怠惰で汚すのとでは雲泥の差がある。美意識、というほど上等なものじゃないが、その辺りの意識というのもしっかり根付かせてあげたいところ。

「ちゃんと畳みなよー」

「……分かってるよ」

スープの中身を転がしながらミュイに声を掛ける。この子隙あらば脱ぎ散らかすからな。気持ち的には、どうせ明日も着るんだからわざわざ仕舞わなくてもいいだろう、みたいな感覚らしい。

仮にも異性の前でそんなはしたない行動をとるんじゃないよと、以前それとなしに言ったこともある。しかしどうやら俺はその異性にカウントされていない様子だった。まあ義理の娘に欲情するほど下衆ではないつもりだけれど、そういう話でもないんだよな。

恐らく、宵闇《よいやみ》の下で動いていた時にはそんなことを気にする余裕も必要もなかったのだろう。一応今は真っ当な生活を送れているのだから、少しは気にしてほしいというのが正直な感想である。

この辺り、俺とミュイの関係性だけじゃなくて社会的な云々が入ってくるから、家で教えるだけでは限界がある。どこかに良い手本があればと思うものの、わざわざそんなことを外部に頼むのもまた難しい。

そういう意味では、魔術師学院の寮に入らせる方が良かったのかもしれん。フルームヴェルク領に遠征に出た時に一時的に入ってはいたが、その時は個室だったらしいし。

子育てはかくも難しい。最初から簡単だとは思っちゃいないが、予想だにしていない問題が次から次へと湧いて出てくる。世のお父さんお母さんは凄いよ本当に。

「腹減った」

「もうちょっと待っててね」

「ん」

着替え終えたミュイが台所に戻ってきて一言。まあ俺も腹は減ってるし、スープはもうすぐ出来上がるから、魚の調理に入るとしよう。

えーっと、まずは内臓を取り除いておくんだったか。雑魚ならそのまま丸齧りでもいいんだけれど、このサイズだとそうはいかないんだろう。ワタの味にちょっと興味はあるが、わざわざ魚を売っていたおじさんの言葉に逆らう理由もない。ここは素直に言われた通り処理しておくか。

「よ……っと。あれ……？」

「へたくそじゃん」

「う、うるさいなあ……！」

多分ここら辺だろうと当たりを付けてナイフを滑らせてみたものの、何だか上手いこといかない。

とりあえず内臓らしきものを取り出せはしたが、絶対に食えるだろう部分も結構グチャついてしまった。

うーむ、魚を捌くのって難しい。肉ならまだマシな出来になるはずなんだが、ろくに経験がないとこんなもんなのかな。ミュイの見ている手前、少し恥ずかしい気持ちだ。

剣と同じように料理包丁が使えれば苦労はしない。それとこれとは全く別のスキルなのである。

「……こっちは俺が食べるよ。よし、次こそは――」

「オッサン、貸して」

「ん？　ナイフ？」

「うん」

気を取り直して二匹目を捌こうとしたところ、ミュイがその作業に興味を持ったのか、俺の持つナイフを寄越せと言ってきた。

うーん。まあ失敗しても全部駄目になるってことはないだろうし、これも経験のうちかな。実際俺が一発目を失敗しているから余計に止めておけとは言いづらい。

「気を付けてね」

「大丈夫だよナイフくらい」

さしたる逡巡もなく、ミュイにナイフを渡す。さてさて、彼女のお手並み拝見といこうか。間違っても俺がデカい顔出来る状況じゃないんだけど。

「……んん」

先ほどまで俺の作業を見ていたからか、魚の内臓がまとまっている部分に慎重に刃を滑らせるミュイ。

ぷつ、と刃の先端が魚の肉を捉えると、彼女はそこから少しだけ手を動かし僅かな切れ目を作る。人差し指くらいの大きさで切れ込みを入れた後に今度は角度を変え、こそぎ落とすように中身をかき出していた。

「多分……こう……」

「おお、上手だね」

切り落とすのではなく、かき出す。きっと俺の失敗を見て学んだのだろう。いや、俺も単純に切り落とすのはなんか違うなって思ってたけどね？　同じ失敗は俺もしないつもりだったけどね？

まあそんな大人げない感情は隅に置いておくとして、ミュイのナイフ捌きは随分と様になっていた。野菜を切るのにも苦戦していたあの頃とは正しく雲泥の差である。これが成長というものか。

「……出来た」

「上手い上手い。ミュイは器用だなあ」

「……ふん」

程なくして、綺麗さっぱりワタを抜かれた魚が出来上がった。うん、普通に上手い。本当に初めて魚を捌いたとは思えない出来栄えである。

過去に盗みをやっていた事実から見ても、手先が器用なのは間違いないのだろう。ただ、その器用さを活かす下地が今まで窃盗以外になかっただけのことで。

たとえそれが小さな才能であっても、それをちゃんと後ろめたいことなく、明るいところで発揮出来る環境というのは誰にとっても喜ばしい。料理のために魚を捌くだけであっても、だ。

「これ、結構得意かも」

「いいね。これから魚を手に入れたらミュイにお願いしようかな」

野菜を切るのは苦手なのに魚は捌けるのかよ、なんて無粋な言葉はかけない。俺だって肉ならそこそこ上手く捌ける自信はあるけど魚はダメだったし、似たようなもんだろう。

「じゃあ後は串に刺して塩を振って、と」

一匹目はともかくとして、二匹目は無事に用意出来たので焼きの工程に入る。とは言っても、後は言った通り適当に塩をまぶして火に当ててるだけで調理もくそもあったもんじゃない。けれど、こういうのは何となく楽しくなるね。ただ鍋に具材をぶち込んで煮るだけとは異なる趣がある気がする。

「おー……」

ぱちぱちと火に当たる音を楽しむことしばし。じわじわと魚の表面が焼けていき、同時になんとも食欲をそそる香りが漂ってきた。

「……美味そう」

「だね」

まあ何と言うか、魚が一般に食えるものであることくらいは俺もミュイも知っている。しかしこうして目の前で焼くのは初めてだ。正直言ってかなり美味そう。なんとも魅惑的じゃないか、おさかなさんというものは。

「よし、他も準備しちゃおう」

焼き魚の監視をミュイに任せ、十分に煮詰まったスープと付け合わせのパンを用意する。

いつも通り何の代わり映えもない食卓ではあるが、そこに魚が一匹加わるだけで心なしか彩りが出ているように思えるから不思議だ。家でもこういう楽しみ方が出来るんだなと、今更ながら新たな境地を覗き見た気分でもある。

「ミュイ、魚の方は？」

「いい感じ」

「よしよし」

食卓を整えている間に、焼き魚の方も無事に仕上がった様子であった。まあ塩振って火にかけただけなんだが。

スープから漂う肉と出汁の香り、そしてそれとは趣の異なる魚の香ばしさ。うーん、匂いを嗅いでいるだけで更に腹が減ってきた気さえしてしまうな。

「いただきます」

「ん、いただきます」

食前の挨拶を終えて、いざ実食。

火に焙られてパリパリになった魚の皮ごとむしゃり。

「お、美味い」

「……うまっ」

獣の肉とは明らかに違う食感と風味、そして旨味。それらがぎっちりと詰まっている感じがする。これは煮ても良い出汁が取れそうだ。あのおじさんの言葉はどうやら真実だったらしい。

油分が少なくかなり淡白だが、そこにシンプルな塩のみの味付けがまたいいアクセントになっている。うーむ、これは酒が欲しい味だな。

そしてこのサイズの魚でこれなら、もっと大振りで身の詰まった魚などはかなりの上物になるだろう。輸送と保存のコストが掛かるのを踏まえても、この味なら市場で価格が高騰するのも頷ける。

「これは食が進むなあ」

「うまい」

初めて口にする旨味にやられて、ミュイの語彙力がほとんど消滅している。こういうところも可愛いんだよな。今まではそういう感情の昂りをあまり露《あらわ》にしなかったが、最近はちょっとしたことでもちゃんと喜怒哀楽を表せるようになっている。実に嬉しい変化だ。

この変化を楽しみつつ。そしてその変化が少なくなってやがて固まる時が、俺の下を離れて独り立ちする時なんだろうなと、ふと感じた。

その時が待ち遠しいような、来てほしくないような。そんな微妙な感情は、多少時間が経っても変わらない。

「おかわり」

「ははは、今日の魚はこれだけだよ」

「……そうだった」

お姫様はどうやら魚の塩焼きが余程お気に召したらしい。

既に俺が口を付けているものをあげるのは流石に気が引ける。でも確かにおかわりを無心してしまう気持ちが分かるくらいは美味い。冬の間は市場にも出回るらしいから、今後も見かけたら積極的に買ってみようかな。無論、お値段次第ではあるけれど。

「また見つけたら買ってくるよ。高くなかったらね」

「……ん」

食べ物は美味しいに越したことはない。誰だって不味い飯よりは美味い飯を食いたいのは不変の道理だ。

その意味では、今回魚を購入した意義は十分にあったと言える。俺たちの調理技術が追い付いていない問題もあるにはあるが、たまにはこういう贅沢もいいだろうと思える一時であった。

◇

「いってきます」

「ん、いってらっしゃい」

焼き魚に舌鼓を打った翌日、いつものように家を出る。

魔術師学院は今日も変わらずやっているが、学院の授業が始まるより俺が庁舎に向かう方が遥かに早いため、基本的にはミュイより先に家を出ることになっている。

自然と、ミュイの起床や就寝は俺のリズムに合わせることになってしまう。別に無理して起きなくていいと昔話し合ったことはあるんだが、結果として今も変わらずこのままだ。

ミュイ曰く、この家の家主は俺なんだから俺に合わせるということで。まあ言われてみればそれもそうなのか？　とやや逡巡し、彼女がそれで無理をしていないのなら、というわけで落ち着いた。

とは言っても、俺の方が家に帰ってくるのも早いから、夕飯の準備は基本的に俺がやっている。

その意味で言えば、割と上手いこと互いにメリットを享受出来ていると言えなくもない。俺は生活リズムを変える必要がなくなったし、ミュイは早起きの代わりに家に帰れば飯が出来ている。これも一つの相互扶助の形、なのかもしれない。大の大人が子供を使うなとかそういう話は一旦置いておくとして。

「ひー、朝は冷え込む……！」

元気よく家を出てきたはいいものの、吹き荒ぶ寒風に身体が震えるぜ。

ビデン村に居た頃からずっとそうだが、俺は夏だろうと冬だろうと基本の生活スタイルは変えない。寒いからもうちょっと寝ていようとかもないし、暑くて眠れないから今日は夜更かししようってのもあんまりない。それをやってしまうと途端に身体の調子が狂うからだ。

なので、冷え込む季節の朝方だろうが容赦なく外に出る。お仕事があるから。でもそれは寒いのが平気だとかそういうわけではまったくなく、寒いものは寒い。動きにくいのが嫌で着込まない性格なのもあって余計に寒い。

しかしながら、俺は剣の道で生きると随分と昔に決めてしまったもんで、今更その習慣は変えられないのである。これからさらに年を取って、もう剣を置いてもいいかという思いがよぎった時には、また話は変わるんだろうけれど。

その辺りは、昨日たまたま出会ったスレナもそう。彼女は自身の戦闘スタイルを考慮してか、やたらと軽装を好む。最低限のバイタルパートと、攻撃と移動に必要な手足以外の防御をほぼ捨て去った恰好だ。

彼女には豊富なスタミナがあるから金属の胸甲鎧を装備出来ているが、本来ならあれだけ動く戦法には金属鎧自体が不適切である。重くて動きに支障が出るからね。だから俺も基本は布、どれだけ固めたとしても硬化処理した革程度に落ち着く。

まあそういうわけで、戦う術《すべ》を持つ者には各々そういった拘《こだわ》りがある。で、大体そういう拘りは戦闘面では優位に働くものの、日常では不便を強いられる場面がしばしば発生する。

　つまり、それが今である。寒い。

「ふいー……早いところ剣を振って温まりたい……」

　冷えた身体を温めるには火に当たるのもいいが、一番はやっぱり身体を動かすことだ。そのためにも俺は早く騎士団庁舎に辿り着かねばならない。

　無論、この移動の時間も貴重な運動機会ではあるので、身体を解すことを意識しつつやや早足に、慣れてきたらやや駆け足になったりする。歩く、走るといった人間の基礎動作は思いの外大事だからな。俺くらいの年になるとついつい乗合馬車を使ったり楽をしたくなるものだが、剣士として都会の利便性に甘え切るのもあまりよろしくない。まあそもそも、乗合馬車の硬い椅子に座る方が腰に悪かったりするんだけども。

「おはようございます」

「おはようございます、ベリルさん。いやはや、今日も冷えますなあ」

「いや本当に」

　そんなわけでやや早足に騎士団庁舎を目指し、庁舎の正門が見えてきたところでいつもの守衛さんとご挨拶。

　彼らもちゃんと防寒用の装備はしているが、基本は突っ立っているだけだから余計に寒さを感じることだろう。それでも文句ひとつ垂れずに職務を遂行している姿は実に立派だ。そんな彼らにはやはり敬意を表したい。俺だったらただ警備のためにそこに立っていろ、と言われてもきっと難色を示すからね。

「おはようございます、ベリルさん！」

「ん？　おはようエヴァンス君」

正門を通り過ぎ、中庭を通過していつもの修練場に、と思った矢先。中庭に入る前にエヴァンス君に声を掛けられた。

彼は彼でまだ若いものの、レベリオの厳しい鍛錬にしっかり食らい付いてきている立派な騎士だ。しかし、こんなところで油を売るような人物ではなかったと思うが。

「お待ちしていました。アリューシア騎士団長が執務室へ来てほしいと」

「分かった。……えっ、そのために待ってたの？」

「はい！」

「そ、そう……。ありがとう、身体を冷やし過ぎないようにね」

「は、お気遣いありがとうございます」

何用かと思ったら、どうやらアリューシアからの呼び出しを伝えるために待っていたらしい。そのためだけにこの寒空の下で待っていたのかと思うと、ちょっと申し訳ない気持ちも湧いてくる。

そもそも、俺を捕まえたければ修練場で待っていればいいはずなのだ。しかしアリューシアは何故かそれを良しとせず、鍛錬に向かう前の俺を捕まえるためにエヴァンスを寄越した。つまり、何かのついでではなく、最優先で俺を呼ばなければいけない事態が発生したとも読み取れる。

まあ、何となく予想は付く。多分スフェンドヤードバニア絡みの案件なんだろう。しかも、ただ伝令を寄越して終わりの話ではなくて、ちゃんと顔を合わせて話し合わないといけない段階のもの。

面倒臭い、なんて感情はあまり湧かない。この辺りも少し心の持ちようが変わった部分かなと思う。少し前の俺なら面倒臭いし、何よりそんな話に俺を巻き込まないでほしいくらいは考えていたものだが、ことスフェンドヤードバニア絡みの案件に限って言えば、頼れるなら頼ってほしいとまで思えるようになった。

これは多分、良い変化なのだろう。俺はいい年したおっさんだけど、ようやく本当の意味で精神が成熟し始めてきた、とでも言うべきだろうか。今までも勿論、自分自身が幼いと思って行動していたわけではないつもりだけれど、思い返してみると子供っぽい部分はやっぱりあったんだなあと思ったり。

この年でもまだ成長出来ると分かった、という点では前向きに捉えるべきところなのかな。この辺りはどうにも、比較対象が過去の自分しかいないから分かりにくい。面と向かって他人に聞くようなことでもないしね。

「さて、と」

そういう感慨は一旦思考の隅に追いやるとして。騎士団長様からお呼びがかかったとあれば、俺は迅速に馳せ参じなければならない。目的地を修練場から騎士団長の執務室へと変え、歩みを進める。

彼女の執務室に入るのは今回で三度目だ。普通の内容であれば応接室を使うか、今までの傾向からしてアリューシアが修練場の方に顔を出していた。逆説的にやっぱり、過去の二度と同じような重大な名目があるんだろう。

ヴェルデアピス傭兵団の目的が割れたとか、スフェンドヤードバニアとの関連性の調査に進展があっただとか、まあそこらが予想される内容ではある。

その辺りはレベリオ騎士団と魔法師団がなんか上手いことやって調査している、くらいしか知らない。俺はその実働部隊にはどう頑張ってもならないから。ただし俺は当事者の一人である以上、結果は最低限知る必要がある。で、その結果如何《いかん》で、俺の剣が必要になるのなら遠慮なく呼んでほしい。スタンスとしてはそんな感じだった。

白を基調とした庁舎の中を歩く。この景色にも随分と見慣れてしまったものだ。ちょっと前まではこんなところに俺が勤めるなんて、とか考えていたのにね。月日の流れは早いなと思うと同時、慣れというやつは時に恐ろしいな、なんて思いながらアリューシアが居る執務室を目指す。

この騎士団庁舎は確かに広いが、俺が普段出入りする場所は決まっている。というか今まで入ったことがあるのは応接室と執務室くらいだ。さしたる迷いも障害もなく、執務室の前に辿り着いた。

「……よし」

別に整える身なりなんてないけれど、気持ちを落ち着けて執務室の扉をノックする。

相手がアリューシアだからある意味で気楽に構えられているが、一国の騎士団長の執務室に一人で乗り込むなんて、普通なら絶対に取りたくない行動だよ。

「どうぞ」

「お邪魔するよ」

返ってきた声に呼応するようにドアを開ける。入った先ではアリューシアが執務机で書類を検めているところであった。

「先生。朝早くのお呼びだて、申し訳ありません」

「いやいや、何も問題ないよ」

彼女の第一声は俺に対する謝罪。言った通り、謝る必要性はどこにもないので気にするなと返しておく。

これが例えば、騎士が朝早くに家までやってきて俺を連れ出した、とかなら多少なり文句は出たかもしれない。しかし実際は俺が庁舎を訪れた後にエヴァンスを通して呼ばれた形だから、迷惑でも何でもない。

「どうぞ、お掛けください」

「ありがとう」

いつぞや執務室にお邪魔した時のように、部屋の隅に配置されているソファに腰を落ち着ける。

庁舎内は造りがしっかりしていて、隙間風など入る隙間もない。更に防衛の観点からも頑丈に作られているであろう執務室では外の冷たい空気は感じられず、実に過ごしやすい環境であった。ちょっと羨ましいとも感じるけれど、ただの自宅と国の要所を比べる方がおかしいからな。

「早速だけど、今回の用件を聞かせてもらえるかな」

「はい」

特に雑談に花を咲かせることもなく本題に切り込む。俺もアリューシアも時間は有限だし、互いに他にもやることがあるからね。

「今回お呼びだてした件ですが、サラキア王女殿下の輿入れ日程が確定しました」

「……ふむ」

アリューシアから齎《もたら》された情報は、思っていた用件とは少しばかり毛色が異なっていた。

いくら俺たちが以前の下見遠征の際に外敵から襲われたと言っても、それだけでサラキア王女殿下の輿入れがなくなることはないだろうとは流石に踏んでいた。

なんてったって国家間の婚姻である。言っちゃ悪いが俺たちみたいな下々が多少襲われたからと言って、それで王族のスケジュールが狂うわけがない。

なので、サラキア王女殿下の輿入れが進むこと自体は何も問題はない。問題は、そのスケジュールを進めるに足る安心と安全が確保されたのかどうか。つまり、俺たちが受けた襲撃とスフェンドヤードバニアとの関連性が判明したのかどうか、である。

関連性がなかったのであればこれも問題ない。あったのであれば、その背景やら今後襲撃を受ける可能性やらを加味する必要がある。それも問題なくなった、ということだろうか。

「……それはいつ頃になったのかな」

「今月末にバルトレーンを発ち、スフェンドヤードバニアにて滞在後、新年に婚姻の儀を執り行うとのことです」

「そうか」

ただ、それを聞いてもどうにもならないし、俺の一意見で王室側が動き方を変えるはずもない。なので輿入れにあたっての日程を聞くことにする。

当たり前ながら、以前俺たちが向かったフルームヴェルク領よりもスフェンドヤードバニアは遠いので、移動には更なる時間を要する。加えて前回は数十人規模だったが、サラキア王女殿下本人が動くとなると、その護衛団の規模は前回とは比べ物にならないだろう。

人数が増えると当然行軍の速度も落ちる。聞く限りだと、移動だけでたっぷり一か月は見ている計算だな。道中に目立ったトラブルがない前提ではあるものの、概ね妥当な見積もりだと思う。問題を起こさせないために各所が躍起になっているはずだからね。

「なので先生には、サラキア王女殿下の護衛団に加わっていただきたく」

「分かった。やろう」

次いで告げられた依頼は、俺も予想していたものでもあった。

無論、俺に声が掛からないことが理想なのだとは思う。だがやはり前回襲撃があった以上、王女の護衛にはレベリス王国の威信をかけなければならない。そのかける威信の中に俺の腕が含まれている、というのは素直に嬉しいものだ。予想される出来事は何も嬉しくないけどさ。

「ありがとうございます。……先生にはご負担をおかけしてしまいますが……」

「いや、アリューシアが気にすることじゃないよ。大丈夫」

勿論、負担はある。あるがそれは、アリューシアの責ではない。つまり、彼女が気にすることではない。

アリューシアはその職責と性格から、自責の念を抱きがちだ。無論それは美学として映る時もあれど、俺からすれば背負わなくてもいい重責まで背負いかねない、危ういところも見受けられる。

職務遂行中に気を抜くわけにはいかないんだろうけれど、文字通りたまには息抜きしてもいいのにな、とは感じてしまうね。気を張り続けていると人間は驚くほど早く疲弊してしまう。まあこれは、俺が責任のある立場に立っていないからこそ抱いてしまう感想なのかもしれないが。

「出立までの間、幾度か打ち合わせが行われます。お時間を頂戴することになりますが」

「……そうか。俺なんかが参加しても何が出来るかは疑問だけど、必要なら出よう」

この辺りはどうにかして俺を良い感じのところに配置してくれればそれで、みたいな感覚なんだけど、まあ多分そうもいかないんだろうな。こういう計画面だと正直俺は不適切だし気乗りもしないが、呼ばれるのなら出ないわけにもいかない。あまり頭を使うのは得意じゃないんだけどなあ。

「鍛錬の方は、しばらく追い込む方向でお願いします。その後は徐々に負荷を抜いて本番に備える形にしていただけますと」

「うん、そっちも了解」

騎士としての大一番が控えている以上、そのために追い込んで厳しくいくのは至極当たり前の理屈だ。そして厳しくし続けると人間は当然疲弊するので、本番……つまり王女殿下の輿入れのための移動が始まる頃には疲労が抜けるよう、徐々に軽くしていく。

「今日付けでの用件はひとまず以上です。追々またご連絡いたします」

「分かった。それじゃあ俺は鍛錬に入るよ」

わざわざ今日付けでと言ったのは、これからこういう顔合わせがちょくちょくあるということだな。

まあそれ自体は構わない。とは言え、以前の遠征のように知らん人に囲まれてやいのやいのする空気は未だにちょっと苦手である。これも慣れろと言われたらそれまでなんだろうけれど、こればかりは性格もあるからな。

さて、ひとまず今日の用件は終わったので、言った通り俺も鍛錬に戻るとしよう。

今日の鍛錬が終わったら、俺は俺でやることがある。ミュイにはまた事情を伝えてどうするか決めなくちゃいけないし、スレナとの食事はこの一件が終わるまでは恐らく難しい。こっちが誘った以上は何かしらの埋め合わせは考えた方がいいだろうし。

「……よしっ」

アリューシアの執務室を出てから、両の手で頬を叩く。

考えることはあるが、それは別に現時点での至上命題ではない。今の俺の最優先事項は、大一番を迎える騎士たちを不足なく鍛えること。そのために思考を割くべきだ。

というわけで、俺は今からしばらくの間鬼教官になる必要がある。頑張って騎士たちを追い込んで鍛えるとしよう。

◇

「はいダッシュ！　きびきび走る！」

「うおおおおっ！」

俺の号令に合わせて、騎士たちが吼える。本格的な冬が近づいてきたこともあって、修練場の中も動くか着込むかしないと結構肌寒い気温になってきたが、眼前で動いている騎士たちは皆誰もが汗だくであった。

夏と冬で危険度は違うとは言え、水分を出しっぱなしで動いても身体に良いことはあまりない。鍛錬が終わったらしっかり休息と水分補給をさせておきたいところだ。

「も、無理……！」

一人、また一人と騎士が脱落していく。その表情はまさに死にかけといった感じで、アリューシアに言われた通り、マジで追い込んでいる真っ最中であった。

やっていることは至極単純。走らせているだけである。

ただし、ただダラダラと走っていては意味がない。瞬間的な負荷を掛けつつも、その訓練がきっちりと血肉となるように追い込まなければならない。厳しくやるだけなら誰にでも出来るからな。

この修練場が庁舎の内部に作られている通り、訓練を外部の目に晒すのはあまりよろしくない。つまりフルームヴェルク領で私兵軍にやった時のような、外周を走らせるというのは出来れば採用したくない手段であった。

なので今、彼らが走っているのは修練場の中である。

修練場の中は広い。十人以上が自由に打ち合える広さがある。その広さを利用してダッシュをさせているわけだな。ただし、その中にいくつか条件を組み込んである。

一つ。全員が横に並んで壁から壁に向かって走る。で、壁に到達したら折り返す、を繰り返す。

二つ。走る速度は任せる。ただし、次の壁に向かうのは全員が壁に到達した後。つまり、最初に壁に到達した者は一息つけるし、最後に到達した者は休めない。

しかしそれだけでは最後尾が気を抜くと次のスタートが切れず鍛錬にならないので、先頭が壁に着いてから一定時間が経つと強制スタートだ。そして、そこに連続で遅れるとその者は脱落となる。

一生懸命走っている騎士に周りを見渡しながら判断しろというのも酷だから、スタートの合図は俺が出す。なので俺は俺で全員をしっかり見て、最後に壁に到達した人とタイミングをちゃんと判断しなければならない。

これがまあ、普通に走るのと比べてシャレにならんくらい疲れる。単に走り続けるよりも、急激なストップアンドゴーを織り交ぜた方が肉体にかかる負荷がえげつないからね。

けれどその分身体はより強固に仕上がる。無論、この無茶苦茶とも言える鍛錬についてこられるだけの地力があることが前提ではあるものの、レベリオの騎士に限って言えばその心配は無用だ。

しかもこの訓練、上限を設定していない。つまり何回走れば終わりですよ、という上がりがない。気力と体力が続く限り走ってもらうことになっている。残り一人になるまで延々走ってもらうタイプのやつ。

一人だと早々に諦めてしまうかもしれないが、自分のすぐ横では同じ騎士が走っているのである。気力体力根性に加えて、まあプライドが刺激されますよねという話だ。

体力的な面では勿論、精神的な面でもきっちり追い込んで仕上げていく。サラキア王女殿下の輿入れに向けて、アリューシア直々に追い込めと言われている以上は容赦なくやっていく構えである。

ちなみに、俺がこれをやったとしてもあっという間に脱落する自信があります。俺はあくまで四十五歳の割に体力がある方だと思っているだけで、現役バリバリのレベリオの騎士に真っ向勝負で勝てる道理はどこにもない。なんの自慢にもなりゃしないが。

「うえっへへへ……！　ラクショーっすー……！」

「ヴぉぇ……ッ」

でまあ、こういう訓練をやると当たり前だがとにかく体力のあるやつが残る。純粋な持久力勝負では、技術が介入する隙間は思いの外小さい。

クルニなんかはその典型例だ。彼女の体力と膂力《りょりょく》は騎士団の中でも一つ抜けている。今も苦しそうではあるがしっかり先頭集団をキープしているのは流石だ。

一方、つい先ほど脱落したエヴァンスは今にも吐きそうであった。彼も結構食らい付いた方ではあるものの、クルニが相手では流石に分が悪い。剣術の腕では互いに切磋琢磨出来る範囲の差だが、こと体力となると彼女の圧勝だな。

「くっ……！」

そしてまた一人、強制スタートに付いていけず脱落する者が出た。

脱落した者たちにも一声かけてやりたいところだが、こっちはこっちでスタートの合図を送っている立場なので持ち場も視線も今は離れることが出来ない。

それがたとえ、騎士団の訓練に復帰したばかりのフラーウであっても。肩の負傷で結構長い間休んでいたのに、ここまで食らい付いているのは流石の根性と言う他ない。

フラーウは遠征から帰ってきた後、負傷を理由にアリューシアから休養を言い渡された。まあそれ自体は妥当な判断だと思う。怪我を抱えた身で鍛錬を続けても大体ろくな結果にならない。休む時にきっちり休み、快復してから改めて訓練に励むべきだ。

ただしこの休養については、単純に怪我の療養以外の側面もあった。即ち、フラーウの精神的な部分。

結果としてフラーウはこうして職務に復帰出来ている。しかし、ヴェスパーはまだ復帰するどころか自分の足で歩くことすらままならない。命が繋がったとは言え、死人すら出したあの襲撃がフラーウの心に大きな陰を落としたのは事実。

そこにはきっと、大きな葛藤があったに違いない。自分はこのまま騎士としての務めを続けるべきなのか。今後もレベリオの騎士を貫く覚悟はあるのか。

彼女の心の決着が完全についたとは思っていない。迷いはすれど辞する覚悟もまた持てず、とにかく身体を動かして気を紛らわせようとしている可能性だってあるだろう。

けれど、それは一つの正解でもあるのだ。頭で考えるだけで正解を選べるのなら人間はここまで苦悩しない。俺だって考えることが嫌で、それから逃げるようにがむしゃらに剣を振っていた過去もある。

その意味ではフラーウは立ち止まらず、確かに一歩進んだと言える。最終的に彼女が選ぶ道筋は未だ不明瞭だとしても、腐らずに身体を動かしに来ただけでも俺は褒め称えてあげたいくらいだ。

「ぬっ、おお……！」

「ふんぬぬぬぬぬ……！」

そんなフラーウをちらりと見つつ訓練に視線を戻す。既に残っているのは僅か二人で、ヘンブリッツ君とクルニであった。

まあこれは予想通りというか何というか。クルニは単純に体力お化けだし、ヘンブリッツ君も副団長の肩書は伊達ではなく、体力気力は図抜けている。

しかも二人とも訓練で手を抜くような性格をしていないから、常にほぼ全速力に近いダッシュだ。それで最後まで残ってるんだから、マジでこの二人の体力はヤバい。俺が二十歳若くても勝てたかは大分怪しい。

この訓練は一応、最後の一人になるまでやると話していたから、ここで引き分けで終わらせるのはちょっと不完全燃焼になってしまうだろう。なので監督し続ける以外の道はないんだけど、これが果たしていつ終わるのかはちょっと分からない。二人とも余裕こそないにしても、体力が尽きかけても根性で走り続けそうだ。

ヘンブリッツ君は副団長という立場上おいそれと負けるわけにはいかないだろうし、クルニはクルニで体力に自信がある以上そう簡単には負けられない。いやヘンブリッツ君以外には勝っているんだからいいだろうと思うかもしれないが、そんな半端な志ではこの騎士団内ではやっていけないのである。

というか今更だけど、こんな地獄みたいな基礎練に副団長様を巻き込んでしまってよかったんだろうか。ちょっとそこら辺が不安になってきたよ俺。

「う、ぎぎ……！」

「おっ」

とか思っていたら、ついにクルニが遅れ始めた。うーむ、やはり肉体強度ではヘンブリッツ君の方が一枚上手ということだろうか。

根性だとか火事場の馬鹿力だとかいうやつは、普段出せない力を湧き出させてくれる便利なものだが、その力は長続きしない。むしろ一瞬の類である。根性が長続きする者も居るが、それはどちらかというと能力の低下を抑えるものであって、限界を超え続けるものではない。

なので、既に体力的に限界が迫ってきている中、一度遅れてしまうともう挽回は難しいということ。相手がヘンブリッツ君ともなれば尚更だ。

「そこまで！」

「どぶぇぇ……！」

クルニがスタートに連続で遅れたため、ここで止める。終了の合図を飛ばした途端、クルニがそのまま頭からずっこけていた。まあここまで気力体力を絞り出せる者はそう居ない。それだけでも素晴らしい素質ではある。

「ぶはぁ……！」

そして普段は澄まし顔で騎士たちを模擬戦でボコボコにしているヘンブリッツ君も、流石に疲労の色が濃い様子。というか見た限りではかなりの瀬戸際だったように思える。意地と根性が、クルニよりもほんの少しだけ勝った、という感じだろうか。

「お疲れ様」

「は、はい……！」

ヘンブリッツ君にタオルを持って声を掛ける。ここまで息も絶え絶えな姿は珍しいな。

逆を言えば、それくらい容赦なく追い込んだとも言えるんだが。やらせといてあれだけど俺は絶対にやりたくない。いや、昔はやってたけどね？　あくまで今はもうやりたくないという意味でね。

俺も昔はおやじ殿にひたすら走らされたからなマジで。あの当時は何故こんな苦行を続けねばならんのかと不満たらたらではあったものの、今となってはあれもしっかり俺の血肉になっているんだなあと感じ入るばかりだ。つまり、おやじ殿流の修行はキツくはあったが間違ってはいなかった。なので俺もそれを踏襲しただけである。

「ふぅー……！　いい鍛錬ですね、刺激にもなる……！」

「そ、そうか。それはよかった」

地味でただキツいだけの地獄の基礎練にヘンブリッツ君を巻き込んだ負い目がちょっとあったんだが、当の本人はそんなもん全く気にしていないといった様相だった。むしろ、こういう追い込み系の訓練を好んでいる節すら見受けられる。

ただ、こんなことばっかりやってると絶対に飽きが来るしモチベーションは死ぬ。なのでたまに追い込むくらいが丁度いいんだ。今回は追い込む大義名分もあるからね。

「ふ、ふくだんちょー……次は勝つっす……」

「クルニはまず起き上がって水を飲もうか……」

「うっす……」

地面にべしゃったままピクリとも動かないクルニ。それくらいギリギリになるまで追い込めたということで、まあこの鍛錬は一定の成功を収めたとは言えるかな。

「フラーウ、大丈夫かい？」

「は、はい……お気遣い、ありがとうございます……」

クルニへの心配もそこそこに、ちょっと前に脱落したフラーウに声を掛ける。

まだ息は荒いが喋れる程度には回復している様子で何より。ここまで追い込んでもぶっ倒れる騎士が一人も居ないというのは改めて凄いな。それ程までに騎士団の平均値が突出しているということだろう。

「あまり無理はしないようにね」

「いえ……ここは、無理のしどころですので」

「……そうか」

彼女を気遣っての発言ではあったが、その言葉はやんわりと受け取りを拒否された。

無理のしどころ。そんなタイミングは確かに存在する。今がそうだと言われれば否定も出来ない。

そしてその言葉を告げたフラーウの瞳は、決して自暴自棄になったような光を放ってはいなかった。

つまり彼女は、来月に行われるサラキア王女殿下の輿入れに自身も参加する気でいる。そのためには、休養期間に落ちた体力筋力を取り戻さなきゃならない。

要は、俺なんかの心配など無用の長物だったというわけだ。彼女は彼女なりに考えてしっかりと結論を出した。それは、騎士を続けること。その責任を最後の時まで負うこと。

「なら、遠慮はしないよ。他の騎士と同様に追い込んでいくからね」

「はっ。望むところです」

そんな彼女の決断を、俺のちっぽけな配慮で誤魔化してしまうような真似は出来ない。だから容赦なく追い込んでいく。

いや本当に良い組織だよレベリオ騎士団は。アリューシアのみならず、歴代の騎士たちが連綿と紡いできた意地と誇りが確かに存在している。

それを俺が関わった結果、格が落ちたなんてことは言われたくない気持ちが一層強まるね。それはアリューシアに対しては勿論、今俺の教練を受けている騎士に対しても不誠実だから。

「水分補給と小休止が終わったら組み打ち！　疲労の中でも動けるようにね！」

「はっ！」

指示を発する声に、自然と力が入る。

この組み打ちには俺も参加するつもりだ。流石に体力に溢れていた全盛期のようには無理だけれど、俺は俺なりに自分を追い込まなきゃいけないからね。

よーし、気合入れていこう。ここに居る全員を打倒するつもりでやっちゃうぞ。

◇

「きょ、今日はこのくらいにしておこうか……」

「お疲れ様でした！」

「うん……お疲れ様……」

疲れた。物凄く疲れた。年甲斐もなく鍛錬でハシャぐもんじゃないと身に染みて分かった。

ちょっと自分も追い込んでおかないとね、みたいなことを考えていた少し前の自分を張り倒したい。いや、追い込むこと自体は良いことなんだけど、年々低下している己の体力の勘定が甘かった。

最初に追い込んだダッシュもあって、騎士の皆は少なからず疲労を抱えていた。ここで俺だけのほほんと過ごすのは皆に申し訳なかったし、俺も彼らの頑張りを見て改めて気合入れないとな、と思ったのも事実。

しかしやっぱり俺と騎士の皆では、体力の基準値が違う。皆を打倒する勢いで打ち合いを演じ、しっかり勝ち切れたのはいいものの、もはや俺の体力は風前の灯火状態であった。

冬だというのに俺の身体は火照《ほて》りに火照って汗が止まらない。これはしっかり水分を摂らないと俺が倒れる事態まであり得る。流石にそれは恰好が悪すぎるので気合で耐えるけれども。

「じゃあ、俺は先に失礼するよ……ゼェ……」

「は、お気を付けて」

「うん、ありがとう……」

訓練用の木剣を立て掛けて、修練場を出る。ヘンブリッツ君がお気を付けてと言ってくれている通り、マジで気を付けないと倒れそうでちょっとヤバい。おうちに帰るまでは何とか持ってほしい俺の身体。ミュイが相手なら恰好悪いところを今更見せたって問題ないだろうし。

そう思えるくらいには、俺はミュイと私生活を共にしているのだなあという感想もまろび出てくるな。彼女には俺のダサいところも沢山見せているし、逆に俺も彼女の情けないところをいくつか見ている。

多分、そういう気を張らずに済む姿を互いに見せられる、というのが私生活における信頼というか信用というか、そんな感じのものなのだろう。今までその相手はおやじ殿とお袋……あとはジスガルトのような同門くらいのものだったが、そこにミュイもいつの間にか加わっていたという形だ。

これでももし俺が所帯を持つとなれば、そういう面も見せられる相手、というのが条件の一つになるわけだが、まあその辺りは今考えても仕方がない。

「うおお、外はやっぱり寒いな……！」

修練場から一歩外に出ると、寒風が全身を叩く。冷え込んだ冬季の風は火照った身体を急速に冷やしてくれた。いやこれはこれでぼけっと突っ立ってると風邪を引きかねん。

さっさと家に帰って身体を正常な状態に戻した上で、今日はミュイに遠征のことを伝えるという重要なミッションがある。

しかも今回の遠征は、以前のものよりも確実に長期化する。単純に行き先が遠いのもあるし、帯同しなきゃいけない期間が長い。その間ミュイを一人にしてしまうわけだが、今回も恐らく学院の寮を使わせてもらう形で話は進むだろう。

金銭面の問題はないし、ミュイが置かれる環境という面で見ても学院の寮が最適解。後は一応ルーシーにも改めて話を通しておくか。彼女のことだから、今回の遠征についてもきっと情報は摑んでいるだろうし。

「さて、さっさと帰ろう……」

身体はクタクタだが、とぼとぼとみすぼらしく歩くわけにもいかない。別に特別誰かが見ているというわけではないにしろ、何となく外の目がある場所ではそれなりに気を遣うようになった。

頭のてっぺんからつま先まで常に気を張るのは難しいにしても、ぱっと見でだらけているなと思われない程度にはシャキっとしておきたい。今まで田舎に引っ込んでいた弊害か、そういう気の張り方には慣れないが、これも慣れていかなきゃなとは思っている。

これもまあ一つの成長とは言えるのだろう。多分。アリューシアやウォーレン曰く、俺が気を張らなきゃいけない場に呼ばれる機会は増えこそすれ減ることはないとのことだったから、こうやって日常的な部分から慣れておくに越したことはない。

剣で頼られるのは悪い気はしないし頑張ろうと思えるのだが、それ以外ではやっぱり未だに苦手意識が拭えないね。自分に自信を持つようになるのと同様、こっちもそれなりに長い時間が必要そうだなと感じるよ。

「食材はまだあったはずだし、今日はまっすぐ帰るか」

家の台所事情はミュイと一緒に西区に出かけたり、あるいは俺が指南役の役目の帰りに西区に寄って買っていくことが多い。前者はそこそこの量を買い込むが、後者は俺の趣味というか好みが反映されることが多く、大体はその日限りのちょっと変わった一品程度。この間の魚なんかもそれに当たる。

今日はそんな元気もないので寄り道することなく家に帰ることにした。腹は減っているけれど、市場を眺めて物色するまでの余裕はないのだ。この辺りにも加齢による衰えと限界を感じてしまう。

疲れてはいるけれど、乗合馬車を使う気にはなんとなくなれなかった。この辺りからサボってしまうとどんどん悪い癖になっちゃいそうでね。ただでさえ衰えているのに、楽することを覚えてしまえばあとはもう真っ逆さまである。

「ただいま」

というわけでクタクタになりながらも歩き、特に何事もなく我が家へと到着。誰も居ない家の中に俺の声だけが小さく木霊《こだま》した。

ミュイが帰ってくるのはもう少し後だから、まだ動けるうちに晩飯の仕込みだけでもしておこう。今なら横になればすぐに意識を手放せそうだけれど、それをやるにはまだ少しばかり早い。

「とりあえず、煮込むか……」

こういう時、煮込み料理というのは実に便利だ。適当に具材をぶち込んでコトコトしておけばなんとかなる。火を見ておく必要はあるものの、楽が出来る料理の一つであった。

鍋に水を張り、まずは沸かす。その間に肉とか芋とか野菜とかを適当にカットしてぶち込む。塩と香草を入れておけば最低限味も調う。こんな体たらくでは料理のバリエーションを増やすなど夢のまた夢ではあるが、何せ楽ちんなので仕方がない。そりゃミュイも煮込み料理ばっかり作るよなという話だ。

「ね、ねむ……」

家に帰ってきてようやく緊張の糸が途切れたのか、料理を作っている最中に凄まじい疲労感と眠気が襲ってきた。今すぐ寝たいけど火をつけたままでは危ない。かと言って今火を消してしまえば料理が完成しない。流石に生煮えの飯は食べたくないし、何より食べさせたくない。

「ぬん……！　いててて」

とりあえず気つけに自分の頬を思いっきり抓《つね》ってみる。め、めちゃくちゃ痛い。でも目はちょっと覚めたぞ。

こんな時間から眠気が来るなんて随分と久しぶりだ。それくらいには、俺は自分をギリギリまで追い込むことをしていなかったということになる。追い込まなきゃいけない事態に出くわさないのが最善ではあるが、今の立場ではそんな言い訳も立たないからなあ。

体力の下降線はもうどうしようもないので、俺に出来ることはそれを少しでも緩やかにしていくくらい。せめてそのための努力はしっかりしていこうと改めて考える。

「ただいまー」

「あ、おかえり」

そうやって眠気と格闘することしばし。十分に煮込めた料理が完成するのと、ミュイが我が家に帰ってくるのはほぼ同時であった。

な、なんとか本日の役目を終えたぞ。いや、遠征のことをミュイに話すミッションはまだ残ったままだが、最悪それは明日でもいいわけで。とりあえず今日の仕事は公私ともに終わったと見ていいだろう。

「……なんか眠そうじゃん」

「分かる……？」

丁度鍋に火をかけているから、それ目当てに暖を取りに来たミュイが一言。

俺はミュイと共に生活しているが、当たり前ながらミュイも俺と生活を共にしている。つまり互いに観察していれば日常からの違和感にはすぐに気付く。ミュイは元々人の機微にそこそこ敏いから、俺が今日は疲れていて眠い、くらいは考えてみれば簡単にばれることでもあった。

「ちょっと今は鍛錬で追い込んでてね……」

「……ふぅん」

煮込んだ料理の味を確認しながら理由を説明すると、ミュイからはあまり興味がなさそうな答え。

「またどっか行くの？」

「……うん、そうなるね」

しかし、次に齎された彼女の言葉は俺を驚愕させるに十分に値するものであった。眠気もちょっと飛んだぞ。察しの悪い子ではないと最初から思っていたが、俺が何も言っていないのにもかかわらずそれを言い当てられたのはかなりの想定外。

けれどまあ、これは隠しておくことでもないし俺からも言おうと思っていたことでもある。ミュイの方から話を振られた以上は隠す意味も理由もない。これはいっそ、話が早くて助かったと考えるべきか。

「騎士団の遠征がまたあってさ。前回よりも長引きそうなんだ」

「……そう」

前回の時もそうだったが、ここに王女がどうこうとか国がどうこうとかの情報は入れない。それはミュイに聞かせても仕方がないことだからだ。余計な心配をさせたくもないしね。

まあ今回に関しては王女様の輿入れということもあって、いずれ遠からず耳にはするだろう。現段階では守秘義務もあるだろうから、身内に数えられるミュイにも易々とは教えられない、という事情もあるにはあるが。

「……アタシさ」

「うん？」

しばしの沈黙の後。ミュイは火に当たりながらぼそぼそと呟き始めた。

「一人で出来るよ。オッサン居なくても」

「……そっか。寮には入りたくない？」

「いや、そういうわけじゃねえけど……」

短い問答を経て、考えてみる。

多分ミュイとしては言葉通り、別に寮が嫌なわけではないだろう。その辺りで遠慮するタイプの子じゃない。実際に前の遠征の時は寮に入っていたわけだから、それで嫌な思い出があったのならそう言うはずだ。嫌な理由を正直に話すかどうかは別として。

となると、それ以外の理由がある。恐らくだが、いつまでも子供に見られたくないという反骨精神というか対抗心というか、そういう類のやつかな。

まあ気持ちは分からないでもない。俺も幼少時、おやじ殿からガキ扱いされるのが嫌だった記憶もある。思い返してみればあの当時は立派なガキだったわけだが、そんなことは今の立場と年齢になって初めて分かることだ。

そういう思いを抱いた子に対し、いやいや貴方はまだまだ立派な子供なんですよ、などと言ったところで絶対に納得はしない。

それにミュイは、厳密に言えば手のかかる年齢を既に超えている子だ。今までの生活だって一人で何とかしてきたことも多いだろうし、その辺りの成熟性は同年代の子たちよりも勝っているとも思う。

だからこの辺りの心配はミュイを思ってという面も勿論あるが、やっぱり俺の過保護なところなんだろうな、と改めて考えてしまう。前回の遠征時にもルーシーに過保護過ぎだと突っ込まれた思い出が蘇る。

「……前よりも長いよ？　二か月は見た方がいいと思う」

「だいじょぶだよ」

「……そっか」

一応念を押してみるも、ミュイからは改めて大丈夫だという言葉。

うーむ。この言葉を全面的に信頼するか否か、判断の分かれ目だな。

「――分かった。万が一困ったことが起きたら、ルーシーのところに行くようにね。話は通しておくから」

「ん」

不安は勿論ある。金は十分な額があるし流石に餓死することはないにしても、やはり誰の監督もないまま家に一人で長期間留守をさせるのは結構忍びない。

けれどここは、彼女を信じてみようかとも思う。無論、万が一を考えてのセーフティネットは出来る限り構築しておく。ルーシーに話を通すのは勿論、こっそり学院の方にも伝えておこうと思っている。キネラさんならその辺りも勘案してくれそうだし。

「いつから？」

「んー……今月末からは居なくなるかな。帰ってくるのは年が明けてからだね」

「分かった」

向こうに着いてから何をやるかの具体的な内容はまだ不明だが、まさか王族の婚姻に伴うイベントが一日二日で終わるわけではあるまい。となると、スフェンドヤードバニア領に着いて以降それなりの期間滞留することはほぼ確定で、そう考えるとやっぱり二か月強は帰ってこられない計算になる。

その間、ミュイのことが気にならないと言えば嘘になる。むしろめっちゃ気になる。けれど、信じて置いておくことにした以上、それを今からうだうだ言っても仕方がないしな。男に二言はないというが、分かったと一度頷いたからには、なかなか反故には出来んのだ。

「じゃあ明日から飯とか買い出しとかアタシがやる。……練習にもなるし」

「そう？　悪いね」

「別に悪くもねえよ」

そして、ミュイはミュイでしっかり考えているらしかった。俺が居る間に予行演習をしておこうという心構えは素晴らしい。もしこれで及第点に及ばずであれば、俺も寮に入ろうよと言いやすいしね。その辺りも考えた上での提案だろうな。

意固地になるだけでなく、ちゃんと自分の言葉に責任を持とうとしている。それだけでもとても嬉しいことだ。こうやって子供はどんどん成長していくんだろうなあ、という感慨すら湧いてくる。

「お金は好きに使っていいからね。と言ってもほどほどでお願いしたいけど」

「分かってるよ」

一応お金の使い道だけ軽く言い含めておいたものの、彼女が豪遊するとも考えにくいしそこは大丈夫だろう。怪我の功名と言うには微妙に異なるが、ミュイは盗賊生活時代もあったからお金の価値というものを年齢の割によく分かっている。

「あと服はちゃんと畳んで片付けるように」

「うっ……分かってるよ……」

最後に整理整頓について言及すると、先ほどとは打って変わって微妙な答えが返ってきた。

やっぱり片付けは苦手なんだよなミュイは。まあその辺りも可愛く映るんだけどね。

◇

アリューシアからサラキア王女殿下の輿入れとそれに伴う遠征について聞かされ、ミュイの成長を感じつつ、ルーシーと魔術師学院……ここは主にキネラさんだが、彼女たちへのそれとない根回しもやりながら。

普段とは若干様相の異なる日常ではあれど、大筋としてやることはやっぱり変わらない。つまりは、騎士団庁舎で騎士たちをシゴき、時たま魔術師学院で剣魔法科の生徒を見守るという流れ。

そんな日々を過ごしながらある程度経った頃。俺は再びアリューシアに呼び出され、騎士団の執務室へと赴いていた。

「先生、お待ちしておりました」

「うん、お待たせ。……あれ、今日はヘンブリッツ君も居るんだね」

「はっ」

てっきりまたアリューシアから遠征について何か追加の情報を聞かされるのかなと思っていたら、今日はヘンブリッツ君も同席するらしい。

騎士団長と副団長に囲まれての密談。相手が相手だからそこまで緊張はしないが、普通に肩書だけで考えたら震え上がっても何らおかしくない相手である。まあそれを言えば俺も、騎士団付きの特別指南役という大層立派な肩書を既に持ってしまっているわけだけれど。

「それで、今回はどんな用件なのかな」

「はい。ですがその前に、先生にお渡ししておきたいものがあります」

「うん？」

いつものように執務机横のソファに腰掛け、さて今回の用件は何かなと問いかけたところ。返ってきた答えは少々予想外のものであった。

渡すもの。渡すものってなんだろう。当然ながら、何を手に取らされるのかはさっぱり見当が付かない。わざわざ執務室に呼び出している以上はそれなりのものなんだろうけれど、さて一体何が出てくるのやら。

「こちらです」

「これは……」

「外套ですね。我々騎士団の装備の一つです」

そう言って手渡されたのは、重厚な布の塊。ヘンブリッツ君が説明を添えてくれたように、それは広げると衣類や鎧の上から羽織れるような、やや幅広な外套であった。

彩度を控えめにした、しかし埋もれることはないであろう僅かに薄い群青色。騎士団の装備とも親和性が高そうな色合いである。

「ふむ……」

手渡された時の重みで分かっていたが、かなり厚手だな。そして手触りも良い。上質の布が使われていることが一目で分かる作りだ。

丈はかなり長く、膝辺りまで覆えるだろうか。確かにこれだけ厚手で丈長の外套であれば、防寒の役目は十二分に果たしてくれそうである。フードも付いているし、悪天候時もこのまま使えそうだな。そして背面にはレベリオ騎士団のエンブレムが大きく描かれていた。

「本番の時は俺もこれを羽織る、と」

「そうなります。先生は騎士の鎧をお持ちではありませんから」

「それはまあ、確かに」

普通に考えて、王女殿下の輿入れは国を挙げての大仕事だ。当然ながら騎士団もほぼ全員が駆り出されるはず。その中で一人だけ、装備の違う者が紛れてしまえば流石に言い訳が苦しい。

グレン王子がバルトレーンにお越しになった際の護衛時はまだよかった。あの時は基本的に俺は馬車の中に居たし、一人だけ鎧でなくともお付きの人だと思われてしまえばそこまで違和感はなかっただろう。

けれど今回は流石に困る、ということだな。俺は叙任を受けていないから騎士の鎧を下賜されることはないし、今更それをするのも違う。だから季節が冬だということにかこつけて、外套で見た目を統一しよう、というのはまあ納得出来る理屈であった。

「……ちなみにこれは返さなきゃいけないやつかな」

「いえ、貸与ではなく授受ですので、遠征後もお使いいただいて結構です」

「そうか、分かった」

てっきり今回の遠征限りの貸与かなとも思ったけれど、どうやらそれは違うらしい。となると、防寒用のアイテムが思わぬところから手に入ったということで、俺としてはちょっとしたラッキーでもある。

とは言え、でかでかと騎士団のエンブレムが描かれた外套を、表で積極的に使おうという気にはちょっとなれないが。

「じゃあこれはありがたく使わせてもらうよ」

「はい、そうしてください」

そんなわけで、騎士団の外套は俺の手に収まることとなった。

ただ、わざわざ俺を執務室に呼び出して、しかもヘンブリッツ君まで同席させてまでやるイベントだとは思えない。言ってしまえばこれはついでで、本命の案件がきっと他にあるのだろう。

「それで、今回お呼び立てした件についてですが。遠征のルートと日程が確定しましたのでお知らせに」

「……なるほどね」

遠征のルートと日程の確定。それくらい皆の前で知らせればいいじゃんとも思うが、意外とそうは問屋が卸さない。

道程と日程が公開されるということは、裏を返せば待ち伏せや襲撃が容易になることの裏返しでもある。しかも今回は王女様を連れての遠征だ。先般のヴェルデアピス傭兵団に限らず、よからぬことを考える不埒な者たちが他に居ないとも限らない。

つまり、こういう情報は上層部だけに留め置き、下っ端はとにかく指示された通りに動き、守る方が軍事的には正しい。

あまり考えたくはないものの、例えば騎士や貴族の私兵の誰かが捕らわれたりして、情報が漏洩する可能性も出来る限り排除しなければならない。それらの意味を含めて、アリューシアやヘンブリッツ君、あとついでに俺か。そういった隊を纏める立場の人間のみに情報を流すというのも、納得出来る動きだ。

まあ俺が実際に隊を指揮することは多分ないと思うけどね。特別指南役としての役目を仰せつかってはいるものの、先述したように俺は騎士ではない。そんな身分の人間が騎士たちを纏め上げるのは組織的にもよろしくないし、外聞的にもあまり良くはないだろう。

特に今回は他国の人間にもレベリオ騎士団をお披露目する機会でもある。そうなった時に、やっぱり外部から招聘《しょうへい》した一般人、というのは扱いには困るものだ。

「基本的には前回の遠征と同じ順序を辿ります。要所要所で変更もありますが」

「うん。それはそうだろうね」

前回の遠征が円満に終わっていれば問題はなかった。しかし実際には襲撃を受け、騎士に重傷者も出たし貴族の私兵には死者も出た。そんな事件があった以上、前回と全く同じ道筋を辿る判断はしづらいだろう。

「地図と中継予定地はこちらになります」

「どれどれ……」

言いながら見せられたのは、レベリス王国の主要都市や町と、今回の行程が記された地図であった。

間違いなくこの地図は持ち帰ってはいけないやつである。これは極秘情報と言っても何ら過言ではないものだ。むしろ俺には見せない方がよかったんじゃないかという心配までしてしまう。

俺の記憶と照らし合わせて考えてみると、確かに凡《およ》そのルートは前回と似通っている。最終的にフルームヴェルク領を通ってスフェンドヤードバニア領に入るのもそうだ。まああそこは国境だから通らないのは無理なんだが。

ただ、いくつか立ち寄る町に変更があるように見えた。これは恐らく前回の襲撃に加え、フルームヴェルク領での夜会で収集した情報も加味して修正を加えたものだろう。

「ルートの良し悪しは分からないけど……内容は把握したよ」

「ありがとうございます。こちらは持ち出しは出来ませんので」

「だろうね」

立ち寄る町々の名前、またその地を治める領主の名前なんかを今ここで全部覚えるのは俺には無理だ。これが持ち帰れたら話は別だけど、こんな機密情報は執務室の外に出さない方がいい。なので最低限の情報だけを確認して、後は流れでまあなんとかなるだろう。クソほど甘い見積もりだが、何にせよ遠征中に俺が道を尋ねられることはほぼないからな。きっと大行軍になるし、逸《はぐ》れる心配もしていない。

アリューシアも、俺に対してそれを期待しているわけじゃないはずだから、これはきっと俺に対するポーズも含まれているんだろうと思う。つまりは、貴方を除け者にはしていませんよという構え。別に除け者でもいいんだけどね個人的には。どうせ剣を振る以外ではあんまり役に立ちそうにないし。

「用件は分かったけど、ヘンブリッツ君が居る理由は？」

　そしてここまでの話の流れに特に違和感はないものの、地味に気になっていたことが一つ。

　それがヘンブリッツ君の同席である。先ほどの外套と地図の件であれば、アリューシアから直接聞けば済む話だった。わざわざ副団長もあわせて呼んだ理由にはならない。

「はい。遠征時の部隊編成についてですね」

「ふむ……」

　齎されたもう一つの課題に、頷きを返す。

　サラキア王女殿下の輿入れは、国全体で後押しすべき大義だ。流石にバルトレーンをガラ空きにするわけにはいかないにしても、前回の遠征と違い大部分の騎士が同道するはず。当然そのトップであるアリューシアとヘンブリッツ君も加わるはずで、俺をどこに配置するのかは多分ちょっと難しい話なんだろうな。

「私とヘンブリッツは、それぞれ部隊を率いる予定です」

「それはまあそうだろうね」

　騎士団の団長と副団長なんだから、騎士たちを率いる立場に居るのは当然である。むしろアリューシアとヘンブリッツ君が騎士たちを率いなくて誰が取りまとめるんだという話だ。

「その中で、先生にも隊を持たせてはどうか、という話が上がっていまして」

「なんで？」

いやなんでだよ。どこからその話が湧いてきたのか皆目見当が付かない。

俺は騎士の叙任を受けていない。そんな外部の人間がいきなりしゃしゃり出てきて、王からの叙任を受けた騎士たちを率いるなどあってはならないことだ。少なくとも俺の知る常識に従えばそうなる。

――いや待てよ。これはあれだな。恐らくサラキア王女殿下の思惑が働いていると見た。

アリューシアはその性格上、規則や伝統を破ってまで無茶はしない。そりゃ俺を特別指南役に推した行動力は凄いが、別にあれは何もめちゃくちゃをやったわけではなく、あくまで騎士団長として推薦を行い、それが承認された形である。法も規則も何も破ってはいない。その流れに言いたいことは確かにあるがそれはそれとしてね。

で、この組織のトップはアリューシアなわけで、彼女の頭を通り越して無茶を通せる存在は極僅かだ。

即ち、王室に連なる方々くらいである。例外としてルーシーの存在はあるものの、彼女もそんなことをわざわざ主張したりはしないだろう。

「……言い出したのはサラキア王女殿下かな」

「ご明察です。そうなると隊の配置が随分と変わるため、ヘンブリッツもあわせて話を通した方が早いと判断しました」

「なるほどね……」

王女殿下のお願いとなると、流石のアリューシアも無下には出来ない。かと言ってそこで頷いてしまうのは諸々を考えるとちょっとよろしくない。だから一旦俺に話を通すという形で保留にした。そんなところだろう。

「……悪いけど、頷けない。俺は一人の剣士として働く自信はあるけど、人を率いるのは無理だ。知識も経験もない」

王女様のお願いは無下には出来ない。無下には出来ないが、やれるやれないはまた別の話。

そもそも俺は、一対一の戦いや少人数戦であれば多少動ける自信があれど、軍の統率にはまったく向いていない。そもそもそんな経験もないしね。

サラキア王女殿下が俺を買ってくださっているのは分かる。それはありがたい評価ではあるものの、剣士として優秀であることと、軍才があるというのは全く別。そんな慣れないことをして、余計な混乱を招くことこそが、サラキア王女殿下の身を危険に晒すことにも繋がってしまう。

「分かりました。この件については改めてお断りと、その理由を述べておきましょう」

そして返ってきたアリューシアの言葉は、俺が断ることをどうも想定していた様子であった。

本当に繰り返しになるが、隊を率いるというのは個人の強さとの相関性が全くないからね。求められるのは完全に別の資質である。そして俺に、その資質はない。

「すまないね。……ちなみに、俺がそれに頷いていたらどうするつもりだったんだい？」

とは言え、周囲からの評価に俺が舞い上がってしまう可能性もなくはない。サラキア王女殿下の提案を受けて、その本人が乗り気であれば逆に覆すのは難しくなっただろう。

もしそうなっていたら、彼女はどうするつもりだったのか。本命の話題からはやや逸れた、ついでの雑談のようなものだが、少し気になって訊ねてみることにした。

「ふふ。先生は首を縦に振らないでしょう。貴方はそういう人ですから」

「ははは、お見通しというわけか」

そんな俺のささやかな疑問と冗談は、彼女の微笑に封殺された。

いやまあ確かに、俺がここで頷くわけはない。おやじ殿に打ち合いで勝ち、多少なり自分の剣に対する自信は出てきたものの、そこまで驕《おご》り高ぶることはとても出来ない。

しかしそうは言っても、中々彼女から向けられる信頼は重たいね。それを心地よいと感じられるようになる時が、果たしてやってくるのかどうか。そんな先もさっぱり見通せないばかりである。

「私はベリル殿の指揮も見てみたい気はしますが……」

「はっきり言うけど無理だよ。これは謙遜だとかそういう話じゃなくてね」

どうやらヘンブリッツ君は俺の指揮を見てみたいらしい。百歩譲って見てもらうこと自体は良いにしても、それをサラキア王女殿下の輿入れという重大イベントでやる必要性が全くない。失敗が許されない事案に対して、変なリスクは誰も負いたくはないだろうからね。

「それでは、先生の当日の役回りは決定した上で改めてお伝え出来ればと思います」

「うん、よろしく頼むよ」

しかしこれで俺が隊を率いることはなくなったとはいえ、俺をどのように扱うかというのはやっぱり難しい問題なんだろう。その辺りは俺が口を挟めるものでもないので、沙汰を待つばかりである。

まあでも、アリューシアなら悪いことにはならないだろうという信頼もある。今回の件にしても、彼女は俺が断ることを最初から分かっていた様子だし。

さて、本番までに残された時間はそう多くない。当日に憂いを残さないためにも、しっかりと鍛錬に励むとしよう。

二　片田舎のおっさん、教都へ行く

「それじゃ、行ってきます」

「ん。気を付けて」

いつもとそんなには変わらない、しかし慌ただしい毎日を過ごしていると、時間なんてものはあっという間に過ぎ去っていく。

今日はサラキア王女殿下の輿入れが始まる日。つまり遠征の初日だ。今日からしばらくの間、この家には帰れないしミュイにも会えない。すべてが順調に進んだとしても、バルトレーンに帰ってくるのは年が明けた後だろう。

季節が冬に移り変わり、早朝と言ってもまだまだ空が暗い時間帯。地平線から薄《うっす》らとせりあがる灼熱の根源を今か今かと待ち侘びながら、ミュイの言葉を背に受けて我が家を発つ。

結局ミュイは俺が遠征で家を空けている間、家に留まる判断をした。ちゃんと計算した上で十分な金額は家に置いてあるし、何か困ったことがあればルーシーや学院を遠慮なく頼るようにも言い含めてある。分別も大分ついてきているし、そう無茶はしないだろう。この辺りは彼女に対する信頼もそうだけど、俺自身も子離れをしないといけない部分なのかもしれないね。

「やっぱり暖かいな、これ」

家から一歩外に出ると、如何《いか》に都会とは言え大自然の厳しさに敵うわけもなく。早朝という時間帯も相まって、肌を突き刺すような寒風が容赦なく身体を凍らせにくる。

しかしながら、以前アリューシアから……と言うか、レベリオ騎士団から頂戴した外套の防寒力が素晴らしい。顔はもうどうにもならないにしても、身体はかなり外気温から守られている感覚がある。

ばっちりとレベリオ騎士団のエンブレムが描かれている以上、日常使いにはやや躊躇《ためら》ってしまう一品だが、これはついつい使い続けたくなってしまうな。特に騎士はこういう公の行事だと鎧を着込むから、相当に寒いはず。その辺りのフォローを支給品で行うあたり、上層部もしっかり考えているのだなとちょっと感心するとともに安心するよ。

「ふぅ……」

歩きながら吐く息が、白に染まる。

胴体は外套、手足は手袋とブーツで守ってはいるものの、寒いものは寒い。これから遠征という名の行軍が始まるから、身体は否応なく温まるだろうけれど。

今日の本番を迎えるまでに何度かアリューシアやヘンブリッツ君らと打ち合わせは重ねたが、いつぞやの遊覧護衛時と違い、俺をどう配置するかは割とすぐに決まった。と言うより、隊を持たせようとサラキア王女殿下が言わなければとっくに決まっていたことらしかった。

一兵卒として扱うのは違う。かと言って、叙任を受けた騎士というわけでもない。特別指南役なんて大層な肩書を貰っちゃいるものの、それは所詮内部にしか通用しないものだ。

ではあるのだが、アリューシアはグレン王子たちのご遊覧の際、俺を特別指南役として紹介する場も設けたいと言っていた。俺と、俺の肩書を国外にも喧伝《けんでん》していく方向で大筋は随分前から固まっていたらしい。

なので、指揮命令系統としてはアリューシアの直下。隊を持たず、王族らの近辺を守る近衛の一人としての運用となった。

自身の腕を過度に謙遜することは出来る限り止めようと意識こそ変わったが、それは別に俺が注目を浴びたいと考えるようになったわけでは決してない。なので正直な話、アリューシアのその思惑はちょっぴり有難迷惑な側面もある。

剣を振るうついでに名声が上がっていく、というのならまだ分からんでもない。しかしながらアリューシアには時々、その辺りを極力すっ飛ばして俺を一気に持ち上げてしまおうという気概を感じる。

彼女にそう思わせてしまうくらいには俺の剣技が評価されている、という嬉しい見方も出来なくはないのだが、それはそれとして俺の性に合う合わないがどうしても出てしまうわけで。ずっと片田舎に籠っていたまま、長い期間を経て丁寧に熟成された精神性がそう簡単に覆るわけもなく。

まあでも止めろと言っても止まらないのは重々承知しているから、俺が変わっていくしかないんだろうな。そもそも俺の言葉で止まるようなら、俺を特別指南役にねじ込んだりはしていない。

「大変だよな、今更だけど……」

いざ自分がそういう目線に晒される立場になると、おやじ殿が優れた腕を持ちながらビデン村に居ついた理由も何となく察することが出来る。

多分、面倒くさかったんだろう。色々と。おやじ殿は剣の腕こそ抜群に立つものの、政治的な立場や名声に拘っている様子は微塵も感じられなかった。

その点には俺も同意せざるを得ない。フルームヴェルク領での夜会を経て改めて思い知ったが、あんな世界に日常的に足を踏み入れようなどとはどうしても思えないからね。

とは言え、これまで曲がりなりにもいくつかの事件を解決してしまった以上、それに付随する評価は正当に受け止めなければならないのだろう。受け止めたくない気持ちは依然としてあるものの、事実ではあるので俺が駄々をこねても仕方がないことである。

別にこれ以上の評価や名声が欲しくないからと、任務をサボったり手を抜いたりはしない。それはそもそもとして俺の信義に悖《もと》る。

となると、与えられた職務については出来る限りこなしていくしかないわけだ。いつの日か、俺の手にはとても負えない重大な責務を課せられやしないかと、そんな心配が今度は湧いて出てきてしまう。

「頼むから適当なところで落ち着いてほしいね……」

俺は今まで、自身の腕前をやや過小評価していたかもしれない。その可能性については認めよう。しかしながら、今度は逆に行き過ぎて周囲から過大評価をされても困るのだ。

あいつなら大丈夫。あいつならやってくれるはず。あいつなら……。そうやってどんどんと分不相応な職責が与えられてしまう。そこまで行きそうなら流石に俺も一言挟もうとは思うが、アリューシアをはじめ騎士団の者や近しい人たちはどうにも聞き入れてくれそうにない、というのが少々困ったところ。

まあその辺りは俺が驕《おご》らなければ大丈夫だろうとは思うけれども。と言うか、多分周りがあんまり止めないから自制をするほかない。あのルーシーでさえ、力を持つ者は相応に生きるべき、なんて言葉を俺に向けて言ってるからな。

なのでこれからはただの謙遜ではなく、真に自身に見合った評価と課せられる職務を見定めなければならんわけだ。それも恐らく俺一人で。

腕が立つということと、職責や重責に耐えられることとは違う。その点で言えば俺は剣を振るうことには自信があれど、政治的に高度なやり取りをしたいわけじゃないし、出来るとも思っていない。その辺りを混同されてもちょっと困るのである。

それなりに血気盛んだった十代二十代の頃ならともかくとして、こんな年になって今更そんな心配をするようになるとは夢にも思わなかった。特別指南役になったところから始まり、ミュイの後見人になるところまで、本当に世の中何が起こるか分からないもんだね、マジで。

「ま、なるようにしかならないか……」

冬の早朝ということもあって、如何なバルトレーンといえども人の往来は極僅か。しんと静まり返った都会を歩くというのもなかなか新鮮な経験である。普段はもっと耳に色々な音が飛び込んでくるんだけど、今日はそんなこともない。そのせいか、様々なことを考えながらついつい独り言も増えてしまう。

俺はビデン村に居る時からずっと早寝早起きだったから特に不満も違和感もないけれど、いくら騎士とは言え、この時間から召集が掛かるのは人によっては厳しいかもしれないな。まあそういうのも込みでレベリオの騎士になったのだとは思うが。

そんな益体《やくたい》もないことをつらつらと考えながら歩を進めることしばし。未だ薄暗いバルトレーンの中央区の中で爛々と明かりが灯る大きな建造物に近づいていく。

何度見ても騎士団庁舎はデカい。通うようになってから随分と時は経ち、俺も大分慣れたけれど。未だに時々、こんな立派なところにお勤めしている自分がいまいち信じられない感覚もある。

「よし……」

普段なら何も気負わずに通り過ぎる正門。

しかし今回は少しばかり緊張してしまうな。別にこの庁舎で何かをやるわけではなく、あくまで集合場所に過ぎないのだが。

「おはようございますベリルさん。頑張ってくださいね」

「はい、ありがとうございます」

正門前で守衛さんといつもの挨拶。彼らは王国守備隊に所属する人たちだが、今回の遠征には同行しない。一口に守備隊と言っても、その所属や職務は多岐に渡る。

しかし流石にこれからのスケジュールは皆知らされていたらしく、掛けられる言葉もいつもとはやや趣の違うものだ。頑張ってください、という言葉は鍛錬を頑張れという意味ではないことくらい、俺にもすぐに分かった。

守衛さんとの挨拶を終え、いつもの修練場ではなく集合場所として指定された中庭へ。

夜明け間際の中庭と言っても、光源は十分に確保されており視野には困らない。この辺りの予算の掛け方も凄いな、なんて変な方向性の感想もまろび出てしまうほどであった。

「先生、おはようございます」

「ああ、おはようアリューシア」

そして中庭では、既に準備を整えていたアリューシアとヘンブリッツ君。その他既に集合していた幾人かの騎士が待機していた。どうやら俺はそこそこ早いタイミングに来たらしい。

当然ながら皆、レベリオ騎士団の外套を羽織っている。鎧姿で整列しているところも恰好いいが、外套で統一されている姿も中々に圧力があっていいな。その一員として俺が居るのは、少々見た目に違和感をもたらすかもしれないけれど。だって皆若いからね、基本的に。

ちなみに、流石に王族、しかも他国の王族まで絡む国家行事で平服は失礼が過ぎるので、外套の下に着ているのは最初からきちっとしたやつである。これも一着しか持ってなかったんだけど、遠征が始まるまでにちょこちょこ買い足してはいた。

と言うか、フルームヴェルク領での一幕があってからその辺りも気を遣った方がいいと思い始めた。いや、俺としてはまったく歓迎出来ないことではあるんだが、こういうのはもう俺個人の裁量で断れないものがほとんどだからね。ならばせめて、表に出るのなら相応の恰好はしておいた方がいいということで、同じようなジャケットっぽいやつを買い足していたわけだ。

普段着と違い、こういうのはそれなりに出費も嵩むものだが、今の収入であればそれらも比較的容易に整えられるというのは大きい。ミュイに関する出費は勿論、自分の立ち位置や見られ方が変わったことによる出費にも耐え得る収入はやはり非常に助かる。

いつぞやのルーシーが言っていた通り、なんだかんだと金はかかるということだな。その点は素直に感謝しておきたい。

アリューシアと挨拶は交わしたものの、賑やかに雑談という空気でもないため、静かに騎士が集まるのを待つ。アリューシアやヘンブリッツ君、そして俺が少々早めに来ていただけであり、しばらくするとぞろぞろと今回の遠征に同行する騎士たちが中庭に集まってきていた。

その数、凡《およ》そ五十人。首都バルトレーンに常駐する騎士の数が確か百と少々だったはずなので、ほぼ半数が今回の遠征に帯同する形となる。しかもそこにアリューシアとヘンブリッツ君も加わるとなれば、実質的に首都の半分以上の戦力が今回の護衛。

相当な力の入れようである。そして護衛には騎士だけでなく王国守備隊も加わるから、総勢は数百名という規模にまで膨れ上がるだろう。

騎士は個としての戦力もあるが、兵を率いる立場でもあるからな。恐らく騎士を小隊長としてそこに守備隊の面々が付く形なのかな。その辺りの組み方というか、軍のまとめ方までは俺は知らないけれど。

「――総員、傾聴！」

騎士たちが集合を終えた後、タイミングを見計らってアリューシアの声が響く。

それまでは静かに談笑をしたり、打ち合わせをしていた騎士たちが彼女の声に合わせてピタリと動きと口を止め、姿勢を正した。一糸乱れぬ統率に、この瞬間だけでも舌を巻くほどだ。

「これより、サラキア第三王女殿下の護衛任務に就く。目的地はスフェンドヤードバニア教都ディルマハカ。長距離の行軍となるが、各位の弛《たゆ》まぬ努力と研鑽が大いに発揮されることを期待している。まずは王宮へ向かい、王女殿下および守備隊と合流する。行動開始！」

「はっ！」

アリューシアの号令で、この場に集った精鋭たちが動く。

さて、長い長いお仕事の始まりである。今から気を張っても仕方がない部分もあるけれど、久々に王室の方々と接触する機会だし、腑抜けた顔で向かうわけにもいかない。それなりに気合を入れて行くとしよう。

「総員、待機せよ」

夜明け間際の騎士団庁舎を出発してからほどなく。俺たちはバルトレーン北区にある王宮前まで向かい、到着した時点でアリューシアから待機の命が下った。

まあ前回の遠征と違って、今こちらには総勢五十名の騎士が居る。彼ら全員で王宮内にどかどかと上がり込むわけにはいかないし、待機は妥当な命令だろう。

そして王宮の正門前には俺たち以外にも既に先客がいた。即ち、王女殿下らを運ぶ馬車である。

今回は長旅となるだけに、事前に準備するものが多い。更に王族の護衛をしつつの行軍となるだけに、その分馬車のサイズや台数も膨らむのは道理。万が一にも何かが起こってはいけないからな。あらゆる可能性を考慮し、そしてそれらを排除せねばならない。

「私は王女殿下のお迎えに上がる。ヘンブリッツ」

「はっ！」

皆を王宮の正門前に待機させたアリューシアは、ヘンブリッツを伴ってサラキア王女殿下のお迎えに向かっていく。

これもまた妥当。もしかしたら俺も呼ばれるかなと少し身構えていたが、流石にそうはならず少し胸を撫で下ろした。

何度も何度も言っているが、俺は特別指南役という外部から雇われた外様であり、騎士ではない。なのでこういう国事については、本来なら部隊に加わることすらおかしいのである。身も蓋もないことを言ってしまえば、俺に隊を持たせようとしたり色々と言葉を挟んだサラキア王女殿下の方がおかしい。

まあこんなことは絶対に表立って言えないが。これがもし、俺がサラキア王女殿下付きのロイヤルガードになるとかいう話ならまた違ってきたんだろうけれどね。

アリューシアもそれを分かっているからこそ、王女殿下のお迎えには団長と副団長が向かう形をとっている。俺が行くのは心情的なあれやそれやは別として、形式としておかしいんだ。そしてそれを無視する彼女ではなかった。

「さて、これからどうなるか……」

アリューシアとヘンブリッツ君が王宮へ足を踏み入れた後。誰に聞かせるでもなく小さな呟きを落とした。

俺は今回の遠征についていくことは決まっている。しかし、スケジュールの詳細すべてを知っているわけではない。今で言えば、この時間帯に庁舎を出発して王宮へ向かい、サラキア王女殿下たちと合流して遠征の体制を整えるまでは知っているが、じゃあその中で誰がどう細かく動くのかまでは知らない。

正確に言えばそれらをアリューシアは伝えようとしていたが、俺がやんわりと断った。行軍の細かい管理監督は俺の領分ではないからだ。会話の端々で計画の一端はもしかしたら語られていたのかもしれないけれど、努めて意識的に俺はそれを忘れようとしている。

第一、こういう長期間の任務というのは大枠のスケジュールこそ決まっているものの、その場その場でどうするかは臨機応変に対応するのが基本である。そこで常に最適解を出せる自信が、俺にはない。

別にこれはただ単純に楽をしたいからではない。俺の職務と性分上、色んなことに頭を回していると純粋に剣が鈍る。これは程度の差はあれど誰でも大体同じようなもんで、一点に集中した方が人間はパフォーマンスが出やすい。

大小問わず色々なことを並列で考えながら十二分に動けるアリューシアたちがぶっちぎって優秀なのであって、俺にそこまで上等な資質はないのである。残念ながら。

だから俺は言われたことをこなし、もし戦う必要が出てくれば剣を振る。極力物事をシンプルに捉えた方が俺の場合は都合が良い。戦うことについての瞬時の判断はそこそこ出来ているつもりだけれど、どうにも大局を見るのは苦手だね。こればっかりは練習しても出来る気がしないよ。

「殿下、お足もとご注意ください」

「大丈夫ですよアリューシア」

そしてしばらくして。サラキア王女殿下がアリューシアとヘンブリッツ君を従えて王宮正門前へと姿を現した。その後ろには今回の旅に同行するであろうお付きの侍女、外交官、紋章官などがズラリと付き従っている。

外交官や紋章官はともかくとして、王女殿下は女性だから身の回りを固める者らも女性で固めたい。その意図は良く分かる。そしてグレン王子の遊覧時と同じく、彼女たちはただ世話をするメイドという位置付けでもなさそうであった。身体の運びが綺麗過ぎるんだよな。何らかの戦闘術を修めた者たちであろうことは、歩き方を見てすぐに分かった。

……まあ実際に有事が起こってしまった際、彼女たちがどこまで動けるのかは前回のこともあってやや疑問ではあるけれど。しかしこればかりは仕方がない。なんせ彼女らには実戦経験を積む機会がなさすぎるのだ。

如何に技術と知識を詰め込もうが、それらが十全に発揮されるかどうかはまた別の話。戦闘力と護衛能力という面だけで見れば、残念ながら彼女たちはレベリオ騎士団に二枚も三枚も劣る。だからこそ騎士団や魔法師団が存在しているんだけどね。

俺自身、実戦経験がメチャクチャ豊富とまでは言わないけれど、それでも王宮勤めの方々が日常的に戦闘をしているとは考えにくい。

「皆の者、よく集まってくれました。道中よろしくお願いいたしますね」

俺たちの前まで歩を進めた殿下は、綺麗な顔を綻ばせて激励のお言葉を掛けてくださった。如何にレベリオ騎士団といえど、王室の方々から見れば下々もいいところ。そんな俺たちにもしっかり礼節を保つ辺りは流石である。誰だって、横暴に振る舞う人よりは所作が丁寧な人に仕えたいもの

だから。

「我ら一同、一針の隙も無く、完璧に殿下をお守りすることをこの剣に誓いましょう」

「ええ、期待しています」

殿下の激励に、アリューシアが応える。

こういうやり取り一つとっても、やっぱり俺には出来そうにないなあと思うのだ。咄嗟に彼女のように格式ばった、その場に相応しい言葉をひねり出せる気がしない。

「殿下、こちらへ」

「ええ」

挨拶を交わした後、サラキア王女殿下は用意されている馬車に侍女とともに吸い込まれていった。

殿下の馬車には殿下本人、侍女が二人、そしてアリューシアが帯同する予定だ。やはりここも女性だけで固めたいのだろう。俺としては逆に殿下とアリューシアに囲まれて同じ馬車に乗る、なんて可能性まで考慮していただけに、これは素直にありがたい配置である。そんなロイヤル空間で長時間一緒なんてとてもじゃないが俺の精神が耐えられないね。

「では事前の取り決め通りに、バルトレーンの外周で守備隊と合流する」

「はっ」

サラキア王女殿下らが馬車に乗り込み、指揮を引き継いだヘンブリッツ君が騎士たちへの指示を出す。

アリューシアも一緒に馬車に乗り込んだ以上、外の指揮は副団長であるヘンブリッツ君の役目だ。必要があれば殿下やアリューシアに指示を乞い、対応する。

で、肝心の俺はと言うと。

「ベリル殿はこちらへ」

「あ、ああ」

今回も俺は馬車の中であった。

これは何というか、いわゆる消去法的なアレだ。今回の布陣では、バルトレーンの外で合流する王国守備隊の面々がまず外縁に就く。逆にサラキア王女殿下を乗せた馬車は当然陣形の中央。その守備隊を指揮するために騎士が適度に分散し、ヘンブリッツ君をはじめとした精鋭は王女殿下を守るため馬車付近に展開する。

さて、そうなった時に俺をどこに配置するかという話である。

一兵卒のように外縁を守りながら歩く案は最初からなかった。別に俺はそれでもよかったんだけど、肩書とか考えるとそれはダメらしい。まあそれは分からんでもない。

次にレベリオの騎士たちと同列に扱う案。これに関してはサラキア王女殿下が仰ったような、俺に隊を持たせる前提であれば有り得た。今回の遠征における騎士の役目は王女の護衛は勿論のこと、万が一緊急事態が起こった際の守備隊の指揮も含まれる。当然指揮を出す人間が馬車の中に全員引き籠ってしまうのは大問題なので、俺が人を率いる立場ならそうなっていただろう。

だが実際はそうならなかった。となると、どうするか。そう、馬車の中だね。

　一応これも立て付けの理由は用意出来たらしく、俺は騎士ではなく外部から招聘した特別指南役。なので、客賓として扱うことも出来なくはない。騎士ではないが、指南役として王女殿下の護衛に参加してくれている、みたいな捉え方だ。

　いやそれもどうなんだと思いはしたものの、特別指南役としての肩書を持った人間が徒歩で守備隊に交ざったりする方がよほど問題らしい。他に俺の中で良い代替案も出なかったこともあり、この形を受け入れたわけだ。

　まあ、それはいい。ベストではないにしろ、少なくとも誰かから余計な突っ込みを受けるほどのものではないだろう。

　問題は、俺にとってもうちょっとパーソナルな部分にあった。

「道中、よろしくお願いいたします」

「どうも、お噂はかねがね」

「ははは……」

　そう。ともに馬車に乗る人たちである。

　前回フルームヴェルク領に赴いた時は、騎士団自体が賓客扱いであった。なのでアリューシアと俺、ヴェスパー、フラーウが馬車に乗っていた。

　だが今回は違う。主役はサラキア王女殿下であり、そして婚姻外交に伴う諸々を取り仕切る政治屋たちだ。騎士はあくまで王女殿下らの護衛であるため、アリューシアのような例外を除き、馬車の外で護衛に就くのが普通である。

じゃあ、今回の遠征において馬車に乗るべき人たちとは誰か。

サラキア王女殿下、身の回りの世話をする侍女、政治屋となる。どちらかと言えば、その枠に俺を無理やりねじ込んだ形と表現した方が適切かもしれない。

つまり俺は、顔も名前も初めて知るような高位の方々と共に馬車の中で同じ時を過ごす羽目になった。控えめに言って地獄である。これ外で歩いていた方がまだマシだったのでは？

「さて、自己紹介くらいはしておきましょうか。私はトラキアス・センプル。グリースモア宰相の名代として同行しています」

「……キフォー・クアンダ。紋章官だ」

「アデラート・マシカと申します。キフォーと同じく紋章官を務めております」

馬車内で顔を合わせたのは俺を含めて四人。アデラートが女性で、他は男性。全員若手というには年を取り過ぎている、それくらいの年齢であった。

「お初にお目にかかります。レベリオ騎士団の特別指南役を務めております、ベリル・ガーデナントです」

なんとか外向きの笑みを張り付けて、挨拶を返す。

この最初の言葉だけは随分と言い慣れてしまった気がする。これは良いことなのかどうなのか、ちょっと判断に悩むところだけど、まあ多分良いことなんだろう。そう思いたい。

恐らくこの中で一番偉いのは、宰相の名代と言っていたトラキアスだ。宰相と言えば、一国の政治を担うトップ層の一人である。上層部でどのような判断が下されたのかは定かではないが、宰相自身が出向くのではなく名代を立てることで義理を果たそうとしている、と考えるのが妥当かな。

普通に考えれば、王族暗殺未遂事件があってから今までのこの短い期間で、スフェンドヤードバニア内部の権力争いに決着がついたとは考えにくい。

そうなると、如何にめでたき結婚とはいえども、火種が燻《くすぶ》っている隣国に国家の重要人物を纏めて送り出すのには不安が残る。だから万が一が起こっても、レベリス王国としては立て直しが利く範囲で。つまり名代を送り込むことにしたのかなと考えてしまうのだ。

いや、その判断自体は正しいとは思うけどね。そう捉えると、折角のサラキア王女殿下の輿入れなのにグラディオ陛下やファスマティオ殿下といった、他の王室に連なる方々が一緒に出発しないことにも一応筋が通る。

考えたくはない可能性だが、もし局所的な戦闘が勃発して陛下や殿下もろとも命を落としてしまいました、などとなってしまえばもう最悪だ。下手したら一気に国が傾く。

それを思えば、代理を立てて要職の者はなるべく少なく、という方針は理解出来る。出来るが、サラキア王女殿下の花道が随分と寂しいものになってしまいそうだなと考えてしまうのは、小市民の捉え方だろうか。

「まあ長い道中です。のんびり行きましょう」

そんなことに思いを馳せていると、トラキアスからあまり気負わず過ごそうぜ、的な言葉を頂戴した。

別に取り仕切るつもりは全くないが、この馬車の中に限った力関係で言えばまとめ役は彼になりそうだな。下手に話題を振られると困るけれども、自分がしゃしゃり出なくて良いというのは気が楽でもある。特に不満もないしね。

「ええ、長旅になりそうですから」

彼の言葉に、当たり障りのない返答を差し出しておく。

途中立ち寄る町々で宿をとるはずだから、別に彼らと四六時中一緒というわけでもない。しかしながら、日中移動している間は常にこのメンバーかと考えると、ちょっと気疲れしそうなのもまた事実であった。

アリューシアや王女殿下に囲まれるのと、顔も名前もついさっきまで知らなかったお偉いさん方に囲まれるのと、いったいどっちがマシなんだろうね？　俺にはよく分からんよ。

「お、動くようですね」

そんなことを考えていたら、準備が整ったのか馬車が緩やかに動き始める。

さて、とは言えもう変更も後戻りも出来ないところまで事態は進んでしまっている。トラキアスの言う通り、今から気を張っても仕方がないけれど、何事もなく今回の遠征が終わることをただただ祈るばかりであった。

◇

「失礼します。間もなくフルームヴェルク領に到着いたします」

「そうか、分かった」

伝令役の騎士が馬車の扉を叩き、顔を覗かせる。そこから齎《もたら》された情報は、ようやくこの長旅の往路が佳境に入ったことを示していた。

いやあ、やっとこさフルームヴェルク領か。ただ今回はここで止まらず、さらにその先にあるスフェンドヤードバニアまで行くから終着点というわけではない。しかし、自国領土の最終地点ではあるからして、最後に息抜き出来るのも多分ここだろうなという妙な予感があった。

前回の遠征でやってきた時に比べると、フルームヴェルク領到達までに要した日数は長い。単純に連れている人数が桁違いで行軍の速度が落ちたためである。

今回は王女殿下をお連れしているということもあって、計画は相当緻密に、かつ柔軟に練り込まれている。万が一にも野宿をするわけにはいかないから、そのおかげで俺たちもしっかり宿場のベッドで休めたのは幸運というべきだろう。その分時間はかかっちゃったけどね。

「では、我らも外に出る準備をしましょうか」

「そうですね」

トラキアスの言葉に相槌を返す。

この辺りは以前の遠征で来た時と同じだ。領土間で護衛に就く貴族の私兵が代わるため、そのための挨拶と顔見せである。特に今回はサラキア王女殿下がいらっしゃるために、万が一にも知らん人間が潜り込んでいては困る。

なのでこうやって、私兵軍の方々にも顔を覚えてもらうと同時、俺たちの間でもするりと他人が潜んでいないかの確認をするのだそうだ。

なかなかに想定しづらい事態ではあるものの、手練れの暗殺者や隠密が警備の目を掻い潜《くぐ》ってどこかの馬車に侵入し、中に居る人を殺して成り代わってしまう可能性もあり得る。

何をバカなと言われそうな内容だけれども、そういう可能性すら考慮し、そして排除していくのが今回の遠征では必須。まさに万難を排す構えであった。

「フルームヴェルク領の関所に到着いたしました」

外に出る準備と言っても特にやることはない。皆の前に出る心構えをしておくくらい。そんなことをぼけっと考えていたら、関所に到着した様子。

ここで俺たちは外に出て顔を合わせ、私兵軍が交代する。やることは前回と同じだが、違うのはその規模だ。

「ふぅ……」

トラキアス、キフォー、アデラートとともに馬車の外に出て、まず真っ先に目に入るのは人、人、人。そして馬。

護衛の騎士が約五十名、王国守備隊がおおよそ三百名。加えて領土を渡る度に加わる貴族の私兵が数十名から百数十名。とんでもない数の人である。

加えて、普段なかなかお目にかかれない頭数の馬も居る。なので視界に余計な圧迫感があるんだよな。

と言うのも、バルトレーン北区を出発して外周で守備隊と合流した際。彼らがおおよそ五十頭の馬もあわせて用意してきていたのである。それなら外で合流するのも納得で、あの数の人間と馬が北区に押し寄せていては首都内の交通が完全に麻痺してしまう。

で、その馬にはレベリオの騎士が乗る。これで文字通りの騎士となるわけだ。まあバルトレーン内の移動でわざわざ騎乗する必要性はないから、今までは単純に見る機会がなかっただけであるが。

颯爽と馬に跨り、はきはきと指示を飛ばすヘンブリッツ君は普段より何割増しにも恰好よく見えてしまったね。俺もビデン村で多少馬に跨る機会はあったし、乗馬は出来なくはない、という程度だけれど、あそこまで機敏に馬を操作することは出来ない。

何より、馬上戦闘は俺の得意分野ではないのだ。やっぱり剣士の戦いはシンプルに地に足つけてなんぼである。これは完全に俺の好みだけどさ。

「フルームヴェルク領私兵軍兵士長、サハト・ランバレンと申します。スフェンドヤードバニア国境までの警備は我らにお任せください」

「ええ、よろしくお願いいたします。こちら通行届となります」

「拝見いたします。……確かに」

人と馬を眺めながら歩を進めることしばし。関所の前で、これから警備を交代する私兵軍の皆様が綺麗に整列をして待機していた。

王女殿下とお付きの侍女を除く、馬車に乗っていた者たちと兵士長であるサハトが挨拶と確認を取る。

サハト・ランバレン。ウォーレンの持つ私兵軍の兵士長を務める男だ。相変わらず切れ長の目は中々の威圧感を持っている。まあ彼もこの任務を失敗するわけにはいかないから、気合の表れと見ておくとしよう。

以前の遠征の際、ウォーレンに乞われて稽古を付けた記憶が蘇る。あれから鍛錬はしっかり続けている様子で何よりだ。彼もまた発展途上、そして根性と意欲は申し分ない。その腕を磨き続けてほしいと思うと同時、その実力がこの遠征中に発揮されないことを願う。

そして彼らが書類のやり取りをする間、サラキア王女殿下は馬車に籠ったままである。如何に顔と護衛対象を確認するための儀式とは言え、こんな場所でホイホイと王女様のご尊顔を表に出すわけにはいかない。そもそも謁見することにすら許可が要るレベルである。言ってしまえば、たかだか辺境伯の私兵ごときに易々と顔を晒すことはあってはならないのだ。

そして今回に関しては外交要素も多分に含む。アリューシアも外に顔を出してはいるものの、表に立つのはトラキアスのような外交官やキフォーのような紋章官。アリューシアはあくまでただの護衛なため、この場での発言権はほぼない。

それは当然俺も同じ。なのでいくらサハトが顔見知りとは言え、ここで気軽に挨拶を交わすわけにはいかんのである。

いや、ほんっとうに面倒臭い。確かに地位や名声を築くことによって得をする面もあるだろう。主には金銭面だとか諸々の融通だとか。

一方、顔と名前が知られてくるとこのような、俺にとっては非常に厄介なものが加速度的に増えてくる。

無論、得られた地位や名声分の働きはせねばならんと前向きに捉えることは可能だ。可能ではあるが、そもそも俺はそれらを欲していないわけだから、ただの面倒な、かつ押し付けられた義務でしかないという見方も出来てしまう。

剣を振るい更なる強者と相まみえるためには、それなりの地位や名声、影響力があった方がいいのは分かる。その点に関して言えば納得はしている。俺の肩書がただの田舎の剣術師範のままであったなら、その望みは到底叶いっこないからだ。

けれどまあ、その望みも俺がビデン村に引き籠っていたら多分生まれなかったわけで。その辺り鶏が先か卵が先かみたいな話になっちゃうね。現状に概ね満足はしているものの、じゃあ不満がないかと問われれば、やっぱりそれは少々難しい問題であった。

　別に俺は豪奢な椅子にふんぞり返りたいわけでも大金を手にしたいわけでもない。ただ愚直に剣の道を突き進み、まだ見ぬ地平に辿り着きたいだけである。

　そのためにはある程度の地位と名声を得て動きやすくした方が良い、というのは理屈では分かるけれども。じゃあ気乗りするかと言われればそれはちょっと違うよね、という話だ。少なくとも俺はね。

「それでは移動を開始します」

　関所の通行に関するあれやこれやも無事終わったようで、これからフルームヴェルク領へと入ることになった。

　俺単独で国を跨ぐような移動はしないだろうから、この辺りの細かい手順は別に覚えなくてもいいと自分では思っている。どうせ長距離の移動をする時は、誰かに連れ出された時だ。少なくとも俺の場合は高確率でそうなる。まあ、ミュイが諸国漫遊をしてみたいなどと言い出したらちょっと話は変わってくるけれど。

「さて、馬車に戻りますか皆さん」

「ええ、そうですね」

　とりあえずの一仕事を終えたトラキアスが、同席する俺たちに声を掛けていた。

　一応、彼ら三人とはこの移動中に最低限の交友は紡げたつもりである。交わす言葉はほとんどが他愛《たわい》もないもので、頻度もそう高くないから仲良くなったとまでは言い難いが。

　まあそれでも、何も知らん何も分からん連中に囲まれてずっと無言を貫くというのもかなりきつい。ずっと陰に潜んでいられるヴェスパーやフラーウの方が特殊なのだ。あれはあれで相当な訓練を積んでいるとは思うけれど。

「フルームヴェルクはなかなかに栄えていると聞きます。良い酒が出てくることを期待しましょうか」

「はは、飲み過ぎには気を付けてくださいね」

「その言葉、そっくりベリル殿にお返しいたしましょう」

　なので、こうやって上辺だけでも円滑な会話をしておく方が、精神衛生上ちょっとだけマシなのである。

　トラキアスもこうして軽い冗談を挟みながら仲良くやっている、ように見える。彼だって勿論、言葉全てが本心のはずはないだろう。その辺りの機微は未だに良く分からないままだが、そういうものだという認識自体は前回の遠征で嫌と言うほど学べた。これもまた一つの成長かな。

　この後は恐らく前回と同じで、ウォーレンの屋敷まで向かってそこで一泊、といった感じだろう。ウォーレンはサラキア王女殿下のお相手をするんだろうけど、ジスガルトやシュステがどう動くのかは分からない。今回の遠征では俺の存在は木っ端であるからして、流石にシュステが俺に付くことはないと思う。

あれからまだ幾分も時は経っていないが、彼女がどのように成長したのかはちょっと気になるところ。出来れば前回の遠征後から、シュステがどのような我が儘《まま》を発揮するようになったのか聞いてみたい部分はある。

ただまあ、それを伺う機会はないだろうな。かと言って、個人で気ままに旅するにはフルームヴェルク領はちょっと遠い。なんともままならんものである。

「ベリル殿は、フルームヴェルク領に来たことがあるとか」

「ええ、まあ」

移動の道すがら、トラキアスから話題を振られる。

いやまあ、来たことがあるのは事実だし、それ自体は隠すものでもない。夜会に招待されて騎士団が動いたことくらいは、王政に関わるものなら知っていてもさほど不思議ではないだろう。

けれども、その裏に隠された密命については誰がどこまで知っているかが分からないために、安易に口を割れない。なので返す言葉はひどく曖昧な相槌に留まってしまった。あまり深く突っ込まれると困るんだけどな。

「どうですか、食事などは」

「美味しいものですよ。特に宿で頂いたミルクは絶品でしたね」

「ほう」

ふう、一般的な雑談の延長で助かったぜ。

基本的に俺はそこまで上等な舌を搭載していないので大体のものは美味しく頂けるのだが、それでもあの宿で頂いた朝のミルクは絶品であった。濃厚でかつ喉に引っ掛からない爽やかさもあり、自然の味わいというものを存分に楽しめたものだ。

トラキアスやキフォーといった者たちが普段どのようなものを食べているのかは知らない。知らないが、基本的にバルトレーンで生活していると何でもかんでも高品質なものが割と簡単に手に入ってしまう。

フルームヴェルク領がそれなりに栄えているとは言え、言葉を選ばずに言ってしまえば辺境だ。普段口にする料理の質が気になるのはまあ、致し方ないことだろう。

「それはそれは、今夜の食事が楽しみですね。ねえキフォー」

「……不味いよりはマシだな」

トラキアスが振って俺が反応した話題に、アデラートがさりげなく乗っかった。

まあこんな感じで和気あいあいとまでは言わずとも、そう悪くない雰囲気で馬車の旅はここまで続いてきたというわけだ。

例外としては紋章官のキフォー。彼は最初の挨拶の時から一貫してそうだったが、口数がかなり少なく、愛想はかなり悪い方だろう。それでも自身が的になった質問や話題などには最低限応じているので、無視を決め込んでいるわけでもない。

何気に、このくらいの距離感の人が一番ありがたかったりする。まるきり無視はしないから会話は成立するし、用があれば口を開く。その上であまり余計な詮索も質問もせず、こちらも必要以上は答えないぞと暗に態度で示している。

旅をする仲間として見たら微妙かもしれないが、一時を共にする他人として見た時は結構気が楽な相手であった。

まあそれも、俺自身があまり他人との、それも高位の方々とのコミュニケーションに慣れていないという根本の問題があるにはあるんだが。

ただ彼らはそれをある程度察した上で、当たり障りのない話題を振ってきてくれているようにも見える。その辺りの気遣いは素直にありがたかった。

相手の力量を勘定し、その場に合わせた適切な行動を取る。剣での戦いならそれは得意分野だけど、人付き合いの技術としては全然学んでこなかったからなあ。比べられると悲しいが、これも一つの経験として割り切ろう。

◇

「ようこそおいで下さいました、サラキア王女殿下。短い間ですが、どうぞごゆるりとお寛ぎください」

「ええ、邪魔をしますよフルームヴェルク辺境伯」

「邪魔など、とんでもないことでございます」

関所を抜けてからしばらく。以前と同じく、すっかり日も沈んだ後に俺たちの遠征隊はフルームヴェルク領辺境伯家、つまりウォーレンのお屋敷に到着していた。

流石に屋敷に入るためには馬車は降りなければならず。そしてウォーレンたちからすれば、その時に全力のお出迎えをせねばならず。結果として今、屋敷の中庭でウォーレン、ジスガルト、シュステといった辺境伯家の重鎮と使用人らが勢揃いして王女殿下を迎えるシーンとなっている。

さて、王女殿下はほぼ確実にこのままウォーレンの屋敷で一泊を過ごすだろう。フルームヴェルク領の中でここ以上に高貴な場所は存在しない。

問題は俺たちである。お付きの侍女は当然ながら王女殿下に引っ付くわけであるが、彼女らを差し引いてもまだ結構な人数が残っている。同道している他の侍女や執事、トラキアスら外交官やアリューシアや俺といった騎士団の面々。

いくら辺境伯の屋敷といっても、この人数を収容するだけにとどまらず、十分なもてなしをするというのはややキャパシティを超えているような気がしないでもない。寝床だけ与えて突っ込んでおけばよい雑兵とはわけが異なるのだ。それに王女殿下と同じ場所に寝泊まりするというのは、格式を考えると少し悩ましいところ。

まあ、その辺りは当然計画のうちとして練られてはいるだろう。単純に俺が知らないだけである。

出来れば人目を気にせずのんびり出来る個室がいいなあとか、いっそのこと街中の宿場でも取ってくれた方がありがたいなあとか考えてはいるけれど、さてどうだろうね。極めて望みは薄そうだけどさ。

　ちなみに今回の遠征の道中、確実に宿に入れるラインはギリギリで俺までである。そもそもこっちは数百名規模の大行軍なわけで、彼ら全員が寝泊まり出来る町はそう多くない。

　基本的に守備隊の面々は野営だし、規模の小さい町であれば騎士団の面々も野営だ。無論、その可能性は最初から考慮して十分な準備はしてきているはずだが、それでも過ごしやすい季節ならともかく、冬の訪れ真っただ中での野営は結構きついものがある。

　その点を考えると、ある程度の立場というものは持っていて得することもあるなと思うわけだ。その得に見合った義務かと問われれば、まあちょいと頭を悩ませるが。

「それでは王女殿下、こちらへどうぞ」

「ええ」

　挨拶を終えた後、ウォーレンはサラキア王女殿下を連れて屋敷の中へと足を向けた。それに付いていくのは王女殿下お付きの侍女と、恐らくウォーレンが選定したであろう執事や小間使いたち。

　やはりウォーレンの本邸で過ごすのはサラキア王女殿下だけか。となると、他の面々には以前と同じように別館を宛がう形かな。んで騎士団には宿が取ってあって、後は守備隊の面々がどうなるかといったところだろう。

「お連れの方々は別館へご案内いたします。護衛の方々には別途宿をとっておりますので」

「ご配慮、感謝いたします」

ウォーレンの後を継いだシュステが説明を続ける。

どうやら俺の読み通り、外交要員をはじめとした高位の一部は別館でその他は宿になるらしい。まあ予想が当たったというよりは、それ以外の選択肢があまり考えられなかったのが大きいんだけど。


この流れで俺も一般の宿に、とかならないかな。そうしたら人目を忍んで酒場で一杯やるくらいは許されるかもしれないのに。でも今までの流れからして無理そうな気配はしている。

「宿への案内にはサハト以下我々の兵を付けます」

「承知いたしました。ヘンブリッツ、隊をまとめてサハト殿の案内に続きなさい」

「はっ！」

これで騎士たちはヘンブリッツ君に続いて町の宿に泊まることが決まった。で、アリューシアがヘンブリッツを隊のまとめ役に命じたということは、彼女は別枠扱いということになる。

恐らくこの流れだとヘンブリッツ君も町の宿だ。副団長である彼を差し置いて俺が別館に泊まるというのもなかなか恐れ多い気がする。けれど形式上は俺が客賓で彼はその護衛だからなあ。ここで俺が安易な振る舞いをするわけにもいかない。

やっぱり必要以上に地位が上がってしまうとそれはそれで面倒臭いな……。加えて俺の精神衛生上あまりよくないのもダメだ。慣れろと言われたらそれまでなんだが、出来ることなら上に居座ることに慣れたくはない。自制心は忘れないつもりだけど、剣が鈍りそうで怖いからな。

「それでは私、シュステ・フルームヴェルクが皆様を別館までご案内いたします」

「ええ、よろしくお願いします」

騎士団の面々が動いて随分とさっぱりした中庭で、シュステが次いで告げた。

俺たちの馬車に乗っていたのが俺を含めて四人。他にもサラキア王女殿下の方に付いていけなかった侍女や執事、外交要員を含めて十数人といったところか。全員に個室を分け与えるのは難しいにしても、まあこの人数ならあの別館であれば十分収容出来るだろう。

出来れば個室がいい。個室がいいが、我が儘を言える場面でもないから、シュステらの采配に期待するしかないな。

「なかなか堅牢な造りの屋敷ですな。流石は辺境伯といったところでしょうか」

別館への移動のため再度馬車に乗り込んだところで、トラキアスが感嘆の声を漏らした。

彼らは恐らくだが、基本的にあまり首都から出てこない。少なくともこんな国境沿いの領土までやってくることは稀だろう。そうなると建築物の標準認識がバルトレーンのものになるから、その基準は恐ろしく高い。

そんな彼らの目にもウォーレンの屋敷は重厚なものに映るようだ。前回来た時も立派な屋敷だなあと思ってはいたけれど、やっぱり国防上の理由とかがあるんだろうね。なんせすぐお隣は他国の領土だ。敵国ではないにしても、警戒しておくに越したことはないはずだ。

「代々国防の一端を担ってきた領です。我らも安心して過ごせるというものでしょう」

「ははは、それは確かに」

アデラートがトラキアスの言葉を拾い、それにまた彼が呼応する。

うーん、まあギスギスされるよりは全然いいんだけど、こういう会話って自分から入っていくのが難しい。何というか、明確に俺に対して投げられていない言葉を取捨選択して会話を繋げるという技術が俺に備わってなさすぎる。

だって会話が必要なら特定の個人に言葉を投げるじゃん、普通。だがお偉いさん同士の会話ってそのとっかかりが極端に少ないんだ。独り言かな？　とすら思ってしまう。でも実際は広く投げかけられた言葉で、その場の誰がどう対応したか、などを見ることもあるらしい。マジで面倒くせえ。

前回の夜会でもそうだったが、貴族というか面子や見栄の問題が大きいお偉いさんは、会話一つ取っても実に慎重だ。言い方を変えれば迂遠。

別に俺と交わらない世界ならどうぞ勝手にやっててくださいで済む話ではあるものの、その場所に俺が放り込まれるとなるとやっぱり困る。こればっかりは慣れる気がしない。特に今回はシュステのような女房役が居ないもんだから余計に参る。流石にこんな馬車の中で重大な話はしないと思うし、俺が聞く限りではなかったように思うけれども。

「……おっと、どうやら着いたようですね」

そんなことを考えていたら馬車はすぐに別邸へと到着した。まあ本邸とはあまり距離が離れていないのは知ってたけどね。

とにかく、これで十分に足を伸ばせる椅子と柔らかいベッドにありつけるわけか。後は温かい食事。特に今は日も沈んでいるから大分寒い。馬車自体の造りはかなりしっかりしているものの、やはり冷気を完全に遮断出来るものでもないからね。

「では、順にご案内いたしますね」

別館の前で馬車を降りた俺たちは、そのままシュステの先導で中へと足を踏み入れていく。順番にご案内するってことは、既に部屋の割り振りは完了しているということだろう。

「こちらのお部屋はトラキアス様がお使いください。食事は後程運ばせます」

「おお、ありがとうございますシュステ様」

「左隣のお部屋をキフォー様が、右隣のお部屋がアデラート様となります」

「ありがとうございます」

「……感謝する」

順番に部屋へと案内されて各々吸い込まれていく。ちなみに侍女たちは共同で一部屋を使うようだ。つまりは相部屋だな。まあ全員個室は流石に無理だろうし、外交官より侍女に優先して個室を割り振る必要性まではないか。

しかし、仕事の多寡と重要性という意味で言えば、一番部屋を用意する必要がないのは実は俺だったりする。今のところ俺の仕事って馬車の中で座ってるだけだからね本当に。屋内で休めるのは確かにありがたいが、結構申し訳ない気持ちも湧いてきてしまう。

「ベリル様はこちらのお部屋をお使いください」

「はい、ありがとうございます」

シュステの後ろに付く人数が随分と減ったところで、俺に割り当てられたであろう部屋へ到着した。

どうやら個室らしい。やったぜ。決して表には出せない感情だが、心の中でガッツポーズするくらいは許してほしいところだ。

顔見知りかつフランクな言葉遣いを求められている間柄ではあるものの、こんな場所でそのような態度は取れない。どこに誰の耳があるか分かったもんじゃないからな。

ただまあ、部屋に入っちまえばこっちのもんだ。誰の目も気にせずに過ごすことが出来る。日中は態度一つにも気を遣うから、こういうプライベートな空間というものは大変にありがたい。

「お食事は後程。それでは失礼いたします」

「いえいえ。ご丁寧な対応、ありがとうございます」

割り当てられた部屋に入った後、シュステと最後の会話を終えて扉を閉める。

ようやく気を抜ける時間の到来だ。ひとまずは着ていた外套を脱いで壁に掛けて、と。

「あぁ――……」

備え付けのソファにどっかりと腰を下ろして一息。思ったより年寄りの声が出てしまった。身体はそれほど疲れちゃいないが、精神的な疲労がヤバい。

　都合二週間ほど、俺はあの馬車の中でずっと気を抜けない日中を過ごしてきた。それでも何とか耐えられたのは、こうやって宿では大体個室が割り当てられたからである。これが相部屋だったり共同の寝床であったならどこかで爆発していたかもしれん。

「……飯は後から来るんだったか」

　一旦ソファに腰を落ち着けていたが、ずっと座りっぱなしというわけにもいかない。とりあえず腰に提げた剣は外して、服も着替えよう。外套の下にはジャケットを着ているが、これはこれで気が引き締まると同時、気が休まらないからな。

　着替えて気分を切り替えたら、ここの美味い食事と美味い酒を味わいつつ、お風呂で心の洗濯と洒落込むか。食事はともかく風呂に入れることが確定しているわけじゃないけれども、流石にこれだけの来賓を抱えて風呂を開放しないことはないはずだ。

　もうここまで来たら客賓という立場を最大限使って、出来る限りのんびりしたい所存である。スフェンドヤードバニア領に入ってしまえば、のんびり出来る保証もないからね。

「ベリル様、お食事をお持ちいたしました」

「ああ、はい」

　着替えたり荷物を整理したり部屋の様子を観察してみたり。そうして時間を潰していると誰かが俺の部屋の扉をノックした。

多分食事を運んできた侍女とかだろう。流石に位の高い人が来るとは思えないが、それでも他人の目がある時は最低限きちっとしていなければならない。

これがアリューシアやヘンブリッツ君、あるいはクルニなど、多少は気心の知れた相手ならこちらも恰好を崩せるんだけどね。そうもいかないのが難しいところだ。

「今開けます」

ノックから間もなく、扉に手を掛ける。

これって中に居る人が開けるのか、こちらが許可を出して外の人が開けるのか。礼儀としてはどっちが正しいんだろうな。俺は相手に動いてもらうのがやっぱりちょっと苦手なので、こういう時に率先して動いちゃうんだけれども。せめて扉の向こうの人に変な顔をされないことを祈るばかりである。

「お待たせしまし……？」

まあでも横暴に振る舞うよりは多少丁寧にした方がよかろうと、こちらから扉を開ける。

扉の先にはトロリーに載った美味しそうな料理と酒。それを運んできたであろう女性がこちらに向かって微笑んでいた。

それはいい。それは普通である。問題は、トロリーを運んできたであろう女性の正体にあった。

「……シュステ？」

「はい、お邪魔しますねベリル様」

言いながら彼女は困惑している俺を他所《よそ》に、トロリーごと部屋の中への侵入を果たした。

「では、失礼いたします」

「いやいやいやいやいや」

何食わぬ顔で俺の部屋へ侵入し、そのままパタンと扉を閉めてしまったシュステ。にっこりと微笑みを湛《たた》えたままの彼女に対し、俺はただただ困惑して手を振るしか出来なかった。

「……何か問題でもございましたでしょうか？」

「いや、うーん……うぅん……？」

俺が戸惑っているところに、シュステの疑問が差し込まれた。これはどう返すのが正解なんだろうか。

正確に言えば、俺個人に問題はない。シュステは既に知己の仲だし、顔も名前も知らない侍女などよりは気が楽なのも確かだ。

しかし今回は何も俺の個人旅行というわけではない。フルームヴェルク家長女という肩書は、この遠征で俺なんかを相手に消費していいものではないような気がしてならない。

いや、来賓の接待をしようという心意気自体は分かるんだよ？　分かるけれども、わざわざシュステ自身が俺なんかを相手しなくてもいいだろうに。トラキアスとかもっとお偉いさんが居るだろ。

俺は肩書こそ騎士団の特別指南役という大層なものを持ってはいるものの、今回の遠征においては外交的価値のないただのお荷物である。

　辺境伯家としては、折角スフェンドヤードバニアに渡るためにぞろぞろと政治屋たちが付いてきているのだから、そちらとの人脈構築に尽力した方がいいのではないのだろうか。俺と仲良くする利点って特にないと思う。自分で考えて悲しくなってくるけれど、それは事実だろうから。

「それでは問題もなさそうですので、お食事にいたしましょうか」

「ああ、うん……ありがとう……？」

　実際腹は減っているし食事はありがたいんだけど、彼女の行動が唐突過ぎてお礼の言葉が疑問形になってしまった。

　でも田舎出身の平民が辺境伯家の長女に配膳してもらうというのは、それはそれで罪悪感が凄い。今この部屋の中には侍女が居らず俺とシュステの二人きりである。

「あ、手伝うよ」

「いえ、ベリル様はお待ちいただければ」

「そ、そう……」

　流石にシュステを働かせて俺が待っているのは気が気でないために手伝いを申し出てみるものの、やんわりと封殺されてしまった。どうにも彼女の愛嬌のある笑顔には強く出られない不思議な力がある。

　アリューシアのような有無を言わさぬ類のものではなく、柔らかくこちらを包み込んでしまうような、そんな感覚。相手は遥か年下のはずなんだけどな。この辺りにもやっぱり人生経験の差というものは出てしまうんだろうか。俺なんて今まで只管《ひたすら》剣を振っていただけだし。

そんなことを考えていたら、部屋のテーブルの上にどんどんと料理が並べられていく。

お貴族様って普通は自分でこういうのをやらないイメージなんだけど、シュステの所作はそれを感じさせない。普段から侍女を差し置いて自分で飯を取っているとは思えないからなんだか不思議だ。

「それでは、いただきましょうか」

「ああ、うん。いただきます」

パン、肉料理、スープなどが並べられた二人きりの食卓に向かって、食前の言葉を告げる。

フルームヴェルク領の料理が美味いことは前回の遠征で知っていることなので、味の心配をしなくていいというのは意外と安心感がある。

これがバルトレーンやフルームヴェルクといった比較的大都市なら問題ないものの、地方の町村では必ずしもそうではないからね。事実、ビデン村に誰かを招待したとしても、出せる料理は高が知れている。

今回の遠征においても、宿泊先で出される料理には場所によってかなりの差があった。仮に良いものが出せたとしても一番いいものはサラキア王女殿下の方に行くから、それはそれで仕方がないことではあるのだが。

「うん、相変わらず美味しいね」

「ふふ、ありがとうございます」

お偉いさんと二人きりでディナーなど、少し前の俺であれば緊張と不安で飯の味など分かるはずもなかったが、多少なりそういう経験を積んだ上、相手がシュステとなればその緊張も大分緩和されるというもの。適度に脂の乗った肉はいい具合にローストされているし、付け合わせのパンももっちりとした柔らかいものである。

「エールもありますので、どうぞ」

「おお、ありがとう」

食卓には料理と合わせてワインが並んでいたが、言いながら彼女はトロリーの下段に用意してあったエールを取り出した。

エールがあるのは嬉しいとは言え、あるなら最初から並べておけばよかったのに、わざわざ宣言してから取り出したのは何か理由があるのかな。いやエールは好きだからいいんだけどさ。

多分俺がサハトら私兵軍に訓練を付けた後、エールを飲みたいと言って融通してもらったことを覚えていたのだろう。なんだかむず痒い気もするが、自分の好みを覚えられていることに悪い気はしないね。

「では、僭越ながら」

「いや、なんだか申し訳ないね……」

「いいのです。今回は……いえ、今回もおもてなしをするのが私の役目ですから」

「そ、そうか」

瓶を傾けながら、俺のグラスにエールを注ぐシュステ。

この図だけを見れば、仲睦まじい男女の二人に映るのかもしれない。それくらいには彼女の所作は堂に入っていた。単純な動作もそうだし、俺という個人に対して向けるものとしてもそうだ。これはまたウォーレンからの余計な情報が入っているんじゃないかと、思わず邪推をしてしまう程度には。

「明日にはこちらを発たれ、スフェンドヤードバニアへ向かうと伺っています。今夜は是非羽を伸ばして、ゆるりと過ごしてくださいませ」

「うん……ありがとう」

今回の遠征の目的と日程くらいは、流石にシュステクラスの立ち位置の人間であれば知っている。

恐らくだが、誰が誰を相手にするかなどは事前に取り決めがあったはずである。その舵取りは勿論のこと、現領主であるウォーレンの差配になるだろう。ジスガルトやシュステも口は挟んでいるかもしれないが、最終的な決定権はウォーレンにある。

となると、彼女が今俺の相手をしているのは辺境伯家全体の総意、ということになるのかな。初対面の時から謎に好感度が高かったシュステだが、その振る舞いは今回においても変わらない。むしろ食事とは言え、日が沈んだ後に彼女と二人きりになるのは前回ではなかったことだ。

これやっぱり、ウォーレンの思惑がどこかに潜んでいる気がしてならない。いやまあ、あれからシュステがどう過ごしているか気になっていたのは事実ではあるんだけれども。

「……あ、そういえば」

「はい」

そこまで思考が及んだところで、ふと思い出す。彼女に近況を聞きたかったのもそうだけど、伝えておかなければいけないことを一つ思い出したからだ。

「以前貰った押し花、家で飾ってるよ。狭い家だけど、彩りが増えた気がするね」

「まあ！　ありがとうございます」

そう。フルームヴェルク領からの遠征の帰り、シュステに手渡された額縁に収められた押し花。あれは今、自宅の壁にささやかな彩りを添えてくれている。

ミュイの押し花に対する反応は極めて渋かったけどね。彼女は育ちもあって、芸術だとかそういうものにとんと興味がない。いや、俺も興味があるかと言われれば返答に困るが、シュステの気持ちが込められた押し花をただの枯れ草と断じる感性は流石にない。

「ふふ、嬉しいですね」

「君の発揮した我が儘が今、俺の家を彩ってくれている。それは多分、良いことだよ」

「……はい。ありがとうございます」

あれは、シュステの小さな我が儘が発揮された最初の一品。言うなれば原初の作品だ。それを賜つた側としては、やはり大切に扱いたいものだった。まあ、それが俺の家にあるというのもなんとも不思議なものではあるけれど。

「その後はどうだい？　ウォーレンやジスガルトとは」

そして同様に気になるのは、彼女がその後どう過ごしていたかである。

シュステはフルームヴェルク家の末っ子としてと同時、長女として蝶よ花よと育てられた。その教育は恐らく功を奏し、彼女は一流と言ってなんら差し支えのない淑女に育った。

本人がそれ自体に不満を持っていたわけではないにしろ、結果として良い縁談に恵まれず、ずっと屋敷の中で過ごしていたのでは思うところもあるだろう。

その小さな心の燻りに、最終的にささやかな火を灯したのは俺であった。だから責任を感じている……なんて大仰なことを言うつもりはないが、彼女の心の模様と行動にどのような変化が齎されたのかは気になるところであった。

「そうですね。まずは兄と話をして、中庭の管理を一部、私自身で行うことになりました。楽しいです」

「それはよかった。理想の庭に頑張って近づけないとね」

「はい」

まあ、とは言っても俺がシュステと初めて会った時から今まで、そこまで長い時間が経過したわけでもない。せいぜいが数か月程度だ。そんな短い期間で何かが劇的に変わる、というのも難しい話だろう。

そもそも彼女はただの女性でなく、辺境伯家のご息女である。ウォーレンの意向もあるだろうし、シュステだって無理難題を押し付けたいわけじゃない。結果として訪れた変化は、今のところは微笑ましく、そしてささやかなものであった、ということかな。

「それと今、もう一つ我が儘を伝えているのですが……なかなか良い返答を頂けなくて。こちらの解決は長引きそうです」

「へえ、それは内容が気になるな」

以前中庭で食事を共にした時のように、上品な所作で料理を口に運ぶシュステ。その傍ら、やや眉尻を下げて困ったように笑みを湛えながら、ほんの僅かな不満を漏らしていた。

ウォーレンは前提として頭がいい。そもそもがフルームヴェルク領主の椅子に座っているからして、頭が悪くてはやっていけない。能力が足りていなければジスガルトもその席を譲らなかっただろう。

加えて口も回るし気も利く。いくら分があったとは言え、アリューシアを完全に言い包《くる》めるのは決して簡単ではない。

そんなウォーレンが、シュステの我が儘に困っている。それはある意味で予想通りであり、またある意味では少々意外であった。

シュステが今までと違っていい意味で我を出し始めた。その対応に苦慮しているというのは予想出来た結果。他方、ウォーレンが彼女の我が儘にこれと言った解決策を見出せず、問題が尾を引いているのはやや珍しい。

シュステも自身の立場は分かっているはずだ。どうしようもない無理難題は流石に言い出さないと思う。しかし実際そのお願いはまだ実現されていない。

果たしてその内容とは。これで気にするなという方が無理である。

「ベリル様もいらっしゃるバルトレーンに居を移したいと伝えているのですが、兄は首を縦に振ってくれず」

「なんで？」

シュステが苦笑を浮かべながらとんでもないことを言い出した。そりゃ無理だと思うよ。

「バ、バルトレーンに……？」

「はい」

万が一俺の聞き間違いがあるといけないので念のため確認を取ってみても、やはり間違いではなさそうだった。

それはウォーレンも首を縦に振らないはずである。まさかいきなりそんな超級の我が儘を発揮しているとは露ほども思わなかったよ。こればかりは流石に、いくら愛嬌のある笑顔で申し出たとしても誤魔化せるもんじゃないだろう。

「……理由を聞いても？」

「ベリル様がいらっしゃるので」

「いやいやいやいや」

こちらからの疑問に即答され、危うく口を付けかけたエールを零《こぼ》しそうになった。そんな真っ直ぐな目と言葉で訴えられても困るんですが。

例えばこれが、バルトレーンに憧れてという単純な理由ならまだ理解も出来た。首都バルトレーンはレベリス王国一の大都市だ。人口も娯楽も桁違いに多い。フルームヴェルクも大都市の一つには違いないのだろうが、やはりバルトレーンとの差は歴然である。

だがその理由が俺というのはちょっと、いやかなり解せない。百歩譲ってそれを受け止めるにしても、それは嬉しい、じゃあバルトレーンに来るか、なんて無責任な言い方は間違っても出来ないのだ。

仮に。これがもし仮に、彼女がただの平民の出で、たまたま地元に立ち寄った異性に思いを寄せ、一念発起して首都まで追いかけようとしている……などであれば、まだある程度の理解は得られるだろう。無論、賛否は当然あるとしてね。

しかし彼女はただの一般女性ではない。大変に上等な教育を受けた、辺境伯家のご息女だ。言い方は悪いけれど、田舎で過ごしてきた農民の娘などとはその価値が大いに異なる。

これがまだ、バルトレーンの誰かに嫁ぐから、という前提があればまた変わってくるのだと思う。女性、特にある程度地位のある女性であれば、良い家に嫁ぐことは仕事の一つでもある。そしてその点をウォーレンが軽視しているとは到底思えず、そのための縁談なども今まで組まれていたはず。

そう言えばウォーレンは最初、シュステのことを婚期を逃した愚妹なんて言い方をしていたな。嫁ぎ先が上手く決まらなかったのか、求める水準が高過ぎたのか、その内情までは分からないけれど。

「バルトレーンまでわざわざやって来る理由が俺……というのは、難しいんじゃないかな……？」

「何故でしょうか。ベリル様は魅力的な男性であると思いますが」

「そ、そう……あ、ありがとうね……」

好意をぶつけられているのは分かる。それは流石に分かるんだけど、そうなるに至った理由が乏しすぎる気がする。

ジスガルトやウォーレンの口から、前もって肯定的な情報が流されていたというのはあるだろう。普通に考えて、良いところの出のお嬢様がこんなオッサンに一目惚れするというのは大変に非現実的だ。

だがそれにしたって好感度の振れ幅がデカすぎやしないか。

前回の遠征でこちらに来た時、俺は夜会などでは恰好いいところをまったく見せられなかったし、せいぜいがサハトら私兵軍を鍛えていた時くらいである。それだけでいきなり惚れるというのは考えにくい。

だって彼女の下には武に優れた人間くらいいくらでも居るはずなのだ。それこそサハトでもいい。別に武力に限定しなくとも、俺なんかより遥かに容姿端麗で優秀な人間はこの国にごまんと居る。

シュステほどの美貌と権力、加えて持ち前の愛嬌や知識、世渡りの巧さなどがあれば、男なんてより取り見取りな気はするんだけどな。

「……ちなみにウォーレンは何て言ってた？」

とりあえずは、その相談を真っ先に受けたであろうウォーレンの見解を聞きたいところ。逆にウォーレンが許可を出していたらとんでもない事態になっていた。よくぞ止めてくれた、という感謝の気持ちが何故か湧いてくるよ。

「押しかけは良くない。話も何も伝わっていない状態で行くのは迷惑以外の何物でもない。住まいの問題や外聞の問題もある。すべてにおいて時期尚早……この辺りでしょうか」

「……それは御尤《ごもっと》もだと思うよ」

俺の問いかけに対し、彼女は一つひとつ指を折りながらウォーレンの見解を述べてくれた。いや本当に、彼がまともな感性の持ち主で助かった。

仮にシュステがいきなり押しかけてきたとして、俺は多分それを受け入れない。兄であり現当主であるウォーレンの許可も下りてないとなれば尚更だ。一日二日留まるくらいは許したとしても、どうにかしてフルームヴェルク領へ戻すだろう。帰りの護衛に俺が付いていくくらいはやってもいい。

けれどやっぱり、たとえ相手がどこの誰であろうと、突如として押しかけてくるというのは俺の持つ常識に照らし合わせたらナシである。

　というか、シュステ自身がそんな非常識な子だとは到底思えない。いったい何が彼女をそこまで衝《つ》き動かそうとしているのか、相変わらず読めないままだ。

「ですので、王女殿下の護衛としてベリル様がこちらに立ち寄るのを、今か今かとお待ちしておりました」

「……そうか」

　そんな俺の心境を知ってか知らずか……いや、恐らく分かった上でこの笑みを浮かべているんだろうな、これは。そういう人の機微というか、感情を読めない彼女ではない。その技術で言えばシュステは俺なんかより遥かに格上である。

　……待てよ。となると、ウォーレンに対して無謀とも言える我が儘を言ったのは、それも作戦の内なのかもしれない、なんてことすら考えてしまう。

　シュステとて、そんな申し出がいきなり通るとは思っていなかったはず。だが今回の遠征に俺が引っ付いてくるのはほぼ確定事項。逆にその我が儘を伝えることで、今夜のこの状況を勝ち取った、と見ることも可能っちゃ可能だ。

　何故なら、フルームヴェルク家の長女という肩書は俺よりももっと上位の人間を持て成せる立場であるから。

　だって、俺を精一杯持て成したとしても政治的な意味はなーんにもない。俺にその類の人脈や権力はないし、これから得るつもりもないからだ。その腹積もりがあるのなら、俺はアリューシアに誘われた時点で色々と足りない頭を動かして何かしらやっていたはずである。

ウォーレンがまさかその辺りを見誤るとは思えない。本来の予定であればトラキアス辺りを接待するのが彼女の役目だったんじゃないだろうか。

そして、そういう政治的な利点を半ば無視してまで、ウォーレンはシュステを俺に付ける判断を下した。やっぱりこれはこれで、多少の思惑が挟まっている気がしないでもない。

「ベリル様」

「うん」

色々と思案していると、やや改まった口調でシュステが切り出した。食事の手なんてとっくに止まっている。こんな話をされながら呑気に飯を突《つつ》く精神力は、流石に持ち合わせていない。

「貴方様をお慕い申し上げています。抱いたこの気持ちを、紡がれたこのご縁を、より深く長く、ともに築き上げたいと心より思っております」

真っ直ぐにこちらを見据えて。しかし微笑みは絶やさずに。普段の愛嬌のある笑顔というよりは、どこか静謐《せいひつ》さを持ったような、そんな表情とともに。シュステの言葉は実に流麗に紡がれた。

「……どうして、俺なのかな」

彼女の渾身の告白を受けて、出てきたのは実に情けない言葉。つまりは、どうして俺なんかをお慕い申し上げる事態になってしまったのかである。

無論、好かれることは嬉しい。それが友愛でも恋慕でも、嫌われるよりは好かれた方が嬉しいに決まっている。

だがシュステとともに過ごした時間は、あまりにも短い。一目惚れと言われてしまえばそれまでといえども、俺のような平民に抱く感情としては、少しばかり大き過ぎるように思えた。

「愛らしいお顔、自然体で気遣いが出来る大らかな性格、父と兄も認める剣の腕、驕らない強さ。……まだ必要でしょうか？」

「えっ、ああ、うん……ありがとう……なんだか照れ臭いね……」

理由を問うてみれば、彼女の口が回る回る。聞いておいてなんだけど物凄く恥ずかしい。いや、それくらい惚れられていると考えれば良いことなのだろうが、真っ向から特大の好意をぶつけられると人間は割と怯む。そのことを痛感した瞬間であった。

「ふふ、ベリル様から中庭で賜ったお言葉。あのおかげで私の心も晴れ渡りましたの」

「……そうか。それは良かった」

先ほどの褒めそやしとはまた違った感情のこもった言葉。どうやら俺の言葉が彼女の扉を一つ、開いたらしい。

それ自体は喜ばしいことだ。俺なんかの言葉が誰かのためになっている。剣の道に進むと決めてはいても、それは他人を無視していいわけではない。弟子という形の後進とはまた少し違うが、一応生きている年月だけで言えば俺の方が長いからね。その積み重ねが多少なり、彼女に良い影響を与えたのは誇っても良い結果なのだろう。

「両親や兄たちは、私に十分な教育と愛を施してくれました。それは感謝しています。ですがそれらとはまた少し違う、他人からの気遣いや愛情を頂いたのは初めてです。そして、それらに応えたいと思ったのもまた初めてです」

「ははは、そこまで言われるとなんだか面映いね……」

シュステはやや目を伏せがちに、愛嬌に加えて慈愛に満ちた表情で述べる。

まあ、彼女のことを俺は少なくとも嫌ってはいない。むしろ人としては好いていると言っていい。そんな子に好意を真っ直ぐ向けられるというのは嬉しくもあると同時、中々に気恥ずかしいものであった。

「最初に打算があったことは否定しません。けれど、今はそれらを抜きにしてお慕い申しております」

「……ありがとう。その気持ちは凄く嬉しいよ。素直にね」

一言で言えば、とても俺にはもったいないくらいの女性だ。

家格も十二分、容姿も性格も極めて良し。深い教養も持ち合わせ、男を立てる術《すべ》も申し分ない。あえて打算があったと素直に白状出来る精神性も含めて好ましく映る。これ以上の相手を探す方が遥かに難しいと断言出来る程度には、シュステ・フルームヴェルクという女性は極めて優れた人物だ。それは間違いないだろう。

俺自身、彼女に対して悪いイメージは持っていない。素直にいい子だと思うし、だからこそ俺なんかには不釣り合いなんじゃないかとも思ってしまう。

でも、真正面から好意をぶつけられて、しかもそれが年端もいかぬ少女の憧れなどではなく。成熟した一人の女性から受け取ったとなれば、俺も誠意をもって対応する必要がある。

「けど……ごめん、すぐには応えられない」

「私では不相応でしょうか……？」

「いやいやいや、そうじゃない。そうじゃなくてね。君は俺なんかにはもったいないくらいのいい子だよ」

シュステを俺にとって不相応などと言い捨ててしまえば、世界中の男性と女性をまるっと敵に回す羽目になる。いったいお前は何様だという話だ。

しかし、どれだけの人物からどれだけの質量の好意を受け取ったとしても。俺は多分、満足にそれを受け止められないと思うのだ。少なくとも、即答は出来ない。

「……俺は今、一人の少女の後見人になってるんだ。何というか……それ自体は流れでそうなっちゃった部分も多分にあるんだけど。今では大切な娘、と言ってもいいのかな」

「まあ、それは良いことだと思います」

「はは、ありがとう」

理由の一つとしては、やはりミュイの存在がある。別にミュイが居るから絶対に結婚しないとかそういう話でもないし、彼女を言い訳に使うわけじゃない。

ただ何というか、今は俺が最優先じゃないのだ、気持ち的に。ミュイの後見人になり、一緒に住むようになり、俺個人の幸せよりミュイの未来の幸せを気にするようになった。

無論、母親的な人はいた方がいいとは思う。俺だって仮にお袋がおらず、おやじ殿の手一つで育てられていたら随分と違う姿になっていただろう。

しかしその考え方自体が、相手のことを俺の奥さんというよりミュイのお母さんとして捉えてしまっている証拠。最初にその視点から相手を考えてしまうのは、多分相手にとっても失礼だ。

シュステにそれが出来ない、とまでは思わない。そりゃ最初は困惑もするだろうが、彼女ならミュイの相手も難なくこなしてしまいそうな感じはする。あるいはミュイにしても、存外早く馴染むかもしれない。勿論それは、実際に引き合わせて生活してみないと分からないことだ。

けれど、その分からないリスクを背負うのが難しい。特に相手が、フルームヴェルク家の長女ともなれば。

俺との相性はともかく、ミュイとの相性を測る必要がある。そしてダメだったから申し訳ないけど帰ってくださいねは、いくらなんでも道理が通らない。言ってることがマジで無茶苦茶だ。相手からしたらふざけんなという話にもなる。

勿論、俺にだって欲はある。器量のいいお嫁さんが出来たらいいなあくらいは思っている。

だけど、それは俺の人生における最優先事項じゃない。俺にはまず剣の道を進み続けたいという大目的があり、そこにミュイの将来が割って入り、最後に俺個人がまあ不幸せでなければいいなという感覚である。

　そして今、俺個人の感覚として俺が不幸せであるという認識がない。むしろ望外の人生を歩ませてもらっていると感じるくらいだ。

　不満がないからこそ、人生の伴侶を積極的に選ぶという行為に及び腰になっている。これが後二十歳若ければ、シュステの提案に飛び付いていた可能性は大いにある。だがそれをするには俺は少々、年を取りすぎていた。

「――という感じでね。今すぐはどうしても考えられないんだ。繰り返すけど、シュステはいい子だと思う。俺も君に好意を持っていると言っていい。だけどそれは、アリューシアや他の子たちに向けるものと同じ好意なんだ」

「……そう、ですか。分かりました」

　そういう俺の思い、考え方というものを不器用ながら説明していった。返ってきた言葉は了承の類ではあったが、まあ割り切って受け止めるというのは難しいだろう。その点は本当に申し訳ないと思っている。

「……逆に言えば、義娘様がお独り立ちして、ベリル様が剣の果てに辿り着けば、その時にはまだチャンスが残っているということですね」

「えっ、あ、うん……そうなる、のかな……？」

　本当に申し訳ないと凹んでいたら、シュステが驚異的な切り替えの早さを見せた。愛嬌のある笑顔もすっかり復活である。とんでもねえ精神力だ。

　いやまあ理屈で言えばそうなんだけどさ。ミュイが独り立ちして自身が歩む剣の道に納得する時が来たら、その時は断る要素がなくなるわけで。その間に俺が売り切れているかどうかなんて分からないし、多分その可能性の方が低い。

「ではその時をお待ちしています。とは言っても忘れられては困りますので、そうですね。文の交換からさせていただいてもよろしいでしょうか？」

「文通は大丈夫だよ。しかし自分で言っておいてあれだけど、こんな男でいいのかい……？　ミュイ……ああ、義娘の名前だけど、彼女が独り立ちするのはともかくとして、俺が剣の道に納得するのがいつになるかなんて分からないよ？」

「はい。私の方が若いので。まさかベリル様も、私が年を取ったからご免だ、なんて言わないでしょう？」

「言わないよそんな失礼なことは。……本当に、俺にはもったいないくらいいい子だね君は」

「では今すぐ貰ってくださいませ」

「い、いや、それはちょっと……。ごめんね、こんな情けない男で」

「いえ、いいのです。それでこそ私のお慕い申し上げているベリル様ですので」

「そ、そう……ありがとうね」

　器量の良さ、教養の深さ、切り替えの早さ、気遣いの深さ。改めて、俺なんかよりもっといい男がいくらでも捕まえられそうな女性だ。言った通り、本当に俺にはもったいないよ。

「でも、俺なんかよりいい人は沢山居るんだから、もしそうなった時は遠慮しなくてもいいんだよ」

「あ、その言い方はダメですベリル様。こういう時は『いつまで待たせるか分からないが、どうか待っていてくれるか』と伝えるべきです」

「は、ははは……手厳しいね……」

最後にダメ出しを頂戴して、この話は一段落となった。

後は食事の手が止まっていたから飯を食うだけなんだけれども。まあ飯の味なんて最初に比べたら全然分からなくなっちゃったよね。気まずさと申し訳なさで既にお腹と心が一杯である。

「……おかわり貰っていいかい？」

「構いませんが……飲み過ぎには注意してくださいね？」

「明日には残さないようにするよ。……たぶん」

結局、いつも通りの味を感じられるのはエールだけとなったわけだ。不甲斐なさを紛らわせるかのように、普段よりかなり速いペースでぱっかぱっか飲んでいたら、シュステから注意が入ってしまった。

大丈夫、二日酔いにはならないはず。おそらく。たぶん。きっと。

でも今夜ばかりは飲ませてほしい気分だった。酒に逃げることしか出来ない自分にまた情けなくなって、更に酒が回る悪循環。

　こんな体たらくを遠慮なく見せつけて、いっそ俺に愛想を尽かしてくれたら楽なのに、なんてまた情けない思考に逃げて、酒が進む。最悪なオッサンだ。

「うぃ……ごめんよシュステ……」

「いいえ、良いのですよベリル様」

　徐々に思考と呂律《ろれつ》が回らなくなって、ぐだぐだになりながら。その日の夜は更けていった。

◇

「フルームヴェルク辺境伯、おかげで良い一日を過ごせました」

「勿体なきお言葉にございます王女殿下」

　シュステからの告白を受け、そこから実にダサい逃げ方をした翌日。

　サラキア王女殿下を護衛する遠征団は予定通りにフルームヴェルクで一泊を過ごし、今日よりスフェンドヤードバニア領を目指すこととなった。

　正直ちょっと頭が痛い。精神的な部分もあるけど何より物理的に、である。流石にあの量を飲んで無傷とはいかなかった。結局ばかすかと飲んでしまい、楽しみにしていた風呂も逃しちゃったからね。早めに潰れてしまった分、朝はなんとか起きられたからささっと身体は洗わせてもらったけれども。

今は昨日と同じように辺境伯本邸の前で集合し、サラキア王女殿下とウォーレンが別れの挨拶を紡いでいるところ。しっかり日も昇り切った後で、普段の生活リズムよりは大分楽なのも、今日に限って言えば大変に助かっていた。身を整える時間がなんとか確保出来たからである。

と言うのも、すべてのスケジュールは当然ながら王女殿下に合わせられる。朝のいつ頃に出発するかというのもそうだ。行軍に著しい遅れが出ているとか、何かしらの事情があればまた別だろうが、基本的に王女様には夜明けと同時に目覚めるという習慣がない。当たり前である。

だからこの遠征の一日は、王宮勤めの人たちにとっては日常的な、俺たち剣士にとってはややのんびりとした朝から始まる。俺はちっとものんびり出来なかったけれど。

「殿下の旅程が平穏なものであることを願っております。お気を付けて」

「ええ、ありがとう」

いくら王女殿下と辺境伯の組み合わせといっても、今この場で交わされる挨拶は結構簡素なものだ。何故なら、二人の挨拶は既にウォーレンの館の中で済んでいる。

これはあくまで旅立つ前の一言を投げるだけであって、俺たち護衛団へのポーズという面も多分に含んでいるのだろう。何より辺境伯の本邸といえど、日の下で王女殿下を長時間晒してしまうのはあまりよくない。

「それではサラキア王女殿下、こちらへ」

「ええ」

挨拶を終えたサラキア王女殿下が馬車へと乗り込む。付き人としては変わらず侍女二人とアリューシアだ。道中でいくらか打ち解けたのか、殿下や侍女二人の雰囲気も幾分か柔らかくなっているように思えた。

王女様が馬車に引っ込んでしまえば、俺たちがここでいつまでも立ち呆けている理由はない。皆きびきびと出立の態勢に入っていった。

「……」

馬車に乗り込む直前、ウォーレンたちの方を見やる。彼らは遠征団がこの場を離れるまでずっとあそこで待つつもりなんだろうな。その列の中には当然、シュステの顔もあった。何の気なしに視線を向けると、ぱちっと交わる感触を覚える。

いつも通りの愛嬌のある微笑み。彼女はずっとその表情を保っていた。その視線に乗せられた意図は分からない。恋慕かもしれないし、軽蔑かもしれない。

何かの一言が、口を衝《つ》きそうになって慌てて噤《つぐ》んだ。今のこの場は俺が発言していい場所とタイミングじゃない。その場面は昨日の夜にとっくに過ぎ去っている。

うーん、我ながら情けないことこの上ない。こんなおっさんのどこが良いんだかと思うと同時、こんなおっさんだからこそ今まで碌な縁談もなかったんだろうなと思う。

剣の道を歩む、その決意に陰りも後悔もないけれど。やはりそれ以外の道では、おやじ殿の背中は遥か遠い。あらためてその事実を痛感する瞬間であった。

「……ふぅ」

「おや、ベリル殿。お疲れですか」

そんな後ろ向きな気持ちを持ったまま馬車に乗り込むと、外からの視線が切れたことで思わずため息を零してしまった。それを目聡く見つけたトラキアスが突っついてくる。

あんなことがあった翌日は一人で静かに過ごしたいところだが、馬車には他の人間も居るからして仕方がない。

「はは、どうやら昨晩は少々飲み過ぎてしまったようで」

「それはそれは。さぞごゆるりと過ごされたのでしょうが、体調には気を付けねばなりませんね。昨今は冷え込みも激しい」

「はい、まったくです」

とりあえず言葉を投げかけられた以上対応はするが、こういうところで無暗《むやみ》にそれ以上突っ込まれなかったのは素直にありがたい。個々人が許された範囲でどう過ごそうとも、任務に支障が出なければ何も問題はないからだ。

その辺り、トラキアスほどの人物となれば良く分かっているし、同時に親しくもない間柄でプライベートに突っ込むことの無意味さも分かっているように思えた。ある意味で下世話とも取れる話は町の安酒場でくだを巻いて語るもので、こんな大事な遠征中に深掘りするものじゃない。

　それはそれとして。昨日少々飲み過ぎてしまったのは事実なので、言われた通り体調面はしっかり意識せねばならない。

　大分慣れたとはいえども、やはり冬の厳しい気温に晒されていると身体を壊す確率が上がる。雪が降っていないのは不幸中の幸いといったところか。万が一積もったりすると行軍に多大な影響が出るからな。王女殿下を擁して立ち往生なんて考えたくもない。

「さて、いよいよ国境線が近付いてきましたな」

　トラキアスの言葉に、無言で答える。

　フルームヴェルク領からさらに南下すれば、もうそこはレベリス王国とスフェンドヤードバニアの国境線だ。スフェンドヤードバニアに俺は行ったこともないし何なら教都ディルマハカという名前も最近知ったくらいである。

　しかしながら、バルトレーンに来てからやたらとその名前と絡むことがあったので、正直印象はあまりよくない。グレン王子やガトガたちが悪い人だとは思っていないけれども何というか、国そのものにちょっと不信感を抱いている。

　何よりこっちにはロゼの一件があるからな。

　結局あの事件の後、彼女が無事に逃げ果《おお》せたかどうかは分からない。仮に亡命が成功していたとしても、その情報を俺に渡すメリットはないだろう。わざわざ命を狙われる可能性を高める必要はどこにもないのだ。

彼女は彼女でまだやることがあると言っていたし、なんとか無事であることを祈りたい。

まあ欲を言えば、無事な姿を一目見てみたいってのはあるけれども。それはただの俺の我が儘だし、彼女のためにならないことくらいは承知している。風の噂でどうやら生きているらしい、みたいな言葉が耳に入りでもすれば十分だね。

「そういえば、皆様はスフェンドヤードバニアには？」

折角トラキアスが国境線に近付くという話題を振ってきたので、俺もそれに乗っかってみた。何より長い道中である、ずっと無言で過ごすのは難しいし気分もあまり良くない。

「外交で何度かは。教都は綺麗なところですよ」

「私も幾度か。とは言っても我々は紋章官ですので、付き添い以外の何物でもありませんでしたが」

「……俺はないな。初めてだ」

どうやらトラキアスとアデラートは何度か足を運んだことがある様子。キフォーは俺と同じ初めての越境というわけだ。

綺麗な都と言えば聞こえはいいが、その賞賛が表向きのものではないことを祈るばかりである。やっぱりロゼの零した言葉が引っ掛かるもので、教皇派が子供を人質にという悪辣な手段がどうにも脳裏を過《よぎ》ってしまうな。

いやまあ、グレン王子ら王権派がしっかり治政を行っているからこそ綺麗な都になっているのかもしれないけどさ。その辺りは行ってみれば分かることか。

「なるほど。私も初めてなので、楽しみですね」

三人の反応に返した言葉は、半分建前で半分本音である。

ここで俺が「いやあ実はあの国にあまりいい印象がなくて……」なんて言っても何の得にもならん。俺は特別世渡りが上手い方じゃないが、今ここでそれを言う必要性が全くないことくらいは分かる。それが建前の部分。

本音の部分は、なんだかんだで初めての国外だということ。バルトレーンに住むことになってからも驚くことは多かったけれど、他国の街並みはどうなんだろうとか、文化の違いはどうなんだろうとか、まあ気になるところも実際多い。

あとはスフェンドヤードバニアでよく食べられている郷土料理なんかも口に出来れば最高だ。なんだか最近、食に関して思うことが増えたように感じる。バルトレーンにやってきて美味いものを沢山食べたからだろうか。

まあ恐らく、向こうに着いたら着いたで宿は用意されているはず。まさか下手なものは出てこないだろうから、食事に関してはそこで楽しませてもらおう。

いやしかし、いつの間にか自分が持て成される側ということに少しずつ慣れてきてしまっている気がするな。

アリューシアやウォーレン曰く、そういう機会は今後増えはすれども減りはしない、なんて言っていたから、慣れる方がきっと正しいんだろう。

でもなあ、なんだかなあ。多少なり慣れてきたのは事実だし、外面的に取り繕うのも少しずつ出来ている感覚はあるんだけど。これに慣れきってしまったら駄目だなという奇妙な感覚もまた同居していた。

そりゃ一人の人間として、嫌われたり下に見られるよりは好意的に見られた方がいい。その方が精神も安定する。

だが、それが当たり前であると身体と心が勘違いしてしまってはいけないのだ。そうなったら、その瞬間に俺の剣は鈍るだろう。もしかしたら折れるまでいくかもしれない。

その辺り、アリューシアは本当に上手くやっていると思う。彼女も十分持て囃される立場ではあるだろうに、剣の腕は錆び付くどころか更に研ぎ澄まされているからな。それはつまり、周りの評価や称賛を受け取りはするが、その上に胡坐《あぐら》をかくことはしていない、ということ。

俺にも今後、仮にそのような機会や場面が増えていくとして。彼女のように剣士として高潔な魂を持ちながら己を研鑽し続けることが出来るのかどうか。今のところきっちりやり通すつもりではあるが、人間の慣れというものは実に恐ろしいからな。そうなってしまわないように、一層自戒の念を持たなければなるまい。

無論これは、自分の力を過剰に下に見るとかそういう意味じゃなくてね。

今までは本当に剣を振るだけでよかったのに、随分と贅肉が付いてきてしまったものだなと感じる。まあその肉も、一概に悪いものとも言えないのでもどかしいところではあるが。

「……しかし、今日の天気も遠征日和で何よりです」

「はは、それは確かに」

何の気なしに零した言葉に、トラキアスが続く。

俺の心の模様とは些《いささ》かかけ離れた見事な寒凪に見守られて、遠征団の馬車は進んでいた。


「いやあ、長旅ですなあ」

この馬車の旅で随分と打ち解けたトラキアスが、ぐぐっと一伸びするとともに言葉を零す。

普通こういう場面で、何というか無防備な姿は無暗に晒さないものだと思っていたけれど、どうやら彼の中ではこの馬車内の人間はそれなりに信用出来ると判断したのかもしれない。宰相名代という立派な肩書の割には、なかなかにお茶目な姿を見せつけていた。

「確かに。座りっぱなしだと腰にも響きますし」

「ははは、互いに気を付けねばなりませんな」

これ幸いと、俺も彼に同調して腰を伸ばす。

いやマジでずっと座りっぱなしで移動するのは本当にしんどいんだこれが。しかも馬車の振動もあるものだから余計に響いてしまう。更にはこの遠征中、満足に剣を振れていないのも大きい。

夜にはある程度自由時間があったとはいえ、まさか宛がわれた部屋の中で素振りや型稽古をやるわけにもいかないし、身体は鈍っていく一方だった。移動が辛いのは勿論あるけれど、それ以上に鍛錬を中断せざるを得ない方がキツかったかもしれん。この年で怠けることを身体が覚えてしまえば後はもう一直線なので。

　俺たちはウォーレンの屋敷を出た後にフルームヴェルク領南部で一夜を過ごし、今はついにスフェンドヤードバニアとの国境線が近付いてきている頃合いであった。

　流石にフルームヴェルク領といえども、ウォーレンの屋敷がある北部と南部とでは発展度合いが違う。ビデン村ほどではないが、言ってしまえば閑散とした農村地帯を抜ける道程を、もう間もなく終えようとしているところだ。

　ここまで付いてきてくれたサハトたち私兵軍とは国境沿いの関所でお別れとなる。まあ当たり前だが、一領主の私兵が易々と国境を越えることは出来ないからな。同じ王国内だろうが他国だろうが、他領であることに違いはない。その行き来はある程度制限されて然るべきである。

　前回と違って、サハトたちと直接顔を合わせる機会はほとんどない。とにかく遠征団の規模が違うからだ。馬車周辺は騎士団で固めているし、その外縁は守備隊が。更にその外側に貴族の私兵となっているため、単純に会える距離じゃなくなっている。

　あれから訓練の調子はどうかとか、一言二言くらい交わしたかったんだけどね。それすらも叶いそうにないので、偉くなりすぎるのも考え物だな、なんて思ってしまうよ。

「……おっと」

そんなことを考えていると、馬車が速度を緩め始めた。

多分関所に着いたんだろう。普段通りならここで周辺の警備に就く私兵が代わるだけであるが、今回は国を跨ぐからどうなることやら。流石にレベリス王国第三王女殿下の嫁入りを妨げるようなことにはならないと思うが。

「止まりましたな。出るとしましょうか」

「ええ」

馬車が完全に停止したのを受けて、四人で扉の外へ。

すると、既に陣形の展開が完了していたのか、関所への道はまっすぐに空いているじゃないか。左右を騎士団と守備隊が固めているスーパーお偉いさんロードである。末席とは言え、こんなところを歩かなきゃならんのかと、変な緊張が走ってしまった。

俺たちが関所の門前に着いたところで、サラキア王女殿下が侍女に誘われて顔を覗かせた。一番のお偉いさんはいつだって登場は最後と相場が決まっている。

「謁見を賜り恐縮です、サラキア・アスフォード・エル・レベリス王女殿下。私はスフェンドヤードバニア教会騎士団長、ガトガ・ラズオーンにございます。以降、我々教会騎士団が御身の警備に就かせていただきます」

「はい、よろしくお願いしますね」

「はっ」

王女殿下が登場したところで、教会騎士団のフルプレートアーマーが並ぶ中でも一際デカい男が挨拶を交わしていた。

どうやらガトガの方は壮健そうで何よりである。彼も先般の王女暗殺未遂事件から色々とゴタ付いていただろう。その大変さは想像に難くない。

サラキア王女殿下とガトガは別に初対面でもないはずだが、まあこういう形式ばった挨拶にあれやこれや突っ込むのも無粋である。というかこんな場面で呑気に突っ込めるほど俺は馬鹿じゃない。今出来ることと言えば、黙って見守ることのみであった。

「……書類の確認も終えた。貴殿らの入国を歓迎する」

併せて書類を確認したガトガたちが、関所を開ける指示を飛ばす。流石に入国自体はすんなりいきそうで何よりだ。

ちなみに、その書類を確認してガトガに耳打ちした男性の教会騎士は知らん顔であった。多分副団長さんだと思うが、ロゼでもなければ恐らくヒンニスという男でもないだろう。

ガトガほどではないもののがっちりしたその体形には、エストックがやや不釣り合いにも見える。ただ立ち居振る舞いからして中々の強者であろうなということは容易に想像が付いた。

教会騎士団の内部が今、どうなっているのかは知らない。ガトガがそこら辺もきっちり洗い直すと言っていたから、それが完遂されていることを願うしかない。いくらなんでもまた裏切り者でした、では彼が浮かばれなすぎるからな。ガトガやグレン王子を真っ当に支えることが出来る人材であることを祈るばかりだ。

「……」

王女の謁見も書類の確認も終わったしで、じゃあまた馬車にとんぼ返りするかというタイミング。

ふとガトガと視線が合った。

なんだかここ最近は直接喋ることが出来る場面が少なくて、こういう視線でやり取りする場面が多い気がする。別に俺は読心術を修めているわけじゃないから、何を考えているのかはサッパリ分からんのだが。

けれど彼の表情を見る限り、そう悪いようにはなっていない様子で安心した。いやまあ、こんなところで素直に「ヤバいです」って顔をする方が拙《まず》いのかもしれないけどさ。

「ラズオーン、よろしくお願いします」

「ああ、任された。警備の体制だが事前のやり取り通り――」

王女殿下との挨拶が終わり、今度はアリューシアとガトガが今回の警備体制についての打ち合わせを行っていた。

まあ当然今から決めるってものじゃないから、言った通り事前に取り決めはあったんだろう。あくまで最終の確認に過ぎない。

別に警備の端っこでもいいから、やっぱり俺も歩きたいなあと思ってしまうのは性なんだろうな。

とは言え、アリューシアもサラキア王女殿下と同じ馬車でずっと座りっぱなしのはずだから、俺ばかりが文句を言っても仕方がないけれど。

ガトガはどうするんだろう。今回は賓客を招く立場だから彼も警備に加わるんだろうか。その辺りの力関係というか、外交における機微ってのは未だにサッパリ分からんままである。

まあ俺がそれを気にする立場にならなければいい話なんだが。そこまで行くと流石に俺も拒否してしまうと思う。また国王御璽《ぎょじ》付きの任命書とかが出てこないことをマジで祈っているよ俺は。

「では、参ります」

馬車に再び乗り込んでしばらく。御者の声とともに馬車が動き始める。

国を越えるなんて大層な響きではあれど、結局やることは関所を潜るくらいだ。感慨も何もあったもんじゃない。国境線沿いで景色がガラッと変わるのならまだ感じ方も変わるんだろうが、国の境目ギリギリの土地が栄えることは普通あんまりない。物々しい関所やら砦やらがにょきにょきと生えていて、物騒な兵士たちが目を光らせているのが常だ。

今回に限って言えば大所帯ってこともあって、その感慨は一層感じにくいものになっている。これが一人旅で国を越えた、なんてことであれば多少なり感じ入ったかもしれんけどね。

それに、目に映る景色だって急には変わらない。国境線からこっちが田舎で、国境線からあっちも田舎である。なので、現時点で越境した実感を持てというのは少々難しい課題であった。

いや別にその感情を持たなきゃいけないわけじゃないけれども。ただ何というか、なんの感慨もなくぬるっと国境を越えてしまったことが、少しばかり拍子抜けに感じてしまったというかね。こんなもんか、みたいな感覚がじんわり起こってくるのみである。

ここからスフェンドヤードバニアの教都ディルマハカまで、どれくらいの距離があるのかは知らない。まあ普通に考えて国境沿いに首都があるとは考えにくいから、まだ何日かはかかるだろう。

けれど、とりあえず国を越えたという実績は、確実にこの長旅の終着を意味することであって。その分気持ちの入れ替えというか、そういうものが出来る。

「ふぅー……もう一息、といったところですかね？」

「そうですね。私も流石にお尻が痛くなってきたので、早く落ち着きたいところです」

「ははは……」

降りる前と同じく、ぐっと腰に手を当てて伸ばしながら漏らした言葉に、今度はアデラートが呼応した。

しかしなかなかに反応に困る。男女限らず座りっぱなしというのは下半身に侮れない負荷がかかるものだが、女性がお尻が痛いと言ったところにどういうリアクションを返せばいいんだ。どう間違っても失言は許されない面子と状況だぞこれ。

「質の良い宿とベッドが割り当てられていることを期待しておきましょうか」

「ええ、まったくです」

そんな俺の小さな葛藤を他所に、さらりと対応していくトラキアス。

うーん、やっぱり会話一つとっても立場のある人の瞬発力と言うか、そういうものは凄いな。俺には真似出来そうにない。

まあ馬車内の雑談については割とどうでもいいにしても、今回の長旅で襲撃らしい襲撃が一度もなかったのは素直に喜ばしい。この数の護衛に襲い掛かる馬鹿がいるのかどうかという別の問題はひとまず置いておくとして。

戦力的にも今はレベリオ騎士団、スフェンドヤードバニア教会騎士団、王国守備隊が揃っている。この守りを抜けるやつが居たら、それはもう人間に収まる範疇ではない。ルーシーでも多分厳しいだろう。

かと言って油断は出来ないが、それは外周を守っている皆も同じ心構えのはず。馬車の中で一人警戒したって意味ないからな。その辺りはアリューシアやガトガをしっかり信頼すべきである。

「……長閑《のどか》ですねえ」

「行軍の音を除けばそうですな」

見える景色は長閑でも、聞こえてくる音は長閑ではない。馬と人の足音、そして馬車の動く音がひっきりなしに耳に入ってくる。

けれど、思わずそういう呟きが漏れるくらいには、安心安全な旅であることに間違いはなかった。

後は馬車の振動と腰の痛みさえなんとかなれば完璧である。いや本当に辛いわこれは。ディルマハカに着いたら、何とかして運動出来るタイミングを見繕わないと本格的にヤバい気がしてきたぞ。

「……」

よし決めた。往路を終えて一段落したら、鍛錬の時間を無理やりにでも取ろう。

恐らくだが、教都に着いたからといってすぐにパレードが始まるわけでもあるまい。色々と準備があるはずだから、こちらにも多少の自由時間は与えられるはずだ。

その間に少しでも鈍った身体と勘を取り戻す。そうしないとマジで剣士として終わってしまう。別にすぐさま死ぬとか体調不良とかになるわけでもないんだけど、こういうのは気持ちの問題が大きいからな。

「ベリル殿、考え事ですか？」

「ええ、まあ。教都に着いてからの身の振り方と言いますか……」

「なるほど。余程旅程に後れでも出ていない限りは、多少の観光も許されるでしょうからね」

割と的外れな言葉ではあったものの、まあ流石に都に着いたら運動しようなんて考えているとは思わないだろうな。

一度そうすると決めたら、次は早く決行したくなる。つまり、ディルマハカに到着するのが楽しみになる。

恐らく馬車に居る者どころか、今回の遠征に同道している大多数とは違う捉え方で旅の終着を楽しみにしながら、その時を待つ。

教国スフェンドヤードバニア、教都ディルマハカ。俺たちの目的地は、すぐそこまで迫っていた。

◇

「――ふしっ！」

呼気とともに、仄かに赤く煌めく剣を振り下ろす。フォッ、と。鋭く空を切る微かな音が耳に入った。

やはり感覚としてはやや鈍っているな。ブレることなく綺麗に真っ直ぐ落とすのが理想だが、手元と目が感じた軌跡の違和感は、ほんの僅かなズレも見逃してはくれなかった。

「うーん……やっぱり素振りをして正解だった……」

年が幾つになろうとも、どれだけ技術を積み重ねてきたとしても。

今まで出来ていたことがほんのちょっぴりでも出来なくなっていたら、結構凹む。ただまあ、それに今の段階で気付けたというのは不幸中の幸いと捉えるべきだろうな。鍛え直すというほど大袈裟なものではないにしろ、僅かに失われた勘を取り戻す作業はどうしても必要だ。

もしかしたらおやじ殿は、この落差に耐えきれなくなって剣を置いたのかもしれない。それでもあの人は十分過ぎるほどに強いっちゃ強いんだが、そんなのはいくら他人から言われても本人が納得しなければ無意味である。

その気持ちは俺が一番良く分かるかもしれない、というのは何とも皮肉な話だ。周りからいくら強い強いと言われようが、俺自身がそう思っていなければ意識なんてそう簡単に変わりはしないから。

「あとで走り込みでもやりたいところだけど……」

剣を振るう腕が僅かにでも鈍っているのであれば、純粋な身体能力はもっと鈍っているはず。首都バルトレーンを発ってから凡そ三週間程度経過しただろうか。その間に負荷を掛ける運動をほとんどしていなかったから、かなり身体が鈍化している感覚がある。

しかし今の俺は一般市民ではなく、サラキア王女殿下の輿入れに付いてきたレベリオ騎士団の特別指南役。ここはバルトレーンではないからして、無暗に走り回るのもどうだろうという疑問が付いて回るのは、ちょっと困った問題であった。

そう。俺たちはついにスフェンドヤードバニアの教都ディルマハカに到着した。

それがつい先日のことである。

ディルマハカに到着した時にはグレン王子の他、スフェン教のお偉いさん方も並んでいたようだが、正直グレン王子以外はあんまり覚えていない。距離的にも相手の顔がはっきり分かる距離ではなかったからな。

今は遠征団と王室側の顔合わせも終わり、案内された貴族の別邸で一夜を明かした後、裏手の庭を借りて剣を振り回しているところである。

朝っぱらから剣を振りたいので庭先貸してくださいなんて言葉はなかなかに通じにくかったが、剣士であることとレベリオ騎士団の特別指南役であることを強調したら何とか許可を貰えた形だ。

普段はあんまりこういうゴリ押しってやらないんだが、今回ばかりは俺の調子が危うかったので押し通させてもらった。結果としては正解だったように思う。

「観光は……あまりする気にはなれないか」

いくら鍛錬する時間を確保出来たからといって、日がな一日剣を振り回し続けるわけにもいかない。飯も食わねばならないし、何かしらの仕事で街に出ることもあるだろう。まあ一人でうろついても多分迷うんだけど。

旅は道連れ世は情けなんて言いはするものの、今回は国家同士の大変重要なお仕事に引っ付いてきた形なので、旅の恥はかき捨て、とはいかないのも困る。断じてこのディルマハカが観光に値しないという話ではなくてね。

ディルマハカの都としての評判は聞いていた通り、まあなかなかに綺麗な都市だと思う。都市機能としての洗練さについてはバルトレーンにやや劣るかもしれないが、思っていたより道も家屋も整っている。行きかう人々の数も結構なものだ。

洗練さという意味で言うと、区画の行政計画がバルトレーンより雑に感じるくらいかな。

あっちは区画が比較的はっきりきっちり定まっていて、何というか歩きやすい感覚を持つ。ただそれは俺が基本的に中央区と北区に行くからそう感じるだけかもしれないが。西区とかは結構雑多な感じだしな。

しかしそんな俺の感覚を抜きにして考えてみても、やはりバルトレーンとディルマハカでは少しばかり都市の趣が異なる。国も文化も違うんだから当然と言われればそれまでだろうけどさ。

　この辺りにも連綿と紡がれてきた為政者の性格とかが出てくるんだろうか。まあ、それを語れるほどディルマハカの街を歩いたわけでもない。そもそも観光が目的ではなくて仕事で来ているわけだから、その本分は忘れないようにしたいところ。

「ガーデナント様、お客様がお見えです」

「あ、はい。わざわざありがとうございます」

　色々と考えながら剣を上から下へ振っていると、この家の侍女と思われる人に声を掛けられた。

　俺としてはそこらの宿でもまったく問題なかったのだが、流石に他国からの客人扱いだとそうもいかんらしい。なので現地の貴族……スフェンドヤードバニアのお偉いさんって貴族って言い方でいいのかな。よく分からん。

　まあそのお偉いさんの別邸に泊まらせてもらっているわけである。そうなると当然、俺個人の裁量で行えることは減るわけで、人を訪ねるのも一苦労だ。そういう事情もあって、俺から誰かを誘ってふらっと観光に行こうよ、なんてのも言い出しづらい背景がある。

　それは相手にとっても同様で、仮に俺に用があったとしても、俺個人を直撃することが出来ない。こうして使用人なりなんなりを挟む形になる。

　思い返せばルーシーの家に行った時も、基本的にはハルウィさんが出てきて対応してくれていた。

　恐らくこれは、上流階級の人にとっての当たり前なんだろう。俺としては面倒臭いという気持ちが先走ってしまうが。

「さて……」

抜き身で動かしていた剣を鞘に納め、正門の方へと歩いていく。

季節柄、屋外でちょっと動いた程度では汗をかきにくくなっている。俺くらいの年齢になると余計にだ。まあその分、来客対応までに時間を取らなくて済むというささやかな恩恵はあるけどね。

気になるのは俺を訪ねてきた相手である。正直あまり候補は多くない。

レベリオの騎士の誰か、というのが一番あり得るラインかな。まさかトラキアス辺りが観光に俺を誘うなんてことはあるまい。いや可能性がゼロじゃないにしても、彼は俺の他にも誘えそうな人くらい沢山いるだろうし。

「あ」

「おはようございます、先生」

「ようガーデナント。久しぶりだな」

まあ多分アリューシアかヘンブリッツ君かじゃないかな、なんて予想をしながら正門に辿り着くと、そこには人影が二つ。結論から言えば俺の予想は半分が当たっていて、半分が外れていた。

「アリューシア。それにガトガさんも。お久しぶりです」

出迎えてくれたのは銀髪が眩しいレベリオ騎士団長と、偉丈夫で苦労人の教会騎士団長の二人であった。多少見慣れているとは言え、なかなか珍しく感じる組み合わせである。

そして、もしかしてあまりよろしくない用件で来たんじゃないだろうな、なんて失礼な考え方をしてしまうくらいには、ちょっと物騒な組み合わせでもあった。

「えっと、何かあったのかな？」

とは言え、訪ねてもらった以上は用件を聞かねばならない。ここで門前払い出来る立場でも状況でもないし。

「情報の共有がてら、都市の把握も兼ねて散策などはいかがかと思いまして」

「そういうこった。お前さん、ディルマハカは初めてだろう。ざっくり案内してやるよ」

「なるほどね」

どうやら今回は俺の思い過ごしというか、考えすぎだったらしい。彼女らが訪ねてきたのは至極真っ当かつ穏当な内容であった。

確かに俺はこの都市をよく知らない。まったく知らないと言っても過言ではない。どの道がどこに繋がっているのかすら知らんのだ。流石にこんな状態でお偉いさん方の護衛に就くのは無理がある。

そう言えば以前、ガトガとロゼがバルトレーンに来た時も、彼らは地理を把握するために都市内を歩いていたな。その時の案内役はレベリオ騎士団ではなかったが、事前に動く範囲と詳細をある程度知っておくのは大事だろう。

それらを考えると、俺はマジで無計画のままこの遠征に臨んでいたことになる。いやまあ、重要なポジションに就いているわけではないからそれでも問題はなかったと言えばなかったんだが、改めて考えると結構能天気なことをやっているな、なんて思ってしまうのだった。

「じゃあ、早速行こうか」

けれど、その無計画さが少しでも修正されるのなら悪くないと考えよう。どっちみち、最低限の地理を把握しておくことは大切だからな。

「お、お待ちください先生。せめて家主への連絡と外套を……」

「お前さん、そのまま出ていったらひと騒ぎ起きるぞ」

「そ、そっか。それもそうだ」

特に用意するものもないし早速出かけようかと思ったら、アリューシアに慌てて止められた。いかん、すっかり自分が客人として扱われていることを忘れていた。

確かに、預かったはずの客人がいきなり消えたら大問題になる。とりあえず外出する旨を伝えておくのと、外套も持ってこなきゃな。さっきまで普通に剣を振っていたからこれも忘れがちだけど、今は冬真っただ中で更に朝方である。

今は多少温まっているからいいものの、あのまま歩いていたらきっと凍えていたに違いない。危うく無駄に体調を崩すことになりかねなかった。

その辺りに全く気が回らなくなっているということは、俺も多少なり浮かれたり緊張したりしているんだろうか。その自覚はほとんどないままとは言え、このまま肝心なところが抜けっぱなしというのはあまり良い状態じゃない。あるいは、久方ぶりに身体を動かせたからちょっと気が弾んでいたのか。

どちらにせよ、この感覚は修正していく必要がある。その点で言っても、案内を受けながら町を散策するというのは悪くない。しっかり地理を覚えつつ、心身のバランスを整えていくとしよう。

「お待たせ」

「いえ、大丈夫ですよ」

さっと踵《きびす》を返して使用人にこれから出かける旨と、あと迎えに来た人物がレベリオ騎士団長と教会騎士団長であることを添えておく。これなら問題あるまい。

あとは自分の部屋に戻って外套を一掴み。外套の下は平服だが、まあこれも問題ないとは思う。

そう言えば、アリューシアもガトガも騎士の鎧を着込んでいたな。恐らく完全なオフではないために、余計な見られ方をされないようにしているのだろう。

俺の場合は鎧がないもんで、騎士団由来の装備と言えばこの外套だけだ。俺の顔が全く知られていないディルマハカでは、この外套が唯一の身分証明手段となる。

それを考えると、不用意に平服で出かけるのも遠征中は控えた方がいいかもしれん。誰にどのような絡まれ方をするか分かったもんじゃないし、仮に力技で解決するとしても、面倒なことが起きる可能性がある。

身分を表す装備というのは存外に強力だ。それはミュイが魔術師学院の制服を着て出歩くことと規模こそ違うが似ている。彼女は決して人当たりの良い性格ではないものの、魔術師学院の生徒に手を出そうと考える輩は少ないからな。

「それで、今日はどういったルートで？」

レベリオ騎士団の外套に身を包み、これで余計な絡まれ方もしないだろうと安心したところで、本日の散策スケジュールを聞いてみる。アリューシアのことだし無計画な当てずっぽうというわけではないだろう。

「とりあえず大通りを中心に案内する。パレードじゃ脇道になんて入らねえからな」

「なるほど」

俺の質問に答えてくれたのはガトガであった。まあ普通に考えたらアリューシアより教会騎士であるガトガの方が地理に詳しいのは当たり前だ。ならば素直に彼の言葉に従っておくのが吉であろう。

それに言われた通り、グレン王子とサラキア王女の婚姻を祝したパレードを行うとして。わざわざパレードの本隊が路地に入る理由がない。大通りで盛大にやるはずである。

無論、路地裏も含めて警戒は必要だろうが、その辺りは教会騎士たちが担ってくれると思いたいね。

「最低限、迷わないくらいには覚えたいところだね」

「さほど心配はありませんよ。ディルマハカでは基本的に教会以外の尖塔がありません。高い建物を目指せば、基本的には大通りに出るはずですから」

「へえ……」

別に単独行動をするつもりはないけれど、肝心のパレードの護衛中に迷うような事態は避けたい。

そう思っての発言だったが、どうやらあまり心配は要らないようである。背の高い建物を目指せば大きな通りに辿り着くというのは、まあ外部から来た人間にとっては割とありがたいことであった。

「名前の通り教都だからな、一番権威を持ってんのは教会だ。それより高え建物なんざ建てようと思っても許可が下りねえよ」

「そういうものなんですね」

歩きがてら、ガトガが補足の説明を入れてくれた。

言われてみれば論理の理解は出来るものの、この辺りの常識の違いというか、随分とバルトレーンとは趣が違うなあと改めて感じ入るばかりである。

バルトレーンで一番デカい建物と言えば当然王宮になるが、王宮のある北区と大型の建造物の多い中央区は、結構距離的に離れている。もしかしたら王国の法律か何かで高さ制限はあるのかもしれないけれど、普通に住んでいる限りは気にもしないことだ。

「おー……確かに」

しかしディルマハカでは、その規則が大分厳密に運用されているように感じられた。

試しに視線をあげて上の方を見渡してみても、確かに目立つような建物は少ない。そして目立つ建物は大体似たような尖った形をしている。きっとあれが教会のある場所なんだろう。

　そう考えれば、いくつか教会の場所さえ覚えておけばおおよその地理は把握出来るようにも思えるな。パレードの行進中であっても、向かう先にデカい建物がどの方向にどれくらいあるかを分かっておけば、そうそう迷うことはなさそうだ。

「コツさえ摑んでおけば本格的に迷うことはそうないぜ。ちなみに今俺たちが居るのはランパウロ教区ってところだ」

「ランパウロ教区……？」

　都市の歩き方を伝授いただいたところで、いきなり知らん名前が出てきたぞ。

「バルトレーンで言う中央区や北区のようなものです。ディルマハカでは教区という括りで都市内を管理していますので」

「なるほどね……」

　要は都市内の区切りか。まあ統治する側としても土地の名前はあった方がいいからね。あのへん、このへん、では何も伝わらない。

　しかし気になるのはランパウロ教区という呼び方である。スフェン教が国教として定められている以上、教区という名称に違和感を抱くほどではないにしろ、その前に付いているランパウロという名はどこからきたんだろうか。別に北教区とか南教区とかでいい気もする。

「ランパウロ、というのは……」

「区画を制定した時のお偉いさんの名前らしいぜ。俺もそこまで詳しくは知らんが――」

続く俺の疑問に、ガトガが彼の知る国の歴史を語ってくれた。

ガトガ曰く。

スフェンドヤードバニアという国はその成り立ちこそ古いが、別に最初からスフェンドヤードバニアとして在ったわけではないらしい。

この国で語られている歴史としては、昔の王国だかが求心力を高めようとして、スフェン教を国教として認定し、国名もあわせて変えたんだそうだ。だから、狭義のスフェンドヤードバニアとしての歴史はそこからがスタート地点になるんだってさ。

で、別に国の名前はどうでもいいにしても。当時の為政者の目論見通り、信徒を味方に付けたことで国は発展した。そうなると当然、居住地も含めた都市の支配面積は広がるわけで、発展に合わせて区画ごとに新たな名称を、あるいは既存の呼称の変更をしようということになったそうだ。

そこで候補に挙がったのが、当時その地を治めていたお偉いさん……司教とか大司教とか、そういう人たち。彼らから名前を拝借し、土地の名称とした。

つまり過去には、ランパウロさんという名のお偉いさまが実際に存在していたということになる。

まあ名付け方としては妥当だとは思う。権力者や多大な功績を挙げた者に肖《あやか》って、土地や町村の名前を付けるというのは、昔から割とよくあることだ。

俺の故郷であるビデン村だって、昔ビデンさんが居たかもしれないしね。村の歴史については俺もそんなに詳しくないし、誰もそこまで興味を持っていない。実際どうだったかまでは正しく神のみぞ知るといったところだろう。

「――とまあ、こんな感じだ。スフェンドヤードバニアでは一般教養みてえなもんだな」

「なるほど、ありがとうございます」

とりあえず国の歴史の触りを教えてもらったところで、ガトガの説明は一息ついた。

まあ当たり前だけど、国にしろ土地にしろ人にしろ、何かしらの歴史がある。それを知ろうとするかどうかはまた別問題として。

俺としてはぶっちゃけた話、そこまで興味を惹くものではない。そりゃ知識の一つとして蓄えておくことに損はないけれど、積極的に学びたいかと言われたらちょっと怪しい。それよりも例えば、スフェンドヤードバニアで紡がれる独自の剣術などがあれば、そっちの方がよっぽど興味深いしね。

「教会騎士団がエストックを使っているのも、やはり歴史の一面があるんでしょうね」

「そうだな。唯一神スフェンが扱っていた武器として伝わっている」

騎士として扱う武器にケチをつけるつもりはないが、刺突剣というのは標準的な長剣に比べると扱いが難しい。斬れるには斬れるし長剣と同じ扱い方も出来なくはないものの、文字通り刺すことが重視されている剣なので、受けるには不向きだ。ちょっと間違えたら結構簡単に折れる部類の剣である。

一流の使い手なら、絶え間ない斬撃と刺突を織り交ぜた脅威的な攻撃が実現可能な武器ではあるんだが。まあそんなもんはどの武器でも同じだとしても、習熟難易度の差は如何《いかん》ともしがたい。

それを考えるとロゼは勿論、レビオス司教を捕縛する際に対峙したシュプールという名の教会騎士は相当な手練れであった。あいつは正直メチャクチャに強い。ゼノ・グレイブル製の剣でなければ俺が普通に負けていた可能性があるくらいには。

教会騎士たちの平均値は分からないままだが、ロゼが副団長を務めていたということは、彼女は上澄みの部類だろう。流石にロゼやガトガ、そしてシュプールといった存在が平均であったならば、スフェンドヤードバニアはもっと存在感を放っているはずである。

「言ってる間に到着だぜ、大通りだ」

「おお……」

ガトガからこの国の歴史について聞きつつ、それらに少々の思いを馳せながらのんびり歩くことしばし。俺たち三人はディルマハカの大通りに辿り着いていた。

「中々の広さですね。これなら行進も問題なさそうだ」

「ああ、これをあっちにまーっすぐ行くと大聖堂に辿り着く」

大聖堂。聞くからに重厚な響きである。きっとこの教都ディルマハカの中心的な建物なのだろう。バルトレーンで言えばレベリス王宮みたいなもんかな。

「綺麗な街並みだね」

大通りから街を眺めて、改めて出てきた感想はこれであった。びしっと一本の通りが真っ直ぐに延びている様は、見ていて中々気持ちがいい。バルトレーンやフルームヴェルクといった王国の街路とはまた違った趣がある。

「バルトレーンもフルームヴェルクも良いところですが、ディルマハカも中々ですね」

「……そ、そうだね」

　続いたアリューシアの言葉に、一瞬反応が遅れる。俺が考えていたことと全く同じ言葉が出てきたのが一つ。そしてフルームヴェルク領での、もっと言えばシュステと過ごした一日の出来事が思い返されたのが一つ。

　夢と断ずるには失礼が過ぎるので現実として受け止めたいところだが、やはり異性から好意を受け取ることにはそう慣れていないために、思い出すとやはり少々気恥ずかしいところがある。

「……先生？」

「ん？　どうした？」

　そんな俺の反応を訝しんだか、アリューシアからやや探るような視線と声を頂いた。

　流石にあの出来事を報告するのも相談するのもナシだ。これは俺個人が抱えなければならない。それが男の義務であり、また特権でもあるからね。

　まさかその辺りを彼女に勘繰られたわけでもなかろうが、アリューシアは妙に勘が良いところがあるからな。俺としてもその点で余計な詮索は正直あまり受けたくはないので、ここは頑張って受け流すとしよう。

「……いえ、何でもありません。これからですが、年明けにグレン王子とサラキア王女の成婚の儀が大聖堂にて執り行われます。それから三日間、パレードを行う予定となっています」

「ふむ……」

俺の反応から何かを察したか、はたまた諦めたか。気を取り直したアリューシアから、今回の遠征のスケジュールについて情報が齎される。

それ自体に反対することはないものの、年が明けてから早々に儀式というのは俺の持つ常識からはやや外れる。大体こういうのって過ごしやすい季節というか、暖かい時期にやるものだと勝手に思っていた。

これは田舎だけが持つ考えなのかもしれないが、冬という季節は基本的に引き籠る時期である。作物が育たないし収穫も見込めないし、加えて肉体労働にも不向きな季節。バルトレーンやディルマハカといった都会ではまた違うのかもしれないけれど、それにしたってわざわざ年始に慶事を合わせるというのは、やや奇異に映る。

「どうしてまた年明けの寒い時期にやるんだろうね」

「そりゃスフェン教の教えだな。年が明けると良否かかわらず、また新しく積み直されると信じられている。んなもんだから、年明け早々挙式する連中は多いぜ」

「はー……なるほど……」

どうやら宗教の教えだったようだ。それならまあ納得は出来る。

俺は別に神様や宗教といったものを殊更信じているわけではないが、もしも剣の神様が居たとして、寒風吹き荒ぶ時期にこそ剣を振れば真理の一端が見える、なんて言われたら多分振ってたと思う。そんな神様聞いたこともないけどね。

「今はサラキア王女殿下に、スフェンドヤードバニア様式のご説明と練習をしていただいているところです」

「他国に嫁ぐというのは大変だねえ」

良し悪しや優劣は一旦置いておくとしても、国が変われば文化が変わる。

今回は他国へ嫁ぐ形になるので、サラキア王女側がスフェンドヤードバニアに合わせることになる。そこではレベリス王国の方がとか、スフェンドヤードバニアの方がとか、そういう話はあまり関係がない。郷に入っては郷に従えという話だ。

しかも挙式の形式だけならいざ知らず、日常生活を送る上でも文化の違いというのは、小さいながら確実に差異として現れてくるだろう。あの王女様がそれでへこたれるとは思わないけれども、慣れるまでは中々にストレスを溜めてしまいそうだなと感じるね。少なくとも俺には難しい。

「ま、そこらのお勉強は置いておくとしてだ。とりあえず脇道に迷い込んじまったら、尖塔を探して歩くといい。大体は大通りに出られるし、最悪でも教会には着く。そこで道を聞けば問題ないだろうよ」

「分かりました。ありがとうございます」

バルトレーンと違って建物の背が平均的に低いから、尖塔を見つけるのは余程縮こまった路地にでも入らない限りは容易だ。そこから大通りに、最悪でも教会に着けば人に尋ねることが出来る。

　わざわざ一から地理を叩き込むよりは大分シンプルで、かつ割と実用的な手に思えた。俺も道を覚えるのは苦手というほどではないにしろ、得意ではない。この辺りは冒険者とかの方が得意そうだな。

「……おっと」

　ディルマハカの景色を堪能していると、くぅ、と腹の音が一つ。

　そう言えば朝方に軽く鍛錬をして、彼らに呼ばれて街を散策して。今日はあまり腹の中にものを入れていなかった。散策もどこかに立ち寄るというよりは歩きっぱなしだったので、疲労感はそこまでではないにしろ腹が減ったな。

「よっしゃ、そんじゃどこかで飯でも食うか。基本的に大通り沿いなら何かしらあるからな」

「ははは、お恥ずかしいところを……」

　腹が減っているのは事実だが、腹の虫を聞かれるのはなんだかちょっと恥ずかしい気持ちになる。

「では、私もお供いたします」

「ああ、うん。ただ飯を食うだけだからそんな大仰に言わなくても……」

　別にアリューシアが付いてくることに問題は何もないんだけれども、そんなキリッとした顔で言われても反応に困る。ただ少し早い昼飯を食べるだけなのに。

こういうところ、なんだかんだでアリューシアとスレナって似ているところもある気がするんだよな。そんなことを本人の前で言うと互いに不機嫌になりそうなので、今のところ言うつもりはないけれど。

「適当に見かけたところに入るとするか。それでいいか？」

「ええ、ガトガさんに任せますよ」

「かっかっか！　こりゃ責任重大だなァ」

　まあ腹の虫も鳴ってしまったので、とりあえず飯を食おうということになった。ただし俺は店を全く知らないし、アリューシアも似たようなものだろう。なので先導役は自ずとガトガになる。

　少しばかり暇があるとはいえ、任務期間中に昼間っから酒を飲むのは流石に拙い気がする。出来ればスフェンドヤードバニアの現地酒なんてのも楽しみたいところだが、それはまた次の機会に取っておくとしよう。

幕間

本格的な冬の訪れを全身の肌で感じながら。魔法師団団長、ルーシー・ダイアモンドは使用人であるハルウィの淹れた温かい茶を啜りながら、眼前に座る男へと些か雑に視線と言葉を放り投げた。

「朝っぱらから何の用じゃ、お主」

「何の用とは酷い言い草だね。色々と情報を仕入れてきてあげたというのに」

そんな彼女の視線を物ともせず、彼はルーシーと同じく来客用に淹れられた茶に口をつける。

イブロイ・ハウルマン。レベリス王国の首都バルトレーンにてスフェン教司教の座に座る男。一般的な教徒が着るものとはやや趣の異なる、見る人が見れば上物だと分かるローブに身を包み、彼はこうしてルーシーの自宅への訪問を行っていた。

イブロイがルーシーの自宅にわざわざ赴くのはこれが初めてではない。ベリルと初顔合わせとなったレビオス元司教捕縛の際もそうだが、どこからか情報を仕入れてはルーシーに共有するため、幾度かこうしてごく近い距離でルーシーと顔を合わせている。

この家に勤めてそれなりに長いハルウィにとっても、彼は主人の数少ないお得意様だという認識が出来上がっていた。故に何も予定されていない来訪であっても、基本的に彼女は受け入れている。不思議なことに、ルーシーが魔法師団や魔術師学院の方へ足を運んでいる時には一切やってこない。スケジュールに予定していない——少なくともハルウィには共有されていない——にもかかわらず、彼はどんぴしゃりでルーシーが在宅時に限って現れていた。

更に、朝に弱いルーシーが珍しく人並みの生活を送っている日を、まるで狙い澄ましたかのようにして現れるのだ。何か不可思議な力が働いているのではないかと、この家に勤める者が思わず勘繰ってしまうくらいには、出来過ぎた日々が続いている。今日もまた、その出来過ぎた日々の続きを更新することとなった。

サラキア第一王女殿下の輿入れが決まり、本人とその護衛たちが大手を振ってバルトレーンを発った、そのすぐ後の出来事である。

「情報、情報か。お主、サラキア王女の婚姻の儀には出向かんのかの」

「まさか。ひとしきり仕事を終えれば向かうよ。向こうは大行列だからね、僕の馬でも悠々間に合うさ」

ルーシーから予定を突っつかれれば、勿論行くつもりだと答える。

事実、護衛や供回りを大量に連れた塊はそう速くは動けない。王女殿下のご体調も加味すると、強行軍などもっての外。たとえ出発を数日遅らせたとて、イブロイ単身、あるいは少数の護衛程度の同伴であれば十分に追いつき、追い抜くことは可能だ。

「ルーシー君こそ、栄えある王女殿下の花道を見に行かなくても？」

「折角なら見ておきたいのは山々じゃがのー。今わしが行っても面倒臭いだけじゃろうて」

「ははは、それもそうだ」

お主、分かってて言っとるじゃろ。そんな返しが喉の先まで出かかって、彼女は茶とともにその言葉を飲み込んだ。

スフェンドヤードバニアという国家と、レベリス王国の魔法師団という団体はとにかく噛み合わせが悪い。何せ向こうからすれば、スフェン神から賜った奇跡を好き勝手に弄繰り回すまっこと不届き者の集団である。

無論、魔法師団にスフェン教の教えを足蹴にする意図はない。たまたま国という境界線のあっちとこっちで物の考え方が異なるだけだ。そしてそのことを、大体のスフェン教信徒は理解してもいる。ルーシーから言わせれば、最近の王室もその辺りの理解は大分追い付いてきている。

しかしながら、一部のスフェン教徒から蛇蝎《だかつ》の如く嫌われているのもまた事実。魔法師団側にその気持ちがなくとも、国内感情としてそういうものが膨れ上がると国としてはよろしくない。

レベリス王国とスフェンドヤードバニアが戦争でもしているならまだしも、自国の第三王女殿下を嫁に出そうと考えているくらいには協調路線を敷いているわけで。その繊細な外交状況に余計な水を差したくないがため、彼女は今のところスフェンドヤードバニア関連で表に出る気がなかった。

「ところで、何か話のネタがあるんじゃろ」

「ああ、そうだったね」

互いが一口二口茶を含み、適度に喉と舌を湿らせた後。とっとと本題に入れと暗に急かすルーシーの態度とは裏腹に、どこまでも自身のペースを崩さずイブロイはゆっくりと口を開く。

「遣いの者から文が届いてね。どうやら婚姻の儀で何か起こそうとしているのは確定だそうだ」

「そうか……」

まずは結論から。そしてその結論を聞いたルーシーは、何とも言えぬ表情でその情報を咀嚼《そしゃく》していた。

「教皇派もいよいよ追い詰められとるようじゃな」

「焦りはあるだろうね」

教皇派。言い方を変えればスフェン教過激派である。無論、教皇派の誰かがそう名乗ったわけでもないし、市井でそう認識されているわけでもないが、やっていることとやろうとしていることを勘案すれば、過激派という表現がもっともしっくりくる。

その過激派どもが、グレン王子とサラキア王女が結ばれるめでたい日に、何かを仕出かそうとしている。誰が耳にしてもあまりいい顔は出来ない内容であった。

「レビオスのやつを叩けたのと、前回の失敗。あれが響いとるな」

「そうだね。あれで研究者と戦力の両方を失った」

レビオス・サルレオネ司教。今は元司教であり故人でもある人物。彼がバルトレーン内で秘密裏に研究していた死者蘇生の奇跡。その目論見は、彼らが大いに巻き込んだベリルの活躍によって潰えた。

そしてその後起きた、グレン王子とサラキア王女を標的とした王族暗殺未遂事件。こちらもレベリオ騎士団の特別指南役であるベリルの活躍によってお二方に被害なく、教皇派からすれば大失敗以外の何物でもない結果で終わる。

立て続けに人員を吐き出し続けた教皇派は、水面下の政権争いという意味ではかなりの後れをとってしまったこととなる。

「で、お主のことじゃ、当然手は打っておるんじゃろ」

「勿論。何のためにわざわざ情報を集めたのかという話になるからねえ」

スフェンドヤードバニアの第一王子殿下とレベリス王国の第三王女殿下。この二人が結ばれる場で、スフェン教の一部が事件を起こそうとしている。

普通に考えれば一介の司教ごときに何か手を打てるはずもないがしかし。この二人はそんなことは関係がないと言わんばかりに話を進めていた。

「協力者をいくらか抱き込めたよ。結構な額のお金は飛んで行ったけど、それもまあ必要経費だろう」

「足は付かんのか？」

「付かない。そういう者を厳選したつもりさ」

「なら構わん」

一見にこやかにお茶を味わいながら談笑を続ける二人。

だがその見目とは裏腹に、中々にえげつないことを話している。士族の安否が絡む事件の発生をいち早く察知し、それをなんとかして防ごうと暗躍しているわけだ。通常なら何がどう間違っても、この二人がプライベートの空間で語らう内容ではない。

「そっちの首尾はどうだい？」

「グラディオのやつも承知しておる。だからこそ大仰なまでに護衛を就けとるし、あやつ本人とファスマティオの小僧は出て来んからの」

「安全面を考慮するとそうなるだろうね。万が一があればこっちの王族がまるっと殺されてしまう」

「ぞっとせんな。ごめん被りたいわ」

現国王陛下を「あやつ」呼ばわりする魔法師団長。その国家ぐるみの案件に何故か首を突っ込めている一司教。他人に聞かれでもしたら一大事な内容ではあるがしかし、この家にはそんな無粋な輩はやってこない。何故なら、ここは王国一どころか大陸一の魔術師、ルーシー・ダイアモンドの自宅だから。

「ベリル君とアリューシア君には、恐らく頑張ってもらうことにはなるだろうが」

「それがあやつらの役目じゃろ。お主が気にすることではない」

事件の矢面に立つであろう二人の人物のことを気にすれば、その必要はないとルーシーがぴしゃりと閉ざす。

役目。各々が果たすべき、あるいは課せられた使命。そういうものを、ルーシーという人間は割と重視する。無論、その役目を果たし得る能力があるという前提こそついて回るが。

その観点で述べれば、ルーシーもイブロイも、己の役目をしっかりと全うしていた。前者は外交情勢上、現地には赴けないため、それらの可能性を〝上〟の人間に共有、認識、理解、承認させること。後者は直接的な害を被らないために、水面下で手を回すこと。

そして、レベリオ騎士団団長であるアリューシアと、その特別指南役であるベリルにも役目がある。きっと起こるであろう事件に対し真っ向から立ち向かい、それを打ち破る役目だ。

戦力というものは、戦いの場に於いて能力を発揮して初めて価値を得る。そこにただの野試合でなく、市民と王を守るという大義名分があれば、一層その責任と成果は重要になってくる。

そしてその重責に耐えられるだけの人選は行っているはずだと、ルーシーとイブロイは各々異なる視点から悪くない感触を得ていた。

「……まったく、ただの司教にここまで働かせるとは、少しは遠慮してほしいね」

「どの口が言いよるか。その割には楽しそうじゃがの」

「結果的にスフェンドヤードバニアが纏まるなら、そう悪くない賭けさ」

前提として、イブロイはスフェン教の信徒である。それを国教と定めている国が安定してくれる分にはありがたいことに違いはない。彼はスフェンドヤードバニア出身の人間ではないが、信仰を共にする者たちの安寧を願う程度には、それなりに信心深い人間であった。

他方、スフェンが残したとされる経典を自分勝手に読み解き、暴走する一部の信徒に対して容赦ない気持ちを抱いているのも事実。王族を危険に晒すという、見る人から見ればとんでもない選択。だがそれを打ち砕くことでスフェン教という宗教が良い方向に向かうのなら、言った通り別段悪くない賭けだとも踏んでいる。

そこにはやはり、直接的な戦力として出向くレベリオ騎士団とベリルへの信頼もあるだろう。

教会騎士団も決して弱い集団ではないが、天下のレベリオ騎士団と比すれば、どうしてもその実力は劣る。それに加えてベリル、更に協力を取り付けた者たちが参戦するとなれば、余程のことが起きない限りは勝てる賭けだと感じていた。ベットするのは実質的な自身の進退という、些かピーキーな賭け事ではあるが。

「内容としてはそんなもんかの？」

「そうだね。細かいところは僕が現地で調整するつもりだよ」

「結構」

互いにカップの底に残った茶を喉奥に流し込みながら、一旦は話の流れが途切れる。

二人の醸し出す空気というものは、独特だ。気安い友人同士が出す雰囲気とも読み取れるし、矜持を持った一流の仕事人同士の交流とも受け取れる。そういう空気が醸成された空間を、ルーシー

は比較的好いていた。

ルーシー・ダイアモンド。レベリス王国魔法師団の団長であり、魔術師学院長でもある大陸一の魔術師。彼女とたとえ表面上だけでも対等に話せる人間というのは、驚くほど少ない。ほとんどの人間が彼女に対して、小さくない畏怖を覚えてしまうために。

無論、彼女自身はそれでいいとも思っている。自他ともに認める地位も実力もある魔術師が、下手に舐められるよりはよほど健全だ。

唯一の例外と言えばそれこそ話題に上ったスフェン教の過激派くらいだが、あれは舐めているというより完全に敵視している。加えてその対象はルーシーのみならず魔法師団全体に向いているため、個人でどうこうしようとはあまり思わない。

そんな状況が長年続いてきたため、彼女に対する反応は畏怖か敵視かという極めて尖った二択となってしまってから久しい。敵視はともかく畏怖に関しては本人もそれで良しと考えている故に、彼女自身が特に改善しようとしていないのも状況に拍車をかけている。

そんな中現れた、自身と対等に話す存在。その数少ない人間がベリルとイブロイである。

特にベリルは手心を加えていたとはいえども、ルーシーの魔術で押し切れなかった剣豪。彼女に更なる興味と関心を抱かせたのは無理もない話であった。

「……ところでイブロイよ」

「うん？　何かな」

対等に言葉を交わせる存在。それだけの意味で述べれば、ベリルとイブロイは同質である。

しかし実際のところ、それはまったく同質ではなかった。

「お主、この仕事に就いてから何年じゃったか」

カップに注がれた茶を飲み干し、話の性質上ハルウィを呼び直すわけにもいかず。席を立ったルーシーは、手ずからお代わりの茶を淹れながら、静かに問うた。

「そうだね……もう二十年は経つかな。思えば随分と長くこの立場を続けてきたものだ」

「もうそんなにか。随分と板に付いてきたもんじゃな」

「長いからね。君ほどではないが」

自身の器を満たした後、イブロイのものにも同様に茶を淹れる。ルーシー・ダイアモンドが淹れる茶を飲める人間、そして彼女自身が淹れてもいいと思う人間は、驚くほど少ない。

「当時はこーんなにちっちゃかったくせにのー」

「君と知り合ったのは成人してからだと記憶しているけれども？」

「冗談じゃ冗談。そんくらい分からんか」

「ははは。悪いね、頭が固いもので」

なんてことはない会話。話の主題は既に凡《おおよ》そ語り終えたので、これは雑談のようなものだ。

だが、この雑談の中にも小さい、そして致命的な認識の齟齬《そご》がある。

まずイブロイが語った、ルーシーと知り合ったのは成人してからという言。これは事実である。

スフェン教の信徒以外の肩書を持つようになったのは、ルーシーと出会って以降だという認識で間違いはない。

一方ルーシーの語った、当時はこんなに小さかったという言。これもまた、事実である。

ルーシー・ダイアモンドは、イブロイ・ハウルマンの幼少期を知っている。単純に当時のイブロイが幼かったが故に、彼が覚えていないだけだ。また初めての邂逅を経て以降、直接的には永らく会っていないことも影響している。

ルーシーは、ずっとこうやって過ごしてきた。無論、誰に対してもそうであるわけではない。素質と資質のある子を厳選している。そうして言い方は悪いが唾を付けておき、実が成った時に収穫する。新たな職務と肩書を用意して。

果たしてイブロイ・ハウルマンという名の果実は、実に彼女に都合のよい色味を宿して実った。

勿論それは、彼女の私利私欲からではない。魔法大国とも呼ばれるレベリス王国の更なる発展を願った、国家運営における一種の正当性を持ったスカウトである。

「あんなに畏まった小僧がこうなってしまうとは、わしは悲しくてかなわん」

「そうあれと言ったのはルーシー君だと僕は記憶しているけれどもね」

よよよ、と、誰が見ても嘘っぽちで下手くそな泣き真似を披露しながら、ルーシーは大仰に嘆いた。

イブロイは、ルーシーの友人である。その事実に嘘はない。それが真実のすべてでもないが。

彼としても、今の境遇に不満はない。勿論、当初は遠慮も不安も反発も緊張もあった。だが二十余年、そんな生活を続けていれば嫌でも板に付く。そしてその環境にいつまで経っても順応出来ないほど、彼は不器用でも愚鈍でもなかった。

「はー、すまんすまん。ちょっとしたお遊びじゃよ」

「そうか。僕はてっきり君がいきなり乱心でもしたのかと思ったよ」

「まだまだボケるには早いでな」

いったいこの人は何時《いつ》になったらボケるのか。そんな素っ頓狂な疑問が思わず頭に浮かんでくるくらいには、イブロイもルーシーの正体を掴み切れていない。

イブロイの記憶の中で初めて会ったルーシーと、今目の前で談笑をしているルーシー。この二つの姿は瓜二つである。一切変化がないと言い切ってもいい。それ程までに、彼女の姿からは年月の経過というものが感じられなかった。

ただの人間ではないだろうな、くらいには思っている。しかし死者蘇生の奇跡と同じく、不老不死の魔法についても人類は開発どころか、その真理の爪先にすら到達していないのが現状だ。

スフェン教の一部が持て囃している奇跡の正体は、ただの死霊術のパチモノである。少なくともイブロイはそう断じている。

そんな常人では踏み入るどころか仰ぎ見ることすら許されない真理の扉の向こう側に、ただ一人だけ歩を進めているルーシー・ダイアモンドという女性。その恐ろしさは何十年の時が経とうともやはり、薄れるものではなかった。

他方、だからこそ、その扉に到達したのがルーシーでよかったとも思う。

きっと彼女以外が到達した先に待っているのは、一時の繁栄と破滅の最期だ。人間などでは到底辿り着けない境地に居るからこそ神は神なのであり、奇跡は起こらないから奇跡なのである。その純然たる事実を彼は彼なりに理解し、また弁えていた。

「さて、では僕はそろそろ行くよ。伝えることは伝えたし、のんびりも出来ないからね」

「そうか、ご苦労じゃったの」

「苦労するのはどちらかと言えばこれからなんだけどね」

「くく、違いない。気張れよ若造」

「僕ももう五十を過ぎているんだけどねえ……」

どんな人間であろうが、ルーシーから見れば人間である以上は若造であり小僧である。これもまた純然たる事実。なんとも理不尽な事実だなと、随分と皺が濃くなった顔に苦笑を織り交ぜて、彼は席を立った。

「イブロイ」

「ん？　見送りは不要だよ」

扉に手を掛けたところで、ルーシーから声を掛けられる。彼は首だけ振り返り、見送りは不要だと告げた。そもそも普段から見送りはされていない。

栄える魔法師団長と教会の一司教。この関係性を崩すことがあってはならないが故、この面会も極めて私的かつ非公式のもの。だからこそ彼は人気のない時間とタイミングをわざわざ選んでいる。

「死ぬなよ。お主を蘇らせることは、流石のわしも出来んでの」

「死ぬ気はないさ。僕が死ぬ時は敬虔なる信徒たちに見送られて慎ましやかに穏やかにと決めている。そして、それは今じゃないからね」

「そうか。なら泥水啜ってでも帰ってくるんじゃな」

「酷い言い草だなあ。でもまあ、頑張ってくるよ、僕なりにね」

「うむ」

なんとも不穏な別れの挨拶を終えて。今度こそイブロイは扉を開き、ルーシー宅の応接室から姿を消した。

独りとなった応接室でルーシーは一呼吸置いた後、カップに残った茶を一気に呷《あお》り。爽やかな香りと熱気が、勢いよく喉元を通り抜けていった。

「……気張れよ、若造ども」

その呟きは、果たして誰に宛てられたものか。

極小さい言の葉は、一陣の寒風が窓を叩いた音によって、掻き消された。

三　片田舎のおっさん、救世主となる

「アリューシア・シトラス様にベリル・ガーデナント様ですね。サン・グラジェ大聖堂へようこそ」

　無事スフェンドヤードバニアの教都ディルマハカへ到着し、ガトガとアリューシアにざっくりとした道案内を受け、その後年明けまで特に予定がなかったために頑張って庭先で自己鍛錬に励み。遠征中お邪魔させてもらっている家主からもようやく鍛錬の理解を得られてしばらく経った頃。

　俺はグレン王子とサラキア王女の成婚の儀を見届けるため、そして護衛のためにディルマハカの大聖堂へと足を運んでいた。

　年が明けたとはいえ、正直あまり実感はない。自宅でのんびりしていたらミュイとささやかなお祝いくらいはしていたかもしれないが、生憎とそんな状況ではないからな。

　ビデン村というごく狭い世界から視野が広がったのは喜ぶべきことではあれど、逆に知名度や立場が上がってしまい、遠征の頻度が増えてしまってもそれはそれで困る。

　中々にこういうのは適切な落としどころが難しい。特に俺個人の裁量で落としどころが決められないところまで事態が発展するともっと困る。丁度いい立場ってのはやっぱり難しいね、色々と。

「……間近で見ると凄い大きさだな」

益体《やくたい》もないことを考えながら、眼前に聳《そび》える大聖堂に視線を移す。

大聖堂の場所は何となく分かってはいた。大通りの突き当たりが大聖堂である。非常に分かりやすい。

ただ別段用事もなかったもので、わざわざ近づいたり訪ねたりはしていない。どうせ王子と王女の結婚式はここで挙げるのだから、その時に改めて見ればいいと思っていた。

しかし今、この大聖堂を目の前にして思ったことは、ちょっとくらい時間を作ってじっくり見に来ておけばよかったなという、なんともな感想であった。

「スフェンドヤードバニアの誇る大聖堂ですから」

「確かに……これは誇るのも分かるよ」

単純に大きい、というのは勿論ある。デカい建造物には皆畏怖を抱きがちだ。

しかしこのサン・グラジェ大聖堂には何というか、得も言われぬ迫力というか荘厳さというか……そういうものがひしひしと感じられるのだ。別に俺は信心深いわけじゃないし、スフェン教を信仰しているわけでもない。だがこの大聖堂からは、そういった信仰に足る神聖さが備わっているように見えてならない。

丹念に積み上げられた石壁からは、相応の年月が感じられる。最新の技術を使って最近建てられたものではないだろう。となると、現在よりかなり昔の人々がこれを一から作り上げたことになる。

無論、都度改修などはされているはず。それでもこの石造りの巨大な建造物を、人の手で作り上げた執念は見事という他ない。これを間近で見ることが出来ただけで、スフェンドヤードバニアに来た甲斐はあったと思わせるほどのものであった。

長らく世界の広さに目を向けず、ビデン村という田舎に引きこもっていたおっさんの貧弱な語彙では、それ以上の表現が難しい。芸術や歴史に興味がないとは言え、ちょっと情けなくなってきた。

「ここで挙式か……きっと素晴らしいものになるだろうね」

「ええ、まったくです」

こんな大舞台で互いに生涯の愛を誓う。勿論今回は王族同士の結婚だから、全部が全部純愛というわけではないにしろ。それでもこの大聖堂で祝福を得られるのは、さぞ素晴らしいことであろうと思う。

俺の場合はどうだろうな。よしんば相手に恵まれたとしても、こんな壮大な場所だとこっちが気後れしてしまいそうだ。慎ましやかに、けれどしっかりと愛を確認出来れば俺はそれで充分。

「流石に広いねえ」

敷地を区切る大正門を潜《くぐ》り抜けた後、目に入るのはこれまた広大な中庭であった。

スフェンドヤードバニアの国土はレベリス王国や周辺国と比してそこまで広いわけではないが、聖堂一つに物凄い土地の割き方である。それくらいスフェンド教に力を入れていると言うべきだろうか。

　本日の天候は晴れながら寒風やや強し。壁で区切られている中庭といえど、こうも広いと中々に風が強い。レベリオ騎士団の外套がなければ隅っこで震えていたかもしれないな。こんなところで身体を温めるために運動するわけにもいかないし。

　中庭、あるいは大聖堂に通じる軒下は、成婚の儀が始まるまでの待機地点となっているのだろうか。

　こんな寒い中で待たせるくらいならどこかに入れてくれとも思うけれど、まあ大聖堂というくらいだから神聖な場所なんだろうな。普段は礼拝のためなんかに開放しているかもしれないが、王族の結婚ともなれば、お披露目までの間は限られた人しか入れませんと言われても納得するしかない。

「――おや、ベリル君じゃないか。久しいね」

「……イブロイさん？」

　特にアリューシアと会話が弾むでもなく、何となく手持ち無沙汰となっていたところ。自分の名を呼ぶ声に気付く。

　振り返れば、そこにはいつものようにローブを羽織った細目の聖職者、イブロイ・ハウルマンがやや意外そうな顔つきでこちらを眺めていた。

「イブロイさんもいらしたんですね」

「それはそうだろう。僕はスフェン教の信徒で司教なんだから」

「それはまあ確かに……」

まさかここで出会うとは露ほども思っておらず。こちらも大いに意外そうな声で反応してしまったところ、向こうからは当たり前のように返されてしまった。

そりゃまあ言われてみれば、イブロイはスフェン教の信徒であり、最近司教様になったお偉いさんである。感覚が若干麻痺してしまっているが、一宗教の司教ってそう易々と会えるもんじゃない気がする。これもまた、バルトレーンで紡がれた縁の一つと言えなくもない。

「ハウルマン司教。ご無沙汰しております」

「アリューシア君も、壮健な様子で何より」

俺とイブロイの挨拶に一拍遅れて、アリューシアも言葉を交わす。

改めて思うが、バルトレーン内のみに限らず、レベリス王国と関係のあるお偉いさんとアリューシアは大体が知己である。むしろアリューシアが完全に初対面なお偉いさんを探す方が難しい。つくづく彼女はとんでもない立場に居る人間だ。

そしてそのアリューシアに対して、対等な挨拶を交わしているイブロイもまた底が知れない。

そもそも彼はあのルーシーを君付けで呼ぶくらいである。今は司教という一定の立場を持っているものの、彼が司教になったのは割と最近のことだ。

レベリス王国内では国教でも何でもない、一宗教の司祭がルーシーやアリューシアと対等な関係を築けるのかと問われると、ちょっと難しいように思う。いやまあ、それを言うと俺はなんなんだという話にもなるからあんまり言わないけどさ。

「ふむ……二人で観光旅行ついでに見に来た、とか？」

「まさか。サラキア王女殿下をお守りする役を仰せつかっております故」

「ははは、分かっているとも。冗談だよ」

イブロイがこの婚姻の儀に出席することは、考えてみればさほど不思議ではない。

どちらかと言えばアリューシアはともかくとして、俺がこの場に居る方に場違い感がある。少なくとも俺はそこはかとない疎外感を絶賛痛感しているところだ。仕事でもなければレベリス王国どころか、バルトレーンを出る理由すらあんまりないからね俺には。

「ただ、ディルマハカも悪くはない場所だ。時間があればここ以外も見て回るといい」

「ありがとうございます」

彼の言う通り、ディルマハカはなんだかんだでそこそこ栄えている都市である。見て回るだけでもまあ楽しいというのは間違いないだろう。

しかし、観光旅行か。今まで田舎に引き籠っていた分、まとまった時間が出来ればそういうのも悪くないのかな、とも思う。別に特定の目的地があるわけでもないが、こうやって少しでも外に目を向けることが出来るようになったのも、大本を辿ればアリューシアのおかげと言えなくもない、かもしれない。

いずれ諸々が落ち着いたら、ミュイとどこかに旅行をしてみるというのも悪くないのかな。ビデン村に少し顔を出した程度じゃ旅行とは呼べないだろうし。自分のためというよりは、ミュイの将来のための知見を得る手段と考えれば、まあ適度な頻度の遠征ならアリかもしれん。

なんだか自分の中で意見がころころと変わっているようにも思えるけれど、まあそれくらい考えることが多くて、また先行きに対する不安も大きいということにしておこう。

「おっと、そろそろ入場が出来るようだね。では、僕はこれで」

「ええ、また」

イブロイと簡単な挨拶を交わしていると、どうやら大聖堂の拝廊の方で動きがあったらしい。人の波がぞろぞろと集まっているのが見える。彼の言う通り、入場が出来るようになったのだろう。

「これだけ外観が荘厳だと、中も気になっちゃうね」

「私も中を見たことはありませんが……さぞ美しいものだと思います」

「違いない」

イブロイが去り、アリューシアと二人で雑談を交わしながら拝廊へ向かう。流石にこの位置から拝廊の中を覗き見ることは出来ないものの、言った通りサン・グラジェ大聖堂の内観に対する期待値が上がっている。

無論、今回の本領は観光ではなく護衛である。それは分かっているが、目に見える風景を楽しむくらいの余裕はむしろあった方がいいだろうしね。切羽詰まっていると何事に対しても反応が遅くなる。勿論、何もないことが最上ではあるけれど。

「失礼。こちらで皆様の武器をお預かりしております」

　さて、中身はどんなもんかなと少しばかり胸を躍らせながら大聖堂の内部へ入ろうとしたところ。恐らく警備担当であろう教会騎士の一人から、俺とアリューシアが呼び止められた。

「……我々はレベリオ騎士団の者です。そのような説明は事前に受けておりませんが」

「無論、存じております。しかしグレン王子殿下、サラキア王女殿下双方のご安全確保のため、何《なに》卒《とぞ》ご理解ください。周辺は我々教会騎士が責任をもって警備いたします故」

「……」

　どうやらここで武器を預けろということらしい。まあ武装解除しろってことだな。

　理屈としては通る。なんせ今から執り行われるのはスフェンドヤードバニア、レベリス王国双方の王族同士の結婚だ。万難を排すためにも、一般の人に武器を持ち込ませない処置は当然とも言えた。

　問題は、俺たちはその一般の人ではなく、そしてレベリオ騎士団の団長であるアリューシアがその旨の説明を受けていないことにあった。

　加えて、これは理屈というより感情論になるが、スフェンドヤードバニア教会騎士団を完全には信じ切れないというのも大きい。

　ガトガが苦心して組織の浄化に努めているのは知っている。彼の人柄と能力は今更疑うまでもない。だが、仮にガトガ主導でこの武装解除を進めていた場合、その連絡はアリューシアにあって然るべきではなかろうか。

無論、急遽決まった可能性もあるだろう。最初はレベリオの騎士と教会騎士団は武器を所持してもよい方向で話が進んでいたが、どこからか横槍が入って今の形に収まった、とかね。

しかし、今からそれを確認する術《すべ》がない。ここにガトガが居れば話は違ったのだろうが、彼は今ここには居ないからな。

ちなみに。サラキア王女殿下の護衛は俺たちの主任務だが、彼女が過ごしているこの国の宮殿にレベリオの騎士は配属されていない。まあこれはある意味で当然で、国の心臓部に他国の人間、それも武力を持った者を複数人常駐させるわけにはいかないからだ。だから俺も別で仮の住まいを充てられたわけだし。

王女様の身辺警護については、ディルマハカに到着してからは主にスフェンドヤードバニアの人間と、王国守備隊が担当している。

きっとこの辺りも色々と思惑があるのだろうと思う。恐らくだが今、サラキア王女殿下の身辺警護をしている者たちは、王女付きのロイヤルガードとしてスフェンドヤードバニアに残留する者たち。

彼女はグレン王子と結婚しても王家の血筋こそ失われないものの、レベリス王国内での実権は失う形になる。他国に嫁ぐのだからそれはそうだ。となると、彼女の意で動かせる戦力にレベリオ騎士団は今後含まれない。他国の人間の命令で国の騎士団が動くわけにはいかないからな。

　まあ別に、サラキア王女が直接軍の指揮を執ることはないだろうけれども、そういうのも含めてレベリス王国に居た頃とは環境が変わる。その予行演習といったところだろう。

「このことを、ラズオーンは？」

「勿論、ガトガ団長の承認を得た行動です。参列者の皆様の武器は側廊で一所にまとめてお預かりします。皆様からも見える位置に収め、また盗難等の防止のため教会騎士が二名、専属で見張りに付きます。……この配置案は、ガトガ団長から出されたものです。どうかご容赦いただきたく」

　色々と考えていたら、アリューシアが教会騎士に対して結構圧のある態度で接していた。まあいきなり武器を渡せなんて言われたら、ちょっとは抵抗したくなる。俺たちは素手でも戦える魔術師ではなく、あくまで剣士だからね。

　けれど、今の会話から少し背景が見えてきたな。具体的には、彼が嘘を吐《つ》いていない前提ではあるものの、元々はがさっと武器を没収してしまおうみたいな強硬案だった可能性だ。そこにガトガが待ったをかけて、今の状況になんとか持ち込んだ、という見方も出来る。

　まあ、全ては俺の勝手な憶測だけどさ。ただ当たらずとも遠からずって感じではなかろうか。多分。

「……分かりました、従いましょう。ただし、剣というものは我々騎士や剣士にとっての命です。丁重な扱いを望みます」

「存じております。私も騎士の端くれですから」

「よろしくお願いします。先生もそれで構いませんか？」

「ああ、君が納得しているなら従うよ。ただ俺からも、丁重に扱ってほしいとは言っておこうかな」

「勿論です。では、お預かりいたします」

ガトガが付け加えたとされる管理条件を、最終的にアリューシアは呑んだ。ここで嫌だ嫌だとゴネても仕方がない部分は確かにあるからな。一応目に見える場所でちゃんと預かってくれるらしいということを、一旦は信じるしかない。

俺もアリューシアに同意を返しつつ、腰から鞘を外す。本来身につけなければいけない状況で剣を手放すというのは、剣士にとっては中々のストレスにもなる。この場に参列する者は皆同じだから、耐えるしかないんだけれど。

「確かに、お預かりいたしました」

俺とアリューシアの剣を受け取った教会騎士は、いっそ恭しくも映る手つきで剣を運んでいた。あの様子なら、少なくとも彼個人は乱暴な扱いをしないだろう。後はちゃんと見えるところに置いてくれればそこまで不安はないかな。万が一が起きないに越したことはないが、それが起きてしまったらすぐに剣を手に取りたいところだ。

「……ふぅ。落ち着きませんね」

「そりゃあね。アリューシアも言っていたけれど、剣は剣士の命だから」

「それもありますが、先生から賜った剣を一時でも他人に渡すというのが……」

「……これを機にもっと質の良い剣とかに」

「いえ、私にはあれが良いのです。あれが私の剣ですから」

「そ、そう……」

あれ本当にビデン村の鍛冶師に作らせた数打ち物の剣なんだけどな。まかり間違っても国を代表する騎士団長が身に着けていいグレードのものじゃないんだが、こっちの説得は随分と先が長そうである。

彼女がその身分と実力に相応しい剣を新たに装うのと、俺が結婚するのと、いったいどっちが早いんだろうか。本来は比べることすらおかしい二つの事象ではあるものの、双方とも極めて難易度が高い気がするよ。

「では先生、参りましょう」

「あ、うん。行こうか」

そんなどこか気の抜けた考えを持ちながら。俺たちはサン・グラジェ大聖堂の本堂へと踏み入った。

「おぉー……」

拝廊手前の教会騎士に愛剣を預け、サン・グラジェ大聖堂の建物内に一歩入った先。最初に出てきたのは、感嘆の溜め息。

まず天井がとんでもなく高い。そりゃ外観から背の高い建物だというのは分かり切っていたことなのだが、それでも外目から見るのと実際に中に入って見上げるのとでは、文字通り天と地の差がある。

まともに見上げれば首が痛くなるほどの高さ。しかもただ高いだけではなく、内壁の一つひとつが緻密な計算のもとに積み上げられているんだろうなと、芸術や建築に学のない俺でもなんとなく分かるくらいだ。

とても手が届きそうにない場所に規則正しく並んでいる採光窓もその一つ。あんな場所にどうやって窓を設置したのか、素人の俺ではそもそもその方法すら分からない。けれど、今日の天気も相まってそこから室内に差し込む光は、月並みな言葉ではあるがとても神秘的に見える。

総じて、極めて高い技術と芸術性に裏付けされた、大聖堂の名に相応しい建物。一歩足を踏み入れてまず漏れ出たのは、そんな感想であった。

「これほどとは……素晴らしいですね」

「ああ、まったくだよ」

どうやらアリューシアも俺と大体同じような感想を抱いたらしい。まあ片やその神秘さに触れつつも平静を崩さない麗しき騎士団長、片や情けなく口を開けて呆けているおっさんという、見た目的な差は酷いものがあるけれど。

「入ろうと思えば何人でも収容出来そうだ」

俺たちが今立ち入ったのは身廊のまだ入り口部分。しかしこの時点で既に相当な幅と奥行きがある。無論、このような神聖な場所で人がごった返す事態はあまりないだろうが、それでもギチギチに詰めたら一体何人の人間が入れるんだという広さである。

視線を奥の方にやると、とてつもない長さの身廊の末にクワイヤがあり、その奥にやや段差のあるスペースがある。めちゃくちゃ失礼な表現をすれば、物凄く上品なお立ち台みたいなやつ。きっとあそこが、この教会におけるサンクチュアリなのだろう。

あの場所できっとグレン王子とサラキア王女は夫婦としての契りを交わす。その光景は想像するだけでも実に神聖的だ。

別に俺自身が特別王子や王女に思い入れがあるわけではないにしろ、いざそのシーンを迎えると感極まってしまいそうな雰囲気すら感じるね。それ程までに、このサン・グラジェ大聖堂という空間は良い意味で異質であった。

「剣は……ちゃんとあるようだね」

「ええ。ひとまずは安心といったところでしょうか」

身廊の方から視線をずらすと、これまた広い側廊が目に入る。とは言っても本通りとなる身廊よりは天井も低く幅も狭い場所だが、基準がそもそもバカでかいので側廊もめっちゃ大きい。なんだかこの空間に居るだけで脳みそがバカになってしまいそうだ。

そしてその側廊には、入場者からお預かりしたであろう剣が小奇麗な台の上に載せられていた。

てっきり樽みたいなものにがさっとまとめて入れられるんだろうなと思っていたのだが、これは少々意外というか、想像よりも大分丁寧に扱っていただいている印象である。まるで小ぢんまりした武器の展示会のような様相を醸し出していた。

その台の両端には、入り口の教会騎士が言っていたように武器の監視を務める騎士が二名、配置されている。

単純にあそこに近寄って武器を手にすることは出来るだろう。だが、側廊は普通にここからでもばっちり見える場所である。あの騎士二名のみならず、衆人環視の中で誰にも見つからずにあそこから盗みを働くのは至難の業だ。

時間と状況が許されるのなら、他の皆がどんな武器を愛用しているのかじっくり見学と洒落《しゃれ》込みたいところ。まあ間違ってもそれが出来る状況ではないので、遠目にちらりと見るに留めておくけれども。

「どこに座るのかは自由なのかな？」

「そのようですね。特に指定もありませんでしたし」

気を取り直して視線を戻す。身廊には中央の通り道を空けて、左右に長椅子が配置されていた。

これが元から礼拝用に配置されている椅子なのか、王子王女の結婚式のために準備された物なのかは分からない。どちらにせよ座り心地はともかくとして、高級そうだなあとやや間抜けな感想が思い浮かぶ程度には、しっかりした椅子という印象だった。

「団長、ベリル殿。おはようございます」

「ええ、おはようございます」

「やあ、おはよう」

最前列に座るのもちょっと気が引けるし、さりとて後ろの方に陣取るのもなんだかな……と妙な葛藤を抱えていると、ヘンブリッツ君から声を掛けられる。彼とはこの遠征中は結構別行動が多かったから、なんだかんだとゆっくり話すのは久しぶりな感覚だ。

そして彼も、普段愛用している長剣は俺たちと同じように預けている様子だった。軽く見回してみても、教会騎士以外に武器を持っている人間は居ない。その意味では、彼らはしっかり務めを全うしていると言ってもいいのだろう。

「ヘンブリッツ、他は変わりありませんか」

「はい、万事問題なく」

アリューシアが隊の様子に軽く触れるが、問題はなさそうで何より。まあこの時点で問題があったらそれはそれで困るんだけれど。

本来ならアリューシアはヘンブリッツ君と動くべきなのだろうとは思う。しかしながら、彼女はわざわざ当日に俺が寝泊まりしているところにやってきて、ともに大聖堂まで繰り出した。

そこには彼女の色々な思惑があるのだろう。それに対して俺は何かを返すべきなのか、その答えは未だに分からないままだ。

きっと今のこの関係と距離感が、一番安心出来るものとして俺も捉えているのかもしれない。最近そういうことを昔よりは意識するようになったから、どうにも事あるごとに気を揉む。少し前にシュステから告白を受けたこともあって、何が正解か分からなくなっている。

今まではこんなに悩むことはなかった。どうせ俺なんかがという諦観も大いにあったし、アリューシアにしても一時の気の迷いだろうと高を括っていた。

だが自己の意識にかかわらず、俺を取り巻く環境は確実に変わってきている。別に剣の道への決意が揺らぐことはないにしろ、どうにも極《き》まりが悪い感覚が憑りついているな。

「……ベリル殿？」

「ん、ああ、ごめん。少し考え事をしていた」

ヘンブリッツ君に声をかけられて、はっと意識が戻った。いかんいかん、思考が些《いささ》か変な方向に飛んでしまっている。

考えるべきことではあるのだろうが、今この場で考えることでもない。さりとて、いつどこで考えるのが正解かと問われるとそれもまた難しい。半分以上は身から出た錆といえども、中々に取り組みにくい難題であった。

「そろそろ座りましょうか」

「そうだね」

入口の方に軽く視線を流すと、ぞろぞろと他の参列者も大聖堂の中に入ってきている。

立ち見をしなければならないほどの人数は流石に入らないにしても、さっさと座れそうな場所を陣取っておいた方がまあ楽ではあるだろう。いつまでも突っ立っているわけにもいかないしね。

さて、座るにしてもどこに座ろうかなと考えていたら、すたすたとアリューシアが前の方に進んでいってしまった。そのことに疑問や質問を差し込む暇もなく、ヘンブリッツ君も当然といった様相で付いていく。

あれ、これやっぱり前の方に座る流れ？　そりゃまあ後ろよりはいいのかもしれないが、どうにも緊張してしまうのは平民の性《さが》だろうか。それで言えばアリューシアも平民の出のはずなんだけどさ。

立場と肩書は人を変える、良くも悪くも。そんなことを実感した瞬間であった。

「……色んな人が居るねえ」

前方の席に向かいながら、既に着席している者、今先ほど大聖堂に入ってきた者などを観察する。

呟いた通り、様々な人がやってきているだろうことは容易に想像が付いた。明らかに上物の衣類に袖を通している上位者……多分貴族とか商会の会長とかそこらへんだろう。そういう人たちが結構な割合を占め、他にはイブロイのようにローブを羽織っている者も多い。この辺りは恐らくスフェン教関係者かな。

更には教会騎士ではない、鎧などを着込んだ者たち。他国の騎士とか、貴族お抱えの騎士とかだろうか。ウォーレンのところのサハトのような立ち位置かな。

というか、仮にも王族の結婚式に鎧姿で出てくるってありなんだろうか。まあ誰も言わないということは大丈夫なんだろうね、多分。そういうものとして納得するしかあるまい。

そしてそれらの要素を超えて一層びっくりしたのは、なんと仮面を着けている者まで居ることであった。あれ大丈夫なんだろうか、主に防犯的な理由で。

体格的には女性だろう。武器は流石に入り口で預けたのか、丸腰ではある。しかし堅牢なブレストプレートと機能的なスカートアーマーに身を包み、顔の上半分を仮面で隠している姿は、正直この場ではかなり浮いているように見えた。

「……？」

「――ッ」

物珍しい恰好をしていたもので、ついつい視線がそちらに吸い寄せられてしまう。俺の視線に気づいたのか、女性がこちらに振り向いたのでちょっと慌てて目を逸らす羽目になってしまった。

珍しいと言えば珍しい。が、教会騎士やら周りの人やらが何も言っていないということは、あれはあれで許されているということなのだろう。もしかしたらスフェンドヤードバニア独特の文化かもしれないし、不用意に見つめてしまったのは悪手だったな。

「先生、どうされましたか？」

「ああ、いや……なんでもないよ」

若干挙動不審に陥ったところをアリューシアに見つかってしまった。そりゃ隣に居るんだから気

付くよなという話である。

少し知り合いに雰囲気が似ていた気もしなくはないが、まあその線はないだろう。あんな恰好をする子じゃないし、そもそもこんなところに居るわけがない。顔も見えてないことだしね。

「……この辺りにしようか」

「そうですか？　それでは」

気を取り直してというか、やや現状に即した話題にするために、俺は長椅子の一つに手を添える。前から数えて五列目あたりだろうか。最前列でもなければ、後ろ過ぎて姿を見られないわけでもない、俺としては割とギリギリな位置。というかこれ以上前は辛い。やっぱり緊張しちゃうからさ。

その提案にアリューシアも頷いてくれたようで、ヘンブリッツ君と合わせて三人で一列に座ることにする。端から順に俺、アリューシア、ヘンブリッツ君という形だ。

俺はスフェンドヤードバニアの作法どころか、一般的な結婚式の作法にすら詳しくない。せいぜいが新郎新婦の誕生を祝う慶事であり、また神聖なものであるという認識を持っている程度である。ただ、フルームヴェルク領での夜会と違って、その辺りの所作のようなものは前回よりも細かくは言われていない。これは今回の主役が間違っても俺ではないという部分も大いに関係しているだろう。護衛として付いてきてはいるものの、本質としてはただの一ゲストである。場を乱さないように大人しくしていればいい、というのは結構気が楽だね。

「……お」

「おや」

三人で席に着き、時々ちらっと人の流れを観察しながら待つことしばし。

カラーン、カラーンと、音量は大きいがあまり重苦しくない、清涼な鐘の響きが耳に入る。その音色に合わせて側廊から老齢の人物が一人、正面までゆっくりとした歩みで近付いていた。

恐らく王子と王女の婚姻を祝う司祭の方だろう。いや、国のトップが結婚するんだし、もっと上位の人が出てきてもおかしくないかもしれない。司教様とか、もしかすると大司教様とか来られるんだろうか。俺は顔も名前も知らないが。

「――皆様。この好《よ》き日にお集まりいただき、誠にありがとうございます。本日の進行は僭越ながら私、大司教の座を与《あずか》っております、ダートレス・カイマンが務めさせていただきます」

鐘の音にあわせてしんと静まり返った大聖堂に、ダートレスと名乗った大司教様の静かな声が響き渡る。

おお、やっぱりかなりのお偉いさんだった。司教と大司教がどれくらい違うのかなんて全然知ったこっちゃないけれども、とにかく凄い人なんだろう。別に俺が直接かかわることなんてないだろうしね。

「……妙ですね」

「ん？」

ダートレス大司教の挨拶の後、ぱらぱらと拍手が刻まれる隙間に、アリューシアがぼそりと呟いた。

　先ほどの言葉に何かおかしいところでもあったのだろうか。

「王子と王女の婚姻ですよ。本来はモーリス教皇が出てくる予定だったはずですが……」

「……ふむ」

　今回の挙式はサラキア王女殿下が嫁ぐ側なので、スフェンドヤードバニアの文化に則って行われる。そして結婚する相手はこの国の第一王子だ。

　便宜上スフェンドヤードバニアの全国民はスフェン教の信徒ではあるが、その最高位と言っても過言ではない人物の婚姻に、宗教の長が出てこないのは確かにどうなんだという気はする。当初は出てくる予定だったというのなら尚更。

　しかも王族同士の結婚となれば、かなり綿密な計画を持って迎えられる。昨日今日決めましたという話では断じてない。教皇様のご予定もここに合わせられるはずなのだ。

　加えて年明け早々というスケジュールは、スフェン教が祝いの日と定める日取り。どちらかと言えばグレン王子とサラキア王女がスフェン教に寄り添った形だというのに、そのトップが出てこないとなると、言われてみれば確かに、やや腑に落ちない点であった。ただの体調不良とかなら何も考えなくていいんだけど、どうだろうね。

「それでは、本日夫婦の契りを交わすお二方にご入場いただきましょう」

　アリューシアの疑問や俺の考えを挟む余地もなく、婚姻の儀は粛々と進められた。まあ当然っちゃ当然で、この場面でわざわざ「教皇はどうした」なんて声を上げるのはただの阿呆のやることである。

「グレン・タスマカン・グディル殿下、サラキア・アスフォード・エル・レベリス殿下のご入場です」

大司教の淑やかな所作の後、拝廊から聞こえる二人の登場を告げる言葉。

神聖かつ厳かな雰囲気の中、微かな疑念を抱きながら。祝福された二人の婚姻の儀が始まろうとしていた。

「おお……綺麗だ……」

グレン王子とサラキア王女の登場で、聖堂内がややざわつく。主に漏れ出したのは、彼ら二人に対する賞賛の言葉であった。

サラキア王女殿下の方は足元にまで達する丈の長い、しかし上品なレースをあしらったドレス。ほぼすべてが純白に輝き、まさしくこれから婚姻の儀を結ぶ女性に相応しいと感じられる逸品だ。

グレン王子殿下も色合いは同じく白。こちらはぴったりと体形に合ったジャケットを着こなしており、王族の気品を感じられる。

身廊を歩むたびに近付いてくるその表情からはやや緊張の色も見られるが、まあこんな場面で緊張するなと言われる方が難しいだろう。どこからどう見ても服装以外は普段通りに見えるサラキア王女殿下の方がおかしい。

というかめちゃくちゃに今更なんだが、グレン王子のフルネームってグレン・タスマカン・グディルなんだね。初めて知りました。今後活かされる機会は恐らくほぼないだろう情報ではあるけれど。

　そう言えば、サラキア王女殿下は結婚したら名乗り方ってどうなるんだろうか。サラキアの部分は名前だから変わらないにしても、あの長いフルネームがどう変化するのかはちょっと気になる。今気にするところがそれかよという話は置いておくとして。

「綺麗ですね」

「ああ、本当に」

　二人の登場に、アリューシアも賞賛を送る。着ている服もそうだけど、元々素材が良すぎる二人だ。素晴らしい容姿に加えて、サラキア王女は年齢の割に上品さと気品に溢れているし、グレン王子からも瞳と表情からしっかりとした芯の強さが見て取れた。

　国を治める上位者ともなれば、ある種カリスマとも呼ばれる凄みが必要になってくるんだろう。為政者の道は、剣の腕一本でなんとかなるものではないということを強く感じるね。俺がその立場になることは未来永劫やってこないだろうが。

「スフェン神によって授けられる交わりと使命を育む秘蹟、それを本日受け取るお二方の神聖な儀式。私ダートレス・カイマンが、そして今この場にご参列いただいた皆様が、しっかりと見届けましょう」

グレン王子とサラキア王女が中央の身廊を進み、ダートレス大司教の待つサンクチュアリの前へ。その歩みに合わせて、大司教のお祝いの言葉が紡がれる。

何というか、とにかく壮大だなあというのが印象である。大多数に婚姻を祝ってもらうのはそりゃ悪い気分ではないだろうにしても、ここまで大仰だと新郎新婦側が気後れしてしまいそうだ。まあ、その新郎新婦は王族の方々なんだから、これくらいが適正な規模なのかもしれないが。俺には無理だね。

ダートレス大司教のもとまでたどり着いた二人はその場で振り返り、参列席に座る皆々様に向けてにこやかに手を挙げる。その動作にあわせて再び静かに沸く拍手。

盛り上がっているのは間違いないのだろうけれど、バルトレーンで彼らを護衛したご遊覧の時とは随分と趣が違うな。あの時は市民たちがワーワーと騒いでいたが、この場はあくまで規律を守った盛り上がり方というか。

「では……グレン王子殿下。貴方はサラキア王女殿下を妻とし、病める時も健やかなる時も、悲しみの時も喜びの時も、貧しい時も富める時も、これを愛し、これを助け、これを慰め、これを敬い、その命のある限り心を尽くすことを誓いますか」

「はい、誓います」

そして行われる宣誓の言葉。お決まりの文句ではあるが、内容としてはいつ何時でも生涯のパートナーとなる王女殿下に尽くしますかという問いかけ。

一般的に夫婦となる間柄では誓って然るべき内容ではあるけれど、いつか運とタイミングが巡り巡って、自分がこの宣誓を受け入れる立場になると考えてみて。たとえ建前であっても、俺は多分少しばかり躊躇《ちゅうちょ》してしまうのではないか。そんな思考がふと脳裏を過《よぎ》った。

別に相手を大切にしないとかそういう話ではない。そりゃ勿論そのような相手と巡り合ったら、大切にしたいと思っている。それに、おやじ殿とお袋を改めて見て、夫婦という関係性もいいなあと思ったのも事実。

けれど前々から感じていることとして、俺の最優先は剣の道なのだ。そのためには他を蔑《ないがし》ろにしていい、とは口が裂けても言えないし言うつもりもないが。逆を言えば、他に気にすることが少なければ少ないほど、剣の道に邁進出来るとも言える。

無論、それが絶対に正しいとは思わない。むしろ、世間一般から見れば随分と外れている考え方だとも思う。

しかしやっぱり、俺には生涯を誓った相手を愛しながら敬いながら、剣を極めるというのは中々に大変なことであると感じるのだ。より具体的に言えば、剣の道よりも相手との愛を優先しそうな自分が居る気がしている。

義理の娘であるミュイですら俺にとっては相当可愛い。それがもし愛を誓い合った相手が居て、更にその人と血の繋がった子供を授かれば。メチャクチャに溺愛しそうな未来は想像に難くない。

おやじ殿がお袋と一緒になって、あんな片田舎に引っ込んだのは何故なのか。あれでも若い頃は随分とぶいぶい言わせていたと聞いている。それが今や腰痛に嘆くジジイだ。いや腰痛そのものを軽く見たりはしないけれども。

　色々と要因はあったんだろう。けれど結局おやじ殿はお袋と一緒になることを選び、剣の頂を攻め続けることを止めた。そう捉えることも、出来なくはない。

　それを否定はしない。否定しちゃったら俺の存在が危うくなる。あの二人が結ばれたからこそ、俺は産まれ、健やかに育てられ、今日まで生きてきた。

　……こんな考え方ばかりしているから、俺は未だにおやじ殿に勝てた気がしないんだろうなあ。

　一人の男としてその背を追い越すまでは行かずとも、どうにかして追い付きはしたいところである。ただそのためには家庭を持って家族を養い、そして守っていく必要があるわけで。

　一方で俺はそれを最重要目標とはしていない。端的に言って、矛盾している。そのことは俺自身がよく分かっているんだ。最近は余計にモヤモヤすることが増えたけれども、どうすればこれが解決出来るのかはマジで分からない。袋小路に詰まったまま、身動きが取れなくなったようにも感じる。

「サラキア王女殿下。貴女はグレン王子殿下を夫とし、病める時も健やかなる時も、悲しみの時も喜びの時も、貧しい時も富める時も、これを愛し、これを助け、これを慰め、これを敬い、その命のある限り心を尽くすことを誓いますか」

「はい、誓いますわ」

ぐるぐると思考を巡らせたところで、時間は止まらないし巻き戻りもしない。俺が頭を捻らせている間も、婚姻の儀は滞りなく進められていった。

この婚姻で、世の中がどう変化していくのかは分からない。彼ら彼女らの戦場と俺が立つ場所は違うからだ。興味がないとまでは言わないが、その影響が俺たちのような下々にまで下りてくるのは随分と後のことで、それもひっそりだろうなと思う。

けれど、レベリス王国とスフェンドヤードバニア。二つの国における歴史の転機であることは間違いないだろう。その瞬間にこうして立ち会えることは、まあ一つの役得と言ってもいいのかもしれない。実際、この場には選ばれた人たちしか居ないだろうしね。

「お二方の宣誓は、スフェン神の御許《みもと》へと確かに届きました」

誓いの言葉を告げた二人とダートレス大司教。大司教は満足そうに頷くと、祭壇の上に安置されていた布へと手を伸ばす。恭しい手つきでそれを解けば、中から顔を覗かせたのは銀色に光り輝く一対のリング。

あれが俗にいう結婚指輪か。宣誓の言葉だけでなく、あのように夫婦の契りをしっかりとした物質で主張するのは対外的にもいいものだろう。俺も憧れがないとは言わないけれども、指輪があると剣の握りが変わってしまいそうだな、なんて考えてしまうあたり、やっぱり向いていないのかもしれない。

「それでは、生涯の愛を誓い合うお二人に指輪の交換を——」

「――ッ！」

「……うん？」

婚姻の儀も大詰め、後はグレン王子とサラキア王女の二人が結婚指輪を互いの指に嵌めてめでたしめでたし……となる流れ。その神聖な儀式に水を差すような喧騒が、拝廊の向こう側から響く。

扉は閉められているし、うるさいわけではない。しかし聖堂内での儀式が実に物静かに進んでいたこともあって、場外の騒ぎは分厚い扉を貫通してこちらの耳にまで届いていた。

「止まれ！　現在聖堂内では神聖なる儀式を進行中である！」

扉越しに、恐らく見張りの教会騎士であろう者の声が聞こえてくる。

その声にあわせ、聖堂内に会した皆々様からも、どうしたどうしたと疑問と困惑の声が上がっていた。

何事かとは思うが、さりとてこれまでの積み重ねがあるもんだから、相手の予測は容易に立つ。わざわざ大聖堂で行われる王族同士の婚姻の儀に乱入してまで和を乱そうとする者たち。その心当たりについて、正直言うと一つしか思い当たらない。

聖堂内に入るまでに見渡した限りではあるが、教会騎士については結構な数が配備されていた。

彼らが狼藉者を食い止められれば最上だが、乱入する側からしても、今日この場に教会騎士が居ることくらいは十二分に把握しているはず。ならばそれを突破出来る手段、あるいは算段が付いていると見なすべきだろうな。

「……アリューシア」

「はい」

隣に座るレベリオ騎士団長へ声を掛ける。この場に居る者の大半はまだ楽観的な見方をしているのか、すぐに逃げようだとか動き出そうだとか、そういう動きは見えなかった。

まあ普通は王族の結婚式をぶち壊してやろうなんて思って突っ込んでくるやつは居ないからな。よしんば居たとしても、それはほぼ確実に政敵か怨嗟なので、騒ぎ立てずに暗殺してやろうとか思うはずだ。この場に居る大多数は、はた迷惑な人間がちょっかいを掛けてきている風に感じているんだろう。

多分、この辺りの感覚というか嗅覚というか。そういうものは多少なり戦いの場に身を置いていないと身に付かない。

そして、その勘が言っている。これはただの迷惑者の突撃ではないと。

「側廊の武器を取って戻るまで、どれくらいかかる？」

「……自分の武器をすぐに見つけられる前提ではありますが、八秒あれば」

「上出来だ」

何かあれば迷わずに愛剣を手に取り戦う。その気持ちに曇りはないものの、今俺の手に剣がないことが問題である。

俺とアリューシアとヘンブリッツ君。この三人の中で、一番瞬発力があるのはぶっちぎりでアリユーシアだ。となればガチャガチャと全員が動くよりも前に、彼女に真っ先に剣を取ってもらった方が遥かに早い。

「拝廊の扉がもし破られたら――君のとあわせて俺とヘンブリッツ君の剣も頼む」

「承知いたしました」

俺の言葉に、アリューシアが頷いた。これで武器の心配はしなくて済む。彼女ほどの剣士が、よもや愛用の武器を見誤ることはあるまい。

俺の武器に関しても赤鞘の剣は目立つ。ヘンブリッツ君も彼女との付き合いは長い。互いの愛剣くらいは把握していて然るべきだろう。そもそもその点に不安があれば、彼女はちゃんとそれを言う。

「……ッ！　止まれ！　止まらねば斬る！」

簡単な打ち合わせをしていると、いよいよもって扉の向こうが物騒になってきた。

まあほぼ確実に刺客みたいなやつだろうが、それにしたってちょっと襲撃の仕方が不恰好だなという印象は残る。今この場に王子王女が居合わせるのは流石に確定だとしても、警備のど真ん中に突っ込んでいって騎士と悶着を起こす、というのは暗殺の方法にしてはかなり雑だ。

もしかしたら、教皇派の戦力はもうほとんど残っていなくて、けれどもこの婚姻だけは何としてでも止めたい……最悪いちゃもんは付けておきたいなどと考えて、このような自暴自棄に近い行動に出たのだろうか。

もしそうであればこれらの後処理も大分楽になりそうな気はするものの、流石にそれは雑すぎんか、という考えも出てくる。

「……くそッ！　恨むなよ!!」

どうやら外の状況は佳境を迎えたようだ。教会騎士が抜剣したと見たね。

再三の忠告にもかかわらず剣を抜いたということは、乱入者は聖堂に近付くのを止めなかったということ。

しかしそれにしては教会騎士に剣を抜く時間を与えているし、どうにもやろうとしていることとやっていることの辻褄が合わない。本格的に襲うつもりがあれば、普通は相手に反撃の隙を与えず処理する。騒がれても困るだけだしな。少なくとも俺ならそう考える。

中々相手の考え方が見えないというか、計画性をいまいち感じられないやり取りが扉の向こうで行われている様子であった。

「!?　止まらな……うおっ!?」

「――ッ！　アリューシア！」

「はいっ！」

まだ外の状況は確認出来ていない。拝廊の扉もこじ開けられてはいない。それでもなお、俺はアリューシアの名を叫び、彼女は間髪を容れずに駆け始める。

扉の外から微かに聞こえる喧騒から、予測は立った。立ってしまった。それもとびっきり嫌な方向にだ。

まず前提として、教会騎士は決して弱くない。それは皮肉ながらも、レビオス司教捕縛時に対峙した経験から分かる。

無論レベリオ騎士団と同じように、騎士の中での優劣はあるだろう。しかしこの国の第一王子の結婚式という、至極重大なイベントの警備に腕の立たない者を駆り出したりはしないはずだ。少なくともガトガならそんな間抜けなことはしない。

つまり、扉の内外で警備に当たっている教会騎士は基本が精兵である。その彼らが突っ込んでくる相手に剣を振るい、当て、なおも相手が止まらなかった。外の喧騒から予想出来る事態はこれだ。よもや動きを止められない箇所に剣撃を当てたわけでもなかろう。恨むなよと叫んでいた辺り、必中必殺の構えで臨んだはずである。

相手がモンスターである可能性もない。もしそうなら最初から止まれなんて叫ばずに叩き斬っているし、わざわざ恨むなよなんて言葉はかけない。

それはつまり、相手が驚異的なタフネスを持っているか。

あるいは、斬っても止まらない相手。否、自分では止まれない相手である。

「先生！」

「投げてくれ！」

俺の思考が纏まると同時、アリューシアが側廊の武器保管スペースへ到達。即時に剣を投げるように指示し、彼女は寸分違わず赤鞘の剣を俺のもとへと投げ込んだ。

「……やっぱりか」

素早く鞘を腰に通し、抜剣。

仄かな赤みを宿した剣身が、採光窓から入り込む光に照らされ妖しく光るのと同時。

虚ろな瞳を持ち、とても知性と呼ばれる物は持ち得ていないような人の形をしたナニカが、拝廊の扉を数の圧力でぶち破った。

「な、何者だ！　止まれ！」

拝廊の扉が破られたことで、ようやく室内に居た他の教会騎士も動き出す。

いやー、流石に動き出しが遅すぎないか。ガトガのことは信用しているけれど、こうなってくると教会騎士団の今の練度の方が心配になってくる。

もしかして組織の浄化のために大鉈を振るったとかそういう感じなのかな。実力も実績もあるが、思想的に怪しいやつを積極的に弾いていった結果、ベテランが残らなかったのかもしれない。

まあ、今そのことはどうでもいいか。喫緊の課題は襲撃者どもからグレン王子とサラキア王女を守り、どこかに護送すること。なんだかバルトレーン南区で起きた事件を思い出すね。間違ってものんびり構えていられる状況ではないが。

「き、気を付けろ！　そいつら止まらな……ぐあっ！」

外に居たであろう騎士の一人が忠告を飛ばす。恐らく最初に切りかかった騎士だろう。しかし彼はその全てを喋り終える前に、雪崩《なだ》れ込んできた襲撃者の波に呑まれて沈んだ。

生きているかは分からない。教会騎士は皆堅牢なプレートアーマーに身を包んでいるから、単純な圧力では死なないことを祈るしかない。

「アリューシア！　我々を守りなさい！」

「はっ！」

そして襲撃を受けて誰かが何かを口に出すよりも先。聖堂の最奥近くに居るサラキア王女殿下がまず檄を飛ばした。他方、グレン王子の表情は驚愕に濡れており、前後不覚にまでは陥っていないものの、咄嗟の指示を飛ばせる状態とは思えなかった。

サラキア王女殿下のメンタル、とんでもねえ強さである。普通は戦いに身を置いていなければ、こんな状況下ではまず命令なんて出せない。悲鳴を上げて恐慌状態にならないだけでも凄いのに、瞬時に自分のみならず、我々を守れと指示を飛ばせる強さは流石の一言に尽きる。

名を呼ばれたのはアリューシアだけだが、拝命したからにはしっかりと務めを全うしようじゃないか。

「アリューシア、胴体か下半身を確実に切り捨てるんだ。じゃないとアレは止まらない」

「――分かりました」

迎撃の構えを見せるアリューシアに一つ助言を送っておく。あれは人の形をしたナニカであって人間ではない。よって多少痛めつけたところで止まりはしない。確実に機能停止に追い込む必要がある。

　残念ながらというか幸いというか、俺はアレと戦ったことがある。いや、戦ったという表現はやや不正確か。俺がやったことは怒りに任せて切り捨てただけだから。

　レビオス司教が祝詞《のりと》を唱えて木箱から出てきた死体。動きも状況も、あれと酷似している。違いがあるとすれば、推定ミュイのお姉さんのような斬るのを躊躇《ためら》う顔が見えないのと、数が多すぎることくらいか。

　遠慮なく切り捨てられるという点で言えばありがたいのかもしれないが、いかんせん数が多い。

　これだけの数の死体を集めるのはさぞ苦労しただろうな。間違ってもこれをやらかした主犯に労いの言葉はかけたくないけれど。

「戦える者は迎撃を！　両殿下をお守りするのです！」

　叫びながら、アリューシアが吶喊《とっかん》。先頭をひた走る侵入者を神速の名に違わぬ速度で沈めていた。

　一対一なら俺やアリューシア、ヘンブリッツ君であれば絶対に負けない。しかし問題は数である。

　突出した個人が俺の周りにやたらと多いせいで誤解しそうになるけれども、戦いの基本は数だ。

どんな手練れであっても全方位から囲って殴ればそれで終わってしまう。しかも今回の相手は痛みやショックで止まる手合いではない。

　更にはただの殲滅戦と違い、俺たちにはグレン王子とサラキア王女を守り抜くという条件まで付随する超難易度ミッションだ。あまり前に出過ぎるとそれはそれで危険な気がするね。

「くそ！　やるしかない！」

「おい！　俺の剣はどこだ!?」

　サラキア王女殿下とアリューシアの檄でやっと周囲も動き始めた。我先にと武器を保管してある側廊に人が集っていく。

　本当、我ながら良い判断をしたものだ。あんなに人がごちゃついていては、自分の武器を選ぶのすら一苦労しそうである。

「……ん!?」

　さて、俺も眺めるだけでなく戦闘に参加せねばと思ったところ。侵入者の波の中から、明らかに動きの違う者が何人か飛び出してきた。

「行かせないよ！」

「……ッ！」

　飛び込んできた黒ずくめの人間を堰き止める。手には切れ味の鋭そうな短剣が握られていた。

　こんにゃろう、死体の山に暗殺者を隠してやがったな！　中々狡いことを考えるやつも居るものである。

　しかしこれは、いよいよもってバルトレーンで起きた王族暗殺未遂事件と色が似通ってきたぞ。となるとやはり、仕掛け人としては教皇派の可能性が濃厚か。まあ今回の婚姻の儀だって、本来は教皇様があの祭壇に立つ予定だったらしいし、こうなることを見越して欠席したのかもしれない。

替え玉よろしく矢面に立たされたダートレス大司教は気の毒だが、彼も教皇派だってこともあり得るからな。見る限り突然の事態にビビり散らしている様子なので、その可能性は低そうではあるけれど。

「ふんっ！」

「ごっ……！」

短剣での突撃を堰き止めた直後、暗殺者は手首を返して俺の首へと狙いを定める。

しかし悪いが、俺には見えているんでね。返された右手首を左手で掴み、腹に剣を突き刺して終いだ。動く死体と違って普通の人間は致命傷を負わせれば確実に止まる。致命打から発する痛みを無視出来るほどご立派には出来ちゃいない。まあそれは俺も同じだが。

「サラキア王女！　とにかく身を屈めてください！」

「はい！」

護送するにしても、道を作らねばならない。そしてその道はすぐに舗装出来るわけでもない。ある程度掃除が終わるまで、彼女たちにはとにかく身を守ってもらわねばならん。

そう思って咄嗟に声を出したが、これマジで南区で起きた事件と同じ流れだな。あの時もこうやって声を掛けていた記憶が蘇る。違いとしてはサラキア王女殿下に戸惑いがなく、グレンの肩を押し込んで一緒に屈んだくらい。本当に強い人だと思うよ。

「――――！」

そうこうしているうちにも、側廊から武器を持ち出せた人々が各々迎撃を行っていた。その中で一際目を引いたのが、例の仮面を被っている女性。

得物はショートソードだろう。俺たちの持つ剣より幾分か剣身の短いそれを器用に操りながら、物言わぬ襲撃者を切り捨てていく。横合いから突っ込まれた際には、こちらも同じく預けていたのか、左腕に装着したバックラーで綺麗に弾き飛ばしていた。

「あれは……そうか」

見事な体捌き、そして剣捌き。相当な練達であることが窺える。どこの所属かは知らないが、ああいった腕利きが少なくとも敵ではないことは素直に喜ばしい。

しかしそれ以上に。俺には彼女の動きに見覚えがあった。

持っている武器は違う。盾もバックラーなんて使っていなかった。けれどあの動き方は確かに、俺の記憶にある彼女の戦い方と奇妙に一致するのだ。

装備も髪型も違う上に、仮面を着けているもので実際に戦い方を見るまで気付けなかった。いや、一人の女性を思い出す切欠《きっかけ》が戦い方でいいのかという疑問は置いておくとしてね。

どんな因果が働いて、今彼女がこの場に居るのかは分からない。だが、何も考えなしでいるわけでもないだろう。今俺が抱くべき感情はそんな感傷ではなく、戦場に於いてよく知った腕利きが確実に味方である事実に感謝すること。ただそれだけだ。

「うぎ……っひえあああっ!?」

「……くっそ！」

仮面の女性に一瞬気を取られていた間に、そう遠くないところで一人の男性が襲撃者に押し倒される。

当然だ、今この場に居る者全員が戦えるわけでは決してない。教会騎士たちも健闘してはいるものの、ただでさえ敵の数が多いのに加え、誰が戦えて誰が戦えないのか、そして戦える中でも一人で大丈夫な者とそうでない者。その区別をつけるのが極めて難しい。

結果として、各々のキルゾーンを保持しながら中央の身廊だけは死守する。そんな形に何となく場が収まってしまった。そうなれば当然、場に適応出来ない者から沈んでいくことになる。

「……数が多いな……！」

はっきり言って、この場に居る全員を守るのは不可能だ。優先順位を付けるしかない。そしてその優先順位のぶっちぎりトップはグレン王子とサラキア王女の二人である。暗殺者が紛れ込んでいることが判明した以上、知らん人間を二人に近付けさせるわけにもいかなくなった。

恐らく、こちら側の被害を考慮しなければ勝てるには勝てる。相手は数こそ多いもののほとんどが動く死体で構成されており、一人当たりの戦力としては低い。

問題は、その被害が絶対に許されない人物が居るということ。逃げるにしても正面は動く死体で埋められており、単身で突っ込むならともかく、重要人物二人を守りながら抜けるのは至難。バルトレーンの時と違い、ある程度自由に動けるフィールドではない事実がかなりきつく圧し掛かってきている。

　というか、アリューシアやヘンブリッツ君はまあ自衛出来るからいいにしても、この場には出来れば守りたい人物が多い。トラキアスら外交官もそうだし、イブロイも見殺しにしたとあっては流石に寝覚めが悪い。

　そう言えばイブロイはどうしているんだと視線を回したところ。丁度そこには、腰を落とした見事な構えで拳をぶっぱなす司教様の姿があった。

「ほっ！　――まったく、品のない者たちだね」

　いや、あのおっさん戦えるのかよ！　確かにスフェン教は回復魔法と強化魔法を奇跡と呼び、それを信仰しているから、彼がその技術を修めていること自体に違和感はない。

　それにしたってあの動きは、ただ魔術を修めているだけの人間のものじゃない気がする。胡散臭いとは思っていたが、まさかしっかり戦える人間だとまでは思わなかった。まあこれは現状に即して言えば嬉しい誤算というやつだ。守る対象を一人減らすことが出来る。

「しかし……どうしたもんかな！」

　迫り来る死体を斬り伏せながら、考える。

　正面はダメだ。動く死体と暗殺者の組み合わせの中を突破するのは絶対に被害が出る。俺たちが多少怪我するのはいいにしても、王子王女に万が一があってはならない。

　となると、どこか別の出入り口から脱出を試みたいところ。しかし悲しいかな、俺は教会建築に詳しくない。恐らくこの規模の建物なら裏口の一つや二つあっても何ら不思議ではないが、肝心のその場所が分からない。まさか護衛対象を先行させて逃げるわけにもいかないし。

加えて、正面をこれだけの物量で押さえられている現状、その裏口とやらが安全かどうかという疑問が残る。あえて突撃を正面に限定させ、裏口から逃げる連中を待ち伏せ、なんて可能性も十分に考えられる。誰かを偵察に出せばいいのかもしれないが、こんな状況下では人選が難しい。

俺は無理。そもそも場所が分からん。アリューシアやヘンブリッツ君も詳しいというほどではないだろう。大聖堂に足を踏み入れるのは初めてだと言っていたしな。

教会騎士団の誰かというのも完全には信用し切れない。腕もそうだし味方かどうかの確証がない。王子王女を出すのはもっての外。

となると、仮面の女性かイブロイあたりか？

「……ん？」

そこまで考えて二人のどちらかに声を掛けようかと思ったところ。

室内であるはずの大聖堂の中に、突如として靄《もや》が掛かり始め。それは間もなく、数歩先を見通すのも難しい濃霧へと姿を変えた。

「げっ」

この霧、めちゃくちゃ見覚えがある。具体的に言えば、フルームヴェルク領からの帰りに遭遇したあれだ。

マジかよ、ここにきてあいつらのおかわりは激烈にしんどいぞ。いよいよ守り通せるか不安になってきた。

「おぅらよっとォ!!　王子サマ王女サマ、こっちだ!」

突然の視界不良に皆が混乱し始めた頃合い。

バカでかい破壊音とバカでかい叫び声を携えながら、黒のロングコートに身を包んだ数人が翼廊の方向から突っ込んできていた。

「……ハノイ……!」

膠着《こうちゃく》状態を良くも悪くも派手にぶち壊したのは、フルームヴェルク領からの帰り道で散々な目に遭わせてくれたヴェルデアピス傭兵団の頭領、ハノイ・クレッサであった。幾人かの手勢を連れて突然の乱入劇である。

あの時と同じように巨大な大剣を携えて、丁度死体どもと交戦している地点からやや後ろ、大聖堂の翼廊から勢いよく飛び出してきていた。

「何者ですか!?」

その登場に一番驚いたのはサラキア王女殿下であった。身を屈めながらも周囲を見渡していた彼女は、突如として現れた闖入《ちんにゅう》者に目を見張る。

そりゃいきなりあんな物騒な連中が出てきたらびっくりもするだろう。特に王女様からしたら敵か味方かも分からないからな。いきなり呼びかけられてこっちだと言われても、素直には従えない

理由がある。

　というか、あいつらの狙いは一体なんだ。王子と王女を呼んでいたということは、まあ少なく見積もっても隠密からの拉致という線はなさそうではあるが。それならこの霧を使ってもっと上手くやっているだろうし。

「ハノイ・クレッサだ。アンタがたを守れってんでな、オハナシを受けてる」

「……なんだって？」

　続くハノイの言葉を聞いて、真っ先に浮上したのは疑惑の感情。

　そりゃそうだ。あいつらはついこの間、俺とアリューシアの遠征団を襲ったばかり。フルームヴェルク領からの帰り道を囮の馬車まで使って塞ぎ、強襲してきた連中である。

　何故俺たちを襲ったのか、その理由の背景にはスフェンドヤードバニアの教皇派の思惑が潜んでいる。そんな証拠はどこにもないが、ほぼ確信に近い予測まで立っていた。

　そんな連中が、今度は王権派の筆頭であるグレン王子とサラキア王女を助ける？　中々に荒唐無稽で虫のいい話だ。信用しろという方が無理がある。罠である可能性の方が遥かに高い。

「ベリル君、彼らは大丈夫だ！　彼らとともに王子殿下らを守ってくれ！」

「!?」

　さりとて、この状況でハノイたちヴェルデアピス傭兵団の相手をするのは大分荷が重い。どうしたものかと判断に悩む俺の背中を押したのは意外や意外、イブロイの叫びであった。

うーん。うーん？　いやどうなんだこれは。以前俺たちを襲った集団を、何故かイブロイが信用している。情報のラインがどうやっても繋がらない。そもそもイブロイとハノイが知己だった？　その可能性はゼロではないにしても、なんかおかしい気がする。少なくとも今この場の状況に結び付くものではない。

「……くそ！」

ええい、分からん。なんも分からん。今俺たちがやるべきことは王子と王女の護衛と脱出なのに、酷く余計な情報を無理やりぶち込まれた気分だ。

しかしながら、仮にハノイらの戦力がまるっと味方になるのであれば、たとえこの場限りであってもありがたいこともまた事実。気を許すつもりは毛頭ないにしろ、現状やや手詰まり感はあった。

となると、ここはイブロイの言もあるしハノイの言葉に乗るのが上策か？

「――さあ、君も行きなさい」

「……」

数瞬の迷い。それを断ち切ったのは、続くイブロイの言葉とそれに呼応する仮面の女性だった。最前線で戦っていた彼女はイブロイの呼びかけを受けて一気に退き、側廊を通って王子たちの待つ後方へと走っていく。

……やっぱり理屈は分からない。何処の誰がどう関係しあって今こうなっているのか皆目見当も付かん。しかし、彼女が応じたのならそれは即ち信頼に値する。俺も腹を括ろう。

「アリューシア！　俺たちも動く！」

「はい！　ヘンブリッツ！」

「私はここを抑えます！　団長は王女殿下を！」

「……分かりました、頼みますよ」

「承知！」

アリューシアに移動のため声を掛ける。それに合わせてヘンブリッツ君も動かそうとした彼女だが、彼はどうやらここに留まって動く死体どもを相手取ることを決めたらしい。

まあ、妥当な判断ではあると思う。今この場から俺、アリューシア、ヘンブリッツ君、仮面の女性が抜けると、正面の戦闘力は一気に落ちる。残るのは教会騎士と何割かの戦える参列者になってしまうからな。

護衛対象の優先順位はぶっちぎりで王子と王女がトップだが、決してそれ以下を切り捨てて良いわけではない。拾える命なら出来る限り拾っておくに限る。その意味でもヘンブリッツ君がここに残るのは良策と言えよう。彼ならこの程度の相手に不覚は取るまい。

「……貴方は」

「あ？　あぁ、あん時の銀髪の女とオッサンか」

王子らと合流し、間近で顔を合わせる。やはりあの時の〝翠蜂〟ハノイ・クレッサで間違いない。

それはアリューシアもすぐに気付いたようで、警戒の色をにわかに強めていた。

ハノイはハノイで俺たちのことを認識こそしている様子ではあったが、何か思うところがあるような反応ではなかった。彼らからすれば俺たちはただ当時の襲撃対象であっただけで、そこに何の感慨もないのだろうか。俺には理解しにくい感覚である。

だが、ここで言い争う時間はない。まずは一刻も早くグレン王子とサラキア王女をこの場から逃がすこと。それが最優先。

「とりあえず付いてきな。俺たちが通ってきたところは基本安全なはずだ」

「……グレン王子殿下、サラキア王女殿下、この場を離脱します」

「ええ、分かりました」

言いながら、ハノイが先ほど乱入してきた翼廊側へと駆け出していく。アリューシアがすかさず王子と王女に移動を進言し、それは間もなく許可された。

ハノイ・クレッサ。彼自身を信用したわけでは断じてない。イブロイと仮面の女性、この二人が動いたからこそ俺もギリギリ賛同しているといった具合である。何か不審な動きを見せたら、背後から一瞬で刈り取ってやるぐらいの意識は常に持っておいた方がいいだろうな。

今大聖堂を離脱しようとしているのは俺、アリューシア、両殿下と仮面の女性。そしてハノイの配下と思われる数人。この陣容なら二人をお守りするのはそう難しくはない。ハノイらが突然牙を剝かなければ、という前提は付いて回るが。

翼廊の奥、恐らく扉があったであろう場所はハノイが破壊したのか、めちゃくちゃになっている。

相変わらずすげえ馬鹿力だ。あんな力で殴られたらマジで一発で戦闘不能になるどころか、天に召されかねない。

「ああそうだ。プリム、もういいぞ。霧は消しとけ」

「はいはーい」

そしてそこに到達したタイミングで、プリムと呼ばれた桃色髪の魔術師が手を翳《かざ》す。その動きに呼応して、聖堂内に突如として充満した濃霧が見る見るうちに薄くなっていった。

やはりこの子もあの時一緒に居た魔術師に違いない。これらの戦力と一時とは言え共闘出来るのはありがたいとはいえど、油断は出来んね。

「グレン王子殿下、サラキア王女殿下。お足もとにお気を付けください」

「分かっています」

突如巻き起こった戦闘のせいで、本来なら歩きやすいはずの聖堂内の足場はすこぶる悪くなってしまっている。ここで転んだりしたらそれはそれで大きなロスなんだが、王子も王女も今のところはなんとか大丈夫な様子で何よりだ。

翼廊から抜けてしばらく通路を走り、外と繋がっていたはずの扉もまたバキバキに破壊されている様を見てちょっと引き。阿鼻叫喚の大聖堂内から寒空の下に舞い戻った先では、ハノイらと同じく黒のロングコートを身に纏った数人が周囲を警戒しながら待機していた。

彼らの足元には、数えられはするものの中々に数の多い人間も同時に転がっている。恐らく、動く死体がこちらにも回っていたのだろう。

そう考えると、動く死体を操っている側……恐らく教皇派だとは思うが、彼らから見れば今のヴェルデアピス傭兵団も敵ということだろうか。逆説的にこの連中の現状に於ける信頼度が少し上がる気がしないでもない。

「おう、お帰りさん」

「クリウ、変わりねえか」

「なんも」

「上出来」

その場の人員を纏めていたであろう、青髪の青年。確か名前はクリウ、だったか。こちらはこちらで特に何も思うことはなさそうな様相で、至極短いやり取りをハノイと終えたのみであった。

「……げっ、あん時の女」

「……」

と思っていたら別にそういうわけでもなかったらしい。アリューシアを見た途端に端整な顔をくしゃりと歪めていた。それに対するアリューシアの反応は見事な無視。苦言を呈されたとしてもこいつらに付き合う必要はないからな。

「とりあえず宮殿まで護送する。それでいいか王子サマ」

「あ、ああ。頼むぞ」

戦場となった大聖堂からは抜けられたものの、じゃあここからどうするかという話に今度は切り替わる。まあハノイの言う通り、とりあえず宮殿に向かうのがいいだろう。戦略的にも防衛的にもそれ以外の候補が出にくいとも言えるが。

「助けてくれたことには感謝する。しかし君たちはいったい何者だ？」

大聖堂を抜け、パッと見た限りでは敵対者も見当たらない状況でようやくグレン王子も落ち着いたか。その声色と表情を整えて、至極当然の疑問を呈していた。

「ヴェルデアピス傭兵団、つってもそっちが知ってるかは知らんがな。悪ィが依頼元は明かせねぇ。そういう契約だ」

「そ、そうか。分かった」

ハノイの反応に、以降グレン王子は押し黙った。

しかしこの男、相手が王族だろうが何者であろうが関係なしの口調である。田舎者の俺ですら王族の方々と対面する時は畏まってしまうというのに。普通こんな口調で上位者に接していたら死罪も免れないと思うんだが、その辺りはどう考えているんだろうか。まあこいつを捕えるのは一筋縄ではいかなそうだけれども。

「……お前たちは何故俺たちを助けたんだ」

移動する間も、考え事は止まらない。何故こいつらが今更王権派に手を貸すようになったか、である。

　別に流れの傭兵が依頼主を替えること自体はそう不思議ではない。しかし、こいつらはヴェスパーとフラーウ、そしてレベリス王国貴族の私兵を何人も手にかけている。素直にじゃあ今回は味方だね、なんて楽観的な見方はどうしても出来なかった。

　戦闘の真っただ中から抜けだして、戦いから良くも悪くも気が逸れたところ。考える余裕が生まれてしまったことで、こいつらが今ここに居ることにどうしてもムカついている自分が居る。

「あァ？　依頼を受けたっつってんだろ。オッサン話聞いてねえのか」

「……ッ！」

　そんな俺の発言に対し、ハノイは心底呆れたような声を出した。その反応を見て、反射的にハノイの襟首を掴んでしまう。

　やっぱり、納得が出来ん。こいつらに助けられたのは事実。それは事実ではあるものの、それはそれこれはこれだ。何食わぬ顔で依頼だからと言って昨日の敵と握手するようなやつとは、どうしても仲良くしようとは思えない。

　突然とは言え、俺なんかが襟を掴もうとしても、こいつなら容易く躱《かわ》すか跳ね除けるかは出来るはず。そもそもの肉体能力に絶対的な差があるからだ。しかし彼はあえてそれを甘んじて受け入れた、そういう風にも見えた。無論、それで俺のわだかまりが消えるわけではないけれど。

「お前のせいで、ヴェスパーとフラーウは……！」

「誰だよそいつらは。死んだか？」

「お前……ッ！」

ギリ、と。ハノイの襟首を締める手に力が入る。

フラーウは職務に復帰した。まだ本調子ではないが、彼女の覚悟は俺も感じたつもりだ。更なる研鑽を積み、レベリオの騎士として頑張ってもらいたいと思う。

片やヴェスパーは未だ職務に復帰どころか、まともに動くことすら出来やしない。元の生活に戻れるかどうかも不明瞭だ。

こんなことをやっている場合ではない。それは頭では理解している。今なすべきことはグレン王子とサラキア王女の安全確保であって、醜い言い争いじゃない。

分かっている。俺が今こいつの襟首を摑んでいるのは、ただの俺の勝手な思いに過ぎない。しかし、どうしても納得が行かない。そう、命の価値は、人の価値は誰しもが等価ではないのだから。

「俺たちもお前らに二人殺られた。ジュールとワンディスっつってな、可愛い弟分だったぜ。だが死んだ。腕も運も足りてなかったからだ」

「それはお前らが襲ってきたから……！」

「そうだ、その結果だ。あァ、別にお前らを恨んじゃいねえよ、仕事だったからな。それはそれ、これはこれだ。あえて言うならお前らを低く見積もって、その二人を戦場に出した俺の判断が間違っていた」

「……ッ！」

こいつの目は、確かに俺たちを恨んでいるような曇り方はしていない。すべての事象は運否天賦《うんぷてんぷ》が如くといった様相だ。

俺には、俺とハノイ、どちらの考え方が正解かなんて分からない。きっとどちらも正しくて、どちらも間違っちゃいないんだろう。致命的なまでに、それらを両方正解だと言えないほどに状況がかけ離れてしまっているだけで。

理解は出来る。こいつらは傭兵として依頼を受け、俺たちを襲撃した。その結果ヴェスパーとフラーウは重傷を負い、ヴェルデアピス傭兵団の二人は死んだ。

ヴェスパーたちも傭兵団の二人も、形は違えど戦うことを選んだ人間だ。こいつの言う通り、戦場で散る結果となったのは運と腕がなかった。理屈ではそうなる。けれど、それをはいそうですかと簡単に呑み込んでしまうのは、俺の中の何かが致命的に壊れてしまう、そんな気がしていた。

「……先生、今はこれ以上は」

ハノイの襟首を掴んでいる腕に、アリューシアの手が添えられる。その手は、震えてはいない。別に俺の言っていることやこいつらの登場に動揺を受けたわけでもなさそうであった。

……俺はやはり、子供なのだろうか。遥か年下であるアリューシアでさえこの覚悟の決まりようである。どうにも俺は、世の中の出来事を綺麗に割り切れるような、そんな出来た人間にはなれそうにない。

「……すまない。殿下、突然の暴挙、申し訳ありません」

「――構いません。事情があるのでしょう」

「……痛み入ります」

努めて冷静に、両殿下へ短く謝罪の言葉を切る。今こんなことをしている場合じゃないってのは俺が一番良く分かっている。それでも動いてしまったということは、感情を理性で抑えられなかった証拠。意見や考え方の是非はともかくとして、その行為自体は省みなければ。

「話は終わったか？　じゃあ急ぐぜ」

襟首を解放されたハノイは軽く手で払うのみで、俺に対してはそれ以上何も言わなかった。

思えば、俺がこいつの胸倉を掴んだ時。周りのヴェルデアピス傭兵団の連中は誰一人として動かなかったな。クリウと呼ばれた剣士も、プリムと呼ばれた魔術師も、他の皆も。

その思惑は分からない。きっと俺には理解出来ない領域なんだろう。仮にアリューシアが誰かにいきなり胸倉を掴まれたとしたら、俺はそいつに食って掛かる自信がある。

重ねて思うが、どちらが正しいとかではない。

とにかく、各々が持ち得る精神性の違いが大き過ぎた。世の中そんな人間もいるよね、という軽口などではとても済まされないほどに。

「オッサン。アンタは強えが戦士には向いてねえな」

「……俺は剣士だからね」

「そうかい」

移動を再開する間際、零《こぼ》された言葉が耳に入る。

戦士、か。確かに俺はいくさびとではないし、多分向いてないんだろう。後ろを顧みず前だけを見て進むのは、ひどく難しい。こんな年老いたおじさんには些か荷が重い役割である。

年齢を重ねれば重ねるほどに立ち止まり、後ろを振り返る機会が増える。戦いだけに身を置く人間には、きっと要らない精神だ。そして俺は多分、その精神を一生捨てることが出来ない。

それは剣士の頂を目指すにあたって、果たして不要なものなのか否か。

新たに湧いて出た難題が微かに、しかしはっきりと。俺の脳裏に焼き付いていた。

◇

足早に、大聖堂の裏を駆け抜ける一行。

比較的道の幅がある大通りに出た時には大聖堂のみならず、その周辺から様々な声が飛び交っていた。

まああれだけの数の死体を動員したんだ。大聖堂の構内だけで事が片付くとは思えない。紛れ込んでいた暗殺者は襲われていなかったことから、ある程度行動の指向性を持たせることは可能だとしても、人間一人ひとりを識別して襲っているわけでもないだろう。そうなれば当然、聖堂の外にも被害が広まっていく。

「……あれらは、いったい何だったのでしょうか」

じわじわとディルマハカに混乱の輪が広がっていく中、王女殿下がふと疑問の声を漏らす。

そりゃいきなりあんなのに襲われたら、その真相が気になるのは当然と言える。俺なんかはその正体に当たりが付いているからよかったものの、この場に居るほとんどの人間が感じていることだろう。

「多分ねー、魔術の一種だよ。死体に魔力を纏わせて動かすの」

「そんな、ことを……」

王女殿下の疑問に答えたのは、この場で唯一の魔術師。ヴェルデアピス傭兵団に所属する桃色髪の女性、プリムであった。

しかしどいつもこいつも王族に対する敬意というやつが見当たらない。いや、俺もそこまで敬っているかと問われれば難しいが、それでも最低限外面は整える。その素振りすら見せないというのは相当だ。傭兵ってやつは皆こうなのだろうか。ビデン村に居た頃も冒険者が立ち寄ることは時折あったが、傭兵が来ることはほとんどなかったから、こいつらの世界での一般常識がいまいち分からない。

グレン王子もサラキア王女も、今この場面は緊急事態と言っていいはずだから大目に見ている点は大いにあるだろう。それにしたって無遠慮過ぎるとは思うけれど。

「そんな冒瀆、許せるものではありません」

走りながら、サラキア王女が苦虫を噛み潰したような表情と声色で呟く。

善良なる為政者からすれば、この事態は許容出来る範囲を大幅に逸脱しているのだろう。その犯人に当てはあるというか、多分こうなんじゃないかな、みたいな予測はあるものの、それを今、スフェンドヤードバニアの王族が居る前で口にするのはちょっと憚られる気がした。

「死者への冒瀆ってだけで終わりゃいいんだがな、残念ながらそうもいかねえらしいぜ」

「……というと？」

しかしそんなサラキア王女の言葉に反応したのは、ハノイのやや予想外とも言える言葉であった。

きっと今彼らの頭の中では、この事件の首謀者をどう捕まえ、どう罰するかを考えていたはず。動く死体からそういった証拠が出てくるのかは分からないが、まあどこかしらに何らかの調査は入るだろう。

だがハノイは、この事態は動く死体どもの襲撃のみでは終わらないという。この先いったい何が起こるのか、立場上聞かなければいけないとしてもあまり聞きたくない内容である。

「合成獣《キマイラ》っつーのか？　なんかそいつがこの都市にばら撒かれるんだとよ。俺はそう聞いたが」

「なっ……合成獣だと!?」

続くハノイの言葉に一層強い反応を示したのは、この国の第一王子殿下。

合成獣ねえ。俺はそんな存在は知らないけれども、魔術師学院の地下で見たあいつのような感じだろうか。あれは封印研究されていたとは言え、特別討伐指定個体の一体だったか。確かにあんなのが、それも複数出てきたらえらいことになる。結婚パレードなんてやっている場合ではない。

「グレン王子、ご存じで？」

「え、ええ……過去の文献で見たというか、犯罪録を見たというか……。蒐集《しゅうしゅう》した獣やモンスターを繋ぎ合わせて魔力で動かす、禁忌です」

「禁忌……」

サラキア王女の質問に、やや言葉を詰まらせながらも答えていくグレン王子。

禁忌と合成獣の内容は恐ろしく、また悍ましいものであることに違いはない。人の死体を弄繰り回すだけでも心底気味が悪いのに、加えて獣の死体も継ぎ接ぎして操っているだなんてまさに外法である。

いやまあ、理由は色々あるんだと思うよ。もしそれらを完全に操ることが出来たのなら、戦力として数え得る。死体を再利用すればいいんだから、理屈の上で言えば魔力以外のコストはかからない。

けれど、それがもし実現と量産が可能な段階にあったとしたら。最高の魔術師であるルーシーがそれを試さないわけがない。

恐らくだが、試したことはあるのだと思う。死者蘇生に関してはともかくとして、彼女はあまり禁忌だとか制限だとか、そういうものに囚われない性格をしている。興味の一端で触れていてもなんら不思議ではないはず。

まあ俺もルーシーのすべてを知っているわけじゃないから、どこまでがセーフでどこからがアウトなのか、その線引きは分からないままだ。けれど、俺の知る限りの性格の彼女なら、一度は手を出していてもおかしくはない。

推測に推測を重ねた話ではあるものの、魔法というただ一点において、ルーシーが現存するであろう技術を網羅しない理由がないからな。

禁忌として扱われるには、禁忌たり得る理由が要る。まあつまりはそういうことなんだろう。色々と社会的な理由もあるかもしれないが、単純に採算が合わなかった部分も大きいのだと思う。

労力が見合わない上に、倫理に反する。そうなれば封じてしまった方が楽だ。俺は魔法について決して詳しいわけじゃないけれど、なんかそういう流れがあったんだろうなとか考えちゃうね。

「何故、そこまでの情報を」

「俺が直接知ってたわけじゃねえ。出所はそこの仮面の女だ」

「えっ？」

ハノイは、言ってしまえばただの傭兵だ。少なくとも今知り得る情報からすればそうなる。そんな彼が何故そこまでの詳細を知っているかサラキア王女が問えば、返ってきたのは意外な答え。

彼の言葉にあわせて、皆の視線が一斉に仮面の女性へと向く。その焦点となった彼女は何ら動じることもなく、そしてただの一言も口に出すこともなく。静かに首肯するにとどまった。

「〈純白の乙女《ホワイト・メイデン》〉だったか？　流れの傭兵らしいが、大層なお名前なこって」

「ふむ……聞いたことはないが……」

純白の乙女。恐らく通り名か。

冒険者や傭兵といった連中はその名声を高めるため、あるいは箔をつけるために、二つ名や通り名を名乗ることがある。スレナの〝竜双剣〟やアリューシアの〝神速〟などがそう。ヘンブリッツ君も巷ではあの怪力を指して〝轟剣〟なんて呼ばれ方をしているそうだし、ハノイだって〝翠蜂〟という二つ名がある。

それを自ら名乗り始めたのか、他者が呼び始めて定着したのかの違いはあれど、基本的には実力実績がともにあり、有名な人間に付けられるもの。

……ちなみに俺も一部では〝片田舎の剣聖〟なんて呼ばれ方をしているらしい。いやこれ二つ名でいいのか？　神速や轟剣などに比べるとどうしても格落ち感が凄いというか。アリューシアたち以外の者から聞いたことは終《つい》ぞないんだけど、まあこれも一応二つ名に分類はされるんだろう。名乗ろうとは思わないが。

その点で言えば、仮面の女性のホワイト・メイデンという呼び名。これを俺たちが知らないのはともかく、ハノイらヴェルデアピス傭兵団やグレン王子が知らないというのはやや解せない。

知名度がないのに勝手に二つ名を名乗っている……そういう連中が全くいないわけじゃないが、彼女はどこからどう見ても練達。現時点では、実力と知名度があまりにもかけ離れ過ぎている。

まあ、事の真相は最近名乗り始めたから、というところだろう。そして最近にならないとその二つ名を名乗れなかった、また別の名を名乗らざるを得ない彼女の事情も分かる。だって彼女は元々この国に仕える騎士団の人間で、その騎士団を表向きは引退したのだから。

「詳しくは話せませんが、彼女は間違いなく味方です。それだけは確信を持って言えます」

「そうか……其方《そなた》がそこまで言うのならそうなのだろう」

とりあえず、この流れで彼女に余計な嫌疑が向く可能性は潰しておきたい。そう考えての申し入れは、思いの外すんなりとグレン王子に受け入れられた。先般の王族暗殺未遂事件で頑張った部分が効いているなあ。世の中どこの何が巡り巡って役に立つか分からんものである。

「しかし、合成獣……そんなものをどこで……」

殿下二人が首をひねる。ただこっそりと魔法の研究をするだけならそこまで場所は取らないのだろうが、合成獣となると相応の広さが必要なはず。いやまあ、その合成獣とやらの最終的な大きさが分からないから、確度の高い予測とは呼べない考えだが。

「……スフェン教教皇、モーリス・パシューシカ」

「！」

純白の乙女が、ここにきて初めて声を発する。それはただ人名を挙げただけの簡素なものだったが、その名は聞いた者に衝撃を与えるには十分過ぎる言葉であった。

……恐らく今まで喋らなかったのは、声で身元が割れることを危惧していたのだろう。特にグレン王子などはすぐに気付きそうだ。しかし、いよいよ背に腹は代えられないとその名を口にする判断を下した。今この場所で言葉を口にした、ただそれだけであっても彼女の覚悟が窺い知れる。

「まさか……この凶行はモーリス教皇が主犯だと……？」

グレン王子の驚愕に濡れた反応に、今度はただ首肯のみを返す。それだけで十分に真意は伝わる。彼女はこの場面でふざけた嘘を言うような子ではない。

まあ教皇が主犯だと仮定すれば、諸々に説明がついてしまうんだよな。今日の婚姻の儀に教皇が出てこなかったのも納得だし、以前ルーシーに聞いた話から素直に考えれば、グレン王子ら王権派を排斥しようとしている背景にも理解が及ぶ。その手法は間違っても推奨されるものではないが。

スフェン教のトップともなれば、王室相手に秘密裏に禁忌を犯すことくらいは出来るだろう。ルーシーも魔術師学院の地下でロノ・アンブロシアを封印し、研究対象としていたことを秘匿していた前例がある。強大な権力さえ持っていれば、それを実行に移すこと自体は比較的容易い。

「……確かに、両殿下の身柄を狙うにはあれだけでは不足……」

齎《もたら》された情報をもとに、アリューシアが思考を重ねていく。

言っていることはその通りで、確かにあの動く死体どものインパクトは絶大だ。絶大ではあるがしかし、火力が足りているかと問われれば明確に否である。

これがまだ、両殿下のみがいらっしゃる場所とタイミングで襲うのなら話は分かる。ところがあの場には教会騎士の他、戦える人間が複数居た。全員が無傷で乗り切ることこそ難しいにしろ、最低限王子らを護衛することは可能ではあったはず。

そしてその可能性に、モーリス教皇が気付いていないはずはない。俺は教皇の為人《ひととなり》なんて全く存じ上げないが、一宗教のトップに立ち、禁忌の研究までしている人間がそんな片手落ちなことをするだろうか。しかも王族の命を狙うという、しくじれば自分の立場が危うい作戦に万全を期さないわけがない。

つまり、あの動く死体と暗殺者でグレン王子の首を獲れれば最良。そうでなければ次善の手を打つ。そしてあれだけで王子の首を獲るには些か不足なので、当然次の手が用意されているとみて然るべき。

その次の一手が、合成獣ということか。なんとも物騒な話である。そもそも王族の系譜に連なる方々を亡き者にしようという試み自体が究極に物騒ではあるが。

「合成獣の数やおおよその出現場所などは分かりますか」

「……」

続くアリューシアの問いかけに、純白の乙女は静かに首を振った。流石にそこまで分かっていたらもっと上手く対応出来ていただろう。彼女はあくまで断片的な情報を拾い、それを元手に出来る限りのことをしただけである。

ただ、そう考えるとそれはそれで別の疑問が出てくる。何故彼女がここまでの情報を仕入れられたかという問題だ。

純白の乙女に、かつての職位と権限はない。如何《いか》に足を使おうが、流れの傭兵が一人で得られる

情報なんて高が知れている。合成獣の件とその裏側に教皇様が潜んでいる秘密まで辿り着こうとも
すれば、相当なところに食い込まなければならない。

恐らく、彼女には協力者が居る。それもかなり強力な。となると、イブロイと既に知り合いっぽい雰囲気であったことも気になるところだな。しかしそうであれば今度は、バルトレーンの司教様がスフェンドヤードバニアの裏の事情にまで精通している理由がちょっと通らなくなる。

彼女一人で情報の入手はほぼ不可能。仮にイブロイが協力していたとしても、彼の権限が及ぶ範囲では恐らく難しい。いや、あの胡散臭いおっさんは俺の予想以上に色々と知ってそうではあるけれど、それでも個人の力では限界があるはずだ。

であれば、どこか組織的な集団から援助を受けている？　でも、じゃあその集団がどこのどいつだよという疑念は消えない。ハノイたちも知らなかったように、傭兵団程度では味方になったとて実情はそこまで変わらないだろう。腕前はともかく、情報を得るための地位があまりに不足している。

ハノイが先ほど漏らしていた、依頼元は明かせないという言葉。多分ポイントはそこなんだろうが……ダメだ、これ以上は考えても分からんね。

ルーシーなら何か知ってたりするかな。なんだか俺の中で、困った時はとりあえず彼女を頼っておけばいいみたいな風潮になりつつある。無事バルトレーンに帰ることが出来たら、今回のことも聞いてみるとするか。

「まあわざわざ日を置く理由はねえだろ。警戒するに越したこたぁねえ」

「……そうですね」

彼の言葉の真意は、すぐにでも合成獣がやってくるだろうから気を引き締めろ、ということである。

普通に考えれば、わざわざ動く死体を多数動員してディルマハカを混乱に陥れたのに、それが収まるのを待ってから合成獣を投入する理由がない。それではただの無駄だ。

なので逆説的に、この騒動は連鎖するはず。流石に街中に突如として合成獣が湧くことは考えられないとしても、恐らく研究拠点だかなんだかは既に出発していると見ておかしくはない。

問題はその相手の数と質なんだが、まあそれが分かれば苦労はしない。少なくとも弱くはないと考えておくべきだろう。

もしロノ・アンブロシアみたいなのが複数やってきたらもう逃げの一手だ。王子と王女を連れて頑張ってフルームヴェルク領辺りまで、出来ればバルトレーンまで舞い戻り、ルーシーたち魔法師団の応援を待つしかない。

こういう時、国際情勢というやつはすこぶる足を引っ張る。そもそも自国の王女の結婚式に、魔法師団が出られないってのはかなりの無理筋だと思うんだよな。ルーシーこそ王国の発展に最も寄与した一人だろうに、祝辞の一つどころか参列も許されないってのは、よくよく考えれば異常だ。

その辺りもグレン王子が王位を継げばマシになっていくのだろうか。まあ今は王位云々よりも、彼の身の安全を確保しなけりゃならないシーンではあるが。

「団長！」

「おう、どうした？」

両殿下を護送しながら宮殿への道を急ぐ途中。脇道から飛び出してきた黒衣の傭兵に、ハノイが反応する。

「偵察に出していた部隊から言伝だ。都の外縁部に正体不明の化け物が複数現れた」

「……分かった。とりあえず一当たりして、ヤバそうならすぐに退け。時間を稼げそうなら稼いでもらいてえが、無理はすんな。クリウ、お前もあっちに行ってくれ」

「はいよ、了解。相変わらず人遣いが荒いねえ」

素早く指示を出すハノイと、それに従い即座に動き出す部下たち。

やり取り一つ見ても、組織としてはかなり真っ当かつ高練度な集団だ。上意下達がはっきりしており、その速度も十二分。集団の性格や考え方はひとまず置いておくとして、純粋な戦闘集団として捉えた時の彼らの価値は極めて高い。

まあとは言え、肩を並べて共に戦いたい相手かと問われれば、断じて否ではあるが。

「……お前たちは、どこまでの依頼を受けているんだ？」

さて。推定合成獣の登場で、いよいよこの騒動も本格化してきたところ。改めて気になったのは彼らが受けた依頼の内容である。

「王子サマと王女サマを今回の騒動から守り切ること。宮殿まで護送するだけならぼろい仕事だったが、まあそうは問屋が卸さねえってこったな」

「……なるほどね」

グレン王子とサラキア王女を宮殿に護送する。それだけで彼らを守り切ったと言えるのか。答えは言えない。なぜなら、合成獣という特大の脅威がまだ排除されていないから。

つまりこいつらは今回の騒動に於いて、最後まで戦力として換算出来るということだ。スフェンドヤードバニアとしてはありがたいことだろう。

途中で逃げ出す可能性もなくはないが、傭兵というものは地位や名誉などより信用と、何より金を重視する。依頼元が誰かは分からんままではあるものの、支払いが滞らない限りは勝手に抜け出すような真似はしないと思いたいね。

「さて、つーわけで急ぐぜ。アンタらははっきり言って戦闘の邪魔だ」

「……承知している」

仕切り直しといった風に、ハノイはばっさりと言い捨てる。

まあ、血みどろの戦場に王子様と王女様は不要ではあるからな。後顧の憂いなく守り切るためにも、前線からは離れて引き籠ってもらった方が都合がいい。

快晴なれど寒風やや強し。

寒空の下で吹き荒ぶ乾いた風はしかし、不安と不穏という粘り気のある湿度を、微かに孕み始めていた。

「やれやれ、ひでえ有様だな」

合成獣襲来の報を得てしばらく。時間にして数十分かそこらだと思うが、グレン王子とサラキア王女を護送している俺たちは、ようやくこの国の王族の本拠地、スフェンドヤードバニア宮殿へとその足を伸ばしていた。

その間も、街の混乱はつぶさに目に入った。動く死体自体は概ね制圧されたらしいものの、その騒ぎが収まりかけたと思ったら街の外から特大のモンスターが複数襲来である。善良なる一般市民にこの状態で落ち着けという方が些か無理があろう。

スフェンドヤードバニアの宮殿はレベリス王国の王宮と比べるとやや小ぢんまりとはしている。しかし王国とはまた趣の違う煌びやかな装飾は、しっかり最上位者が住まう場所だと主張している気がするよ。こんなところで生活していると目がくらくらしてしまいそうだが、やはり王族の方々にとってはこれがスタンダードなんだろうか。

「グレン王子、サラキア王女！　ご無事で！」

此度の騒動を受けて、宮殿周りは当然ながら厳戒態勢が敷かれていた。数多《あまた》の教会騎士が忙しなく行き来し、一言で言うのならとても殺気立っている。

その喧噪の中、こちらの一行を目にした数名の教会騎士たちが目つきを変えてやってきていた。

足早に近付いてきた騎士の中には一際大柄な男も交じっている。先ほどの声はその大男が放ったもの。

「ガトガ。見ての通り私とサラキア王女は無事だ。他はどうだ」

「はっ！　大聖堂内は完全に制圧しました。被害も極軽微と言っていいでしょう」

「そうか、ご苦労」

至極短い状況のやり取りを経て、ガトガが短く息を吐く。

婚姻の儀。あの場にガトガが居なかったのはやや腑に落ちないが、まあこっちはこっちで色々と事情があるんだろう。もしかしたら動く死体どもの襲撃を確実にするために、ガトガは教皇派の思惑で外されていたかもしれないしね。

彼が不在だったことについて、グレン王子が特に何も言わないのはそういうことだ。つまり内心どう思っているかにかかわらず、彼の不在は決まっていた。あるいは直前になって取り決められた。

そう考えると、拝廊で武器を接収した騎士の言い分も信ぴょう性が増してくるというものだ。

「シトラス、ガーデナント。すまねえな、また助けられちまった」

「構いません。それが騎士たる者の本分です」

「……ああ、その通りだな」

アリューシアからの返しの言葉を耳にして、ガトガの反応が一瞬曇る。

騎士たる者の本分。それを全う出来なかったことに対する自責の念。そういうものが見え隠れしている。この一瞬を切り取って見てもやはり、彼があそこに居なかったのは不本意であったということ。教皇派と王権派の権力争い、いよいよ遠慮がなくなってきたな。

いや、遠慮がなくなってきたという段階はあるいはとうに過ぎ去っているのかもしれない。

そもそも、権力を握るとは何か。それは金と民と領土の掌握である。普通に考えればそうだ。そして一国家の実権という最高位の権力は、それら全てを高い次元で供給してくれる。

その掌握すべきモノを、自分から破壊しに来ているのはやはりおかしい。人っ子一人いない更地を支配したとて、そこには何の魅力もないはずである。教皇派の凶行と見るべきか、後がなくなったと見るべきか。あちらの思惑は不明なれど、まあどちらにせよ楽観していい状況ではない。

「――で、アンタらは何者だ？」

「傭兵だよ。依頼を受けて王子サマたちのエスコートってな。依頼元は明かせねえ、そういう契約だ」

そしてガトガは、誰もが気にするであろうヴェルデアピス傭兵団への質問を投げかけた。それに対する反応は先ほどと同じ。そこそこ多弁な男にも映るが、依頼に関しては必要以上のことを決して喋らない。そういう線引きがしっかり出来ている。

「……そうか。助かった、俺からも礼を言う」

「構わねえよ、仕事なんでな」

教会騎士団の大多数から見て、この男が信用に値するかどうかは不明だ。しかし、今この場に王子と王女を護衛しながら現れたのは事実。それを勘案して、とりあえず今は信用するしかない。そんな感じだろうな。

「あとの問題は外のアレだが……」

言いながらガトガは、都の外へと視線を移した。

ディルマハカはバルトレーンほどではないが、そこそこ堅牢な都市だ。というか、基本的にモンスターが跋扈《ばっこ》している世界である以上、人が集い栄えている都市はそれなり以上の防御力を有する。外敵が現れた途端侵略されましたでは、そもそも人間の数が増えないからな。

なので、余程の天変地異みたいなことが起きない限り、即座に都市が崩壊することはまずない。その例に漏れず、ディルマハカも合成獣の襲撃から今のところは耐えられている様子であった。

ただし、それはあくまで都市の中でもいっとう堅牢な宮殿周辺だから言えること。今頃、外縁部は阿鼻叫喚の地獄になっていることだろう。俺たちも王子と王女を宮殿まで連れて来られたのはいいものの、じゃあお仕事は終わりですね、なんて呑気なことは言っていられない。

「教会騎士の方で当たってはいないのですか？」

「何人かは偵察も兼ねて出したがね、戻ってきていないのが現状だ」

アリューシアからの質問に、ガトガは忌々しそうな表情と声色で返す。

ここに居る誰も、未だ合成獣をその目で見ていない。どれくらいのサイズで、どれくらいの戦闘能力を持つのかは未だに不明瞭である。その点から、まずは偵察を出すという戦略は恐らく正しい。

ハノイにしても、他の傭兵を向かわせていた。

「……あいつらも戻ってきてねえな」

そして、その連中が帰ってきていない。避難誘導や救助活動などで時間を取られているのか、あるいは既に打ち倒されたか。教会騎士なら救助活動もあり得るとしても、ヴェルデアピス傭兵団となるとどうか。善戦しているならいいが、一当てする間もなく壊滅している可能性すらある。流石にそのレベルの怪物相手は勘弁していただきたいところだ。

「ここで固まっていても意味がありません。打って出ましょう」

「そりゃ御尤《ごもっと》もな意見だが……ここの守りも軽くは出来んぞ」

「しかし、アレがやってくるのは時間の問題です」

騎士団長の二人が意見を出し合うが、この場をどうするかは非常に切実な問題である。

外縁部で暴れているであろう合成獣を何とかしなければいけないのは当然。しかし、あれらの討伐に全力を出して宮殿周りの守りが疎《おろそ》かになっては意味がない。敵があれだけとは限らないからである。優先順位としてはあくまで王子たちの護衛が一番であって、合成獣の打倒はそれを達成するための手段。

とどのつまり、王子と王女の防衛と合成獣の討伐で人員を分けねばならないのだが、その分け方がまた難しい。本来であれば偵察人員が情報を持ち帰って、敵の脅威度を測定した上で割合を決めるのだろうが、それが出来ていない現状、その判断が付かないのだ。

結果として打って出る意向のアリューシアと、宮殿の守りを優先したいガトガとで、小さな意見の相違が発生した。

「……やはり、少数精鋭で打って出るべきでしょうね」

「そうなるか……」

いくつか意見を交わしていた二人だが、結局のところこの意見に落ち着いた。要は練達のみで突撃するという寸法である。そもそも、悠長に話し合う時間もそんなに残っていないしね。

彼女の案に関しては俺も賛成だ。正直に言って教会騎士団、ヴェルデアピス傭兵団双方の偵察人員が戻ってきていないことを考えるに、中途半端な戦力を向かわせても意味がない。被害がいたずらに拡大するだけ。

となれば、合成獣と張り合えそうな人員を厳選し、向かわせる。よしんば撃破は出来ずとも最低限、情報を持ち帰ることが出来るメンバーで行くべき。大軍で向かってしまうとその辺りの練度に差が出るし、何よりここの守りがなくなる。

こういう時にルーシーたち魔法師団が居れば格段に楽だったんだけどなあ。ないものねだりをしてもしょうがないので、それは諦めるしかないんだが。

「ラズオーンは殿下の守りと指揮のために残ってください。私たちが行きます」

「……すまねえ、頼む」

問題は合成獣の討伐に向かうメンバー。ガトガはアリューシアの言う通り王子殿下の守りに加え、教会騎士たちを指揮する立場にある。この場を離れるのは心情的にも得策ではないだろう。

「合成獣には俺が当たろう。アリューシア、構わないね？」

「……！　は、はい。もとよりお願いするつもりでしたので。当然私もご一緒いたします」

「心強いね」

そして俺も、討伐に向かうつもりだ。むしろ、俺に出来ることはそれくらいしかない。

俺には部隊の指揮も出来ないし、戦略を練る頭もない。剣を振るしか能のない男である。だが、剣なら振れる。いつだったかアリューシアに語った言葉は決して嘘ではない。俺の剣で事態の解決の糸口が見つかるのなら、喜んで振るう心積もりだ。

それに、これは口には出さないけれど。合成獣とやらが一体どれほどの強さを持つ化け物なのか、個人的に気になっている部分もある。

俺の剣、俺の技術が果たしてどこまで通用するのか。ワクワクすると言ってしまえば非常に聞こえが悪いが、些か気分が高揚してしまっている。隣国とは言え国家の存亡がかかった一戦を、楽しみだと感じている自分が居る。随分と好戦的な性格になってしまったなあと、心の中で一人ごちることになった。

「アリューシア、ベリル。あなた方の剣に、期待しています」

「お任せくださいサラキア王女殿下。必ずや万難を排してみせましょう」

サラキア王女殿下の激励を受けて、一層の気合が入る。事実として俺たちが抜かれたら大分ヤバいので、気合の入れどころではあるんだけれど。

「俺とプリムも行くぜ。受けた仕事だし、クリウの安否も気になるんでな」

「私は団長が行くところならどこでも付いていくよー」

俺とアリューシアの参戦に、ヴェルデアピス傭兵団のハノイとプリムが加わった。まあ気持ちの持ち処はひとまず置いておくとしても、単純な戦力としてはありがたい。特に魔術師が戦線に加わるのは大きい。俺たちじゃ結局、近付いて斬ることしか出来ないからな。

「そう言えばラズオーン。ヘンブリッツを見かけませんでしたか」

「ああ、大聖堂で合流したぜ。制圧後はレベリオの騎士を連れて一般市民の避難誘導に当たってもらってる」

「分かりました。そちらはそちらで継続するようヘンブリッツに伝えてください」

「了解だ」

大聖堂内に残ったヘンブリッツ君も、無事動く死体どもを撃破したらしい。それは素直に嬉しい一報だ。まあ彼があんなところで不覚を取るとも思っていなかったけどね。それでも信頼出来る情報として、無事を確認出来たのは僥倖《ぎょうこう》である。

王子と王女は宮殿で待機。ガトガたち教会騎士団は宮殿と市民の防衛。レベリオ騎士団はヘンブリッツ君が陣頭指揮を執り、避難誘導。王国守備隊の面々もきっとディルマハカの守備に就くだろう。

となると、今この場に居る人間で身の振り方が固まっていないのは、ただ一人。

「……純白の乙女《ホワイト・メイデン》」

その一人に、俺から声を掛ける。

彼女の今の立場は、ただの流れの傭兵だ。どこから依頼を受けているかは分からないけれど、少なくともこの場に彼女を指揮出来る人間は居ない。だから、俺が声を掛けたって構わないはずである。

「君は、グレン王子の傍であのお方を守ってあげなさい。それが、君の役目だ」

「……！」

前線の戦力から純白の乙女が抜けるのは痛い。彼女の強さを知っている身からすると尚更そう思う。

けれど、仮に合成獣討伐が上手くいったとして。別の形で何らかの襲撃があり、万が一グレン王子やサラキア王女の身に更なる危険が迫ったとしたら。一番絶望の海に沈むのは、きっと彼女であろうとも思うのだ。

本来守るべき者を襲った過去。それは消えない。しかしそんな特大の傷を持ちながら、彼女は今ここに居る。であれば、この子が果たすべき最優先の任務は、他の何に代えてもグレン王子殿下をお守りすることにある。少なくとも俺はそう考える。

きっとそれが、彼女の贖罪の一つにもなると思うから。

「……ベリル。この者は」

「信用出来ます。実力的にも、人間的にも」

グレン王子が零そうとした疑問に、即座に答える。王族の言葉を途中で遮るという最高の無礼をかましてしまったが、状況が状況なのでなんとか許してほしい。

「グレン王子殿下。一つだけ質問を許していただけますでしょうか」

「……許可しよう」

合成獣の下へ向かう面子が決まり、あとは出発するだけ。そんなタイミングではあるけれど、誠に失礼ながら一つだけ彼に問いたい内容があった。

「貴方は教会騎士団を、ガトガ・ラズオーンという男を、信頼していますか」

「無論だ。彼らは我が国の誇る矛であり盾である。信頼しないはずがない」

「……ありがとうございます」

そんな俺の問いかけに、彼は一つの間も空けることなく返した。強い確信を持っていないと紡げない言葉である。

これなら安心だ。グレン王子の返答を聞いて浮かんだのは、そんな感想。

純白の乙女。彼女が今後一生涯をかけてその正体を隠し通すのは、現状では恐らく不可能である。

そもそも隠遁するのであれば、傭兵としてこの国の騒動なんかに関わらなければよかった。俺は不才の身ではあるが、そんな俺でも他にいくつかの手段は思いつく。俺なんかより遥かに地頭のいい彼女なら、それこそ様々な選択肢が頭に浮かんだはずだ。

「そうであれば、彼女は信頼に値します。間違いなく」

　にもかかわらず、彼女は今この場に居る。それはつまり、形はどうあれこの国の未来に関わる選択をしたということ。ならば、たとえ過去と同じ身分を手に入れることは不可能だとしても。グレン王子の信頼は勝ち取れると思うのだ。彼は決して、凡愚ではないのだから。

　それに、ガトガが今この場で何も言わない、というのもその推測の裏付けでもあるしね。彼が本当に拙《まず》いと思っているのなら、どうにかして彼女をここから引き剝がすだろう。それを押し通すくらいの発言力はある。

「……分かった。その進言、心に留め置いておこう」

「ご配慮、痛み入ります」

　グレン王子が気付くのか、純白の乙女が正体を晒すのか。その結末は分からない。けれど、王子も彼女も、この国の未来を憂う気持ちは本物だと信じたい。そしてそうであれば、二人が再び手を取り合う未来も、きっとある。

「こちらで馬を用意する。使ってくれ」

「ありがとうございます」

　俺とグレン王子のやり取りを静かに見守っていたガトガ。話が一段落ついたと見るや、彼が移動手段として馬の手配を申し出てくれた。

教都というだけあってディルマハカは普通に広い。徒《かち》の移動だけでは限界があるからな。特に俺は。

「俺たちも使っていいのか？」

「ああ、ただし持ち逃げは許さん。ちゃんと返しに来い」

「おお怖。王子サマの御前での約束だ、反故にゃ出来ねえな」

まあ俺たちだけ馬に乗ってハノイとプリムは徒歩で、なんておかしな話でもある。戦力として頼りがいがあるのは間違いないからな。依頼元がどこかは依然として分からないままだが、今まで見聞きしてきた性分から考えるに、契約を易々と反故にすることもないだろう。

「ではグレン王子、サラキア王女、宮殿の中へ」

「ええ、お願いします」

馬の手配をしている間、王子と王女をここで待ち惚けさせるわけにもいかない。彼らには一刻も早く安全な場所まで退いてもらわねばならないため、ガトガが手近の教会騎士に声を掛け、宮殿内への護衛に就けた。

「……」

その二人に付いていくかどうか。その逡巡が、仮面の女性からは見受けられる。

「行きなさい。俺には俺の役目があって、君には君の役目がある。それはきっと、今この時だから」

「――はい」

そう伝えると、彼女は小さく返事を口にし、宮殿に消える二人の後ろ姿を追いかけていく。

これでいい。純白の乙女には役目がある。グレン王子殿下をこの騒動の最後まで守り抜くという、大事な役目が。そしてそれはただ王子のお身体が大事なだけではなく、彼女がこの世界に再び戻ってきた以上、付けなければならないけじめでもある。

「お待たせしました！」

しばらく後、宮殿の前には教会騎士らに連れられた体格のいい馬が到着する。これで俺たちもようやく移動が出来るわけだ。前線が崩壊していないことを祈りたいところだが、これぱっかりは現場に到着しないと分からないからな。

「よ……っと」

馬に跨り、幾分か高くなった視線で外を見やる。宮殿からそう遠くないところで派手な土煙が複数、舞い上がっていた。合成獣さんは今のところ元気に暴れまわっているらしい。腕が鳴るね。

「行きましょう、先生」

「ああ、大捕り物になりそうだ」

アリューシアを先頭に、四騎の馬が駆ける。

さて。純白の乙女――ロゼ・マーブルハートに役目を説いた以上。

俺は俺の、剣士としての役目を果たしに行くとしよう。

◇

「はあっ！」

手綱に気合を入れて、教都をひた走る。

ディルマハカは都市としてかなり極端な構造をしている。大聖堂や宮殿など、主要な建造物に連なる大通りがいっそ過剰なほどに整備されており、その通りからまるで枝葉のように道が分かれている形だ。

故にたとえ馬であっても、大通りなら結構な速度を出すことが可能となっていた。しかも今は活気よく街を行き来する市民の姿もほぼない。既に家や避難所に閉じこもっている者が大半で、道行く途中に見かける人影と言えば外縁部から避難してきた市民と、それらを誘導している騎士。それくらいのものだった。

「流石は騎士サマ。器用に乗りこなしやがる」

アリューシアの馬術にハノイが感嘆と口笛を漏らす。

俺も乗馬の経験くらいはある。田舎に住んでいるとちょいちょい乗る機会はあるからな。ただそれはあくまで「乗れる」だけであって、「乗りこなせる」レベルにまでは達していない。少なくとも俺はそう思っている。

それにアリューシアの操縦を見ていると、やっぱりこの辺りにも才能の差が如実に出てくるんだなあとも感じてしまうのだ。

俺はアリューシアが馬に跨っているところを見たことがない。ビデン村の道場時代に馬上訓練は取り入れていなかったし、バルトレーンに来てからも街中で乗馬する機会がそうそうないからである。

にもかかわらず、彼女は素人目に見ても馬に乗るのが上手だ。恐らく騎士の嗜みとして訓練する機会があったのだとは思うが、それにしても見事という他ない。こんなところでもアリューシアの才気を見ることになるとはね。喜ばしいことである反面、発生している状況自体はとても喜べるものではないが。

「意外と街並みは無事みたいだね」

「はい。単純に合成獣の足が遅いのか、上手く足止め出来ているのか……どちらかは分かりませんが」

文字通り駆け足で進む中、目に入ってくる光景は意外と綺麗なものであった。

勿論、教会騎士たちに連れられて避難している市民たちも居る。居るが、あくまで彼らは外縁部に住んでいたから慌てて都市の中心部にやってきたのであって、街並み自体が破壊されているわけでもない。

つまり、合成獣は未だディルマハカの外縁部で手こずっているということになる。アリューシアが返した通り、足が遅いのか足止め部隊が上手くやっているのか、その真相は分からないけれど。

都市全体が厳戒態勢に入っているものの、直接の被害はまだそれほど大きくはない状況だ。

このまま俺たちが無事到着して合成獣とやらを倒すことが出来れば、当初の想定よりは大分被害は抑えられるんじゃないか。そんな希望さえ持てるくらいには、ディルマハカの少なくとも中心部は綺麗な状態を保っていた。

「これは……」

合成獣の出現地に近付くにつれて、目につく人の数がより増えてきた。そして増えた数のほとんどは、何らかの負傷をしている者とそれらを介護する者たちとで分かれている。彼らは無事な建物の壁沿いや中で寄り添い、嵐が過ぎ去るのを待っているようにも見えた。

まあ予想はしていたけれども、教会騎士たちの手に負える相手ではなかったらしい。被害が小さく見えていたのはあくまで大聖堂や宮殿の近くに居たからで、そりゃあ都市の中で化け物が暴れていれば、怪我人なんてわんさか発生してしまう。

先ほどまでのいくらか楽観視してしまいそうな感覚は、ものの見事に吹き飛んでいた。

「おおい！　待った！　ちょい待ち！」

「！　クリウ！」

傷病者が集っている避難所らしきところを通り過ぎようとした矢先。横合いから投げかけられた声に反応して、ハノイとプリムが馬の行き脚を緩めた。そこには慌てて馬と並走しようと走り出す青髪の剣士、クリウの姿。

「無事だったか」

「ああ、なんとかな！　けどあいつらやべぇぞ！」

彼らの動きに合わせて、俺とアリューシアも少し馬を抑える。今は時間が惜しいが、合成獣と直接やりあったらしいクリウの情報は聞き逃せない。アリューシアと渡り合えるほどの剣士が「やべぇ」と漏らす相手だ。情報はどれだけあってもあり過ぎるということはないだろう。

「デカいし速い。それだけならまだいいんだが、硬すぎる！　俺の剣も通らねえから退いてきたんだ。多分団長の得物くらいしか通らねえ。そんくらいの硬さを感じた」

「なるほどな、了解だ。クリウはそのまま他の連中のフォローに当たってくれ」

「あいよ！」

とりあえず伝えることは伝えたと言わんばかりに、クリウはそのまま馬の横から離脱していく。

というかこっちが手綱を緩めたとはいえ、短時間ながら馬と並走出来る彼のスピードも大概ヤバい。そんな手練ればかりの傭兵団、改めて恐ろしい集団だ。

「硬い、か。強敵だね」

「ええ、私の剣が通るといいのですが……」

単純に敵が硬いというのはシンプルに脅威である。なんせダメージが与えられない。ゼノ・グレイブルの時も自前の剣じゃ柔らかい部分以外ほとんど攻撃が通らなかったし。ロノ・アンブロシアはそもそも物理の効きが極めて悪かったからあれは別だとしても。

　そして相手に強固な装甲があるとすれば、この中で一番火力に不安が残るのはアリューシアだ。だってこの子、未だに道場卒業時に渡した餞別の剣が主武装だからね。

　流石に研ぎ直したり何らかの手は加えているとは思うが、合成獣が仮にゼノ・グレイブル以上の堅牢さを持っていたとしたら、あんな数打ちの剣では致命傷どころか傷をつけることすら難しいだろう。

　本当に硬い相手というのは刃の立て方とか通し方とか、そういう技術の関係がほぼなくなる。マジで普通に刃が通らない。

　人間相手なら研いでさえあればまあ斬れるが、これがモンスター相手だとそうはいかないからな。天然の分厚い皮や強靱な筋肉は、細長い鉄の棒では如何《いかん》ともしがたいのが現実である。

　一方、ゼノ・グレイブルの骨やら爪やらをふんだんに使い、エルヴン鋼でコーティングしたというこの剣は、切れ味という点では申し分ない。ロノ・アンブロシアの核ですら一刀両断出来たのだから、恐らく合成獣相手でも通るだろうという自信がある。

　また、ハノイの持つ武骨な大剣も攻撃力という点では逸品だ。

　彼の人間離れした膂力《りょりょく》と確かな技術で放たれる一撃は、斬るというより叩き潰すという表現の方がしっくりくるほど。斬れない相手なら殴ればいいと言わんばかりのストロングスタイルは、恐らくほとんどの相手を苦としない。

これを機に、彼女も質の良い剣というものに興味を持ってくれればいいのだが。まあ今の切羽詰まった状況でそんなことを口にすることはしないけれども、曲がりなりにも彼女に剣を教えた師範としては強くそう思う。

あの剣を粗悪品とまで言うつもりはないが、決して一級品ではない。現状のままでは彼女の素晴らしい素質を半ば殺しているのと同義ですらある。人間相手ならまだしも今回のような化け物相手では、武器の優劣は強烈な問題となって立ちはだかってしまう。

「……」

他方。アリューシア・シトラスという優れた剣士が、その問題に気付いていないはずがないのだ。彼女が餞別の剣を使ってくれていることは嬉しいものの、騎士団長の職位と職務を考えれば、手放しで喜んでいい話でもなかった。

「……ッあれか！」

そんなことを悶々と考えつつ馬を急がせる。大通りを真っ直ぐ通り過ぎ、視界が徐々に広まってきたところ。元気に暴れまわっている合成獣とやらを、ついにこの目で捉えた。

「でけえな、潰し甲斐がありそうだ」

ハノイが漏らした感想通り、デカい。まだ至近距離にまで接近したわけでもないけれど、その大きさは遠目でもはっきりと分かる。目測だが、ゼノ・グレイブルよりも二回りくらいは大きいと見たね。それらがある程度の距離を取って四体、気ままに暴力を振るっていた。

「四体か……」

複数とは聞いていたが、四体となるとちょっとどうするか悩みどころである。

こちらの手勢も四人。普通に考えれば一人一体を担当するのが妥当な案に見えるが、それは相手が普通の手合いである前提。あんなサイズの化け物に一人ひとり当たっていたのでは逆に各個撃破される恐れもある。

しかも、四人のうち一人は魔術師だ。ルーシーほどの使い手、あるいはフィッセルのような剣魔法の使い手でもなければ、前衛なしの単独で大物相手はやや分が悪いようにも感じる。

かと言って、怪物四体が場に乱れるような大乱戦も避けたいところ。やはり少人数で相手取り、逆にこっちが各個撃破するくらいの心持ちで行くのがいいか。

「……酷いな……！」

そして。こんな規格外の超獣が四体も居て、未だにディルマハカの外縁部以外が無事な理由。震源地に近付くにつれて、その真相が判明した。

やつらは決して足が遅いわけではない。少なくとも鈍重という印象は受けない。それこそゼノ・グレイブルのように、俊敏な動きも出来そうだなというのが素直に抱いた感想だ。

思ったより攻撃力がない、という線でもない。やつらはちょっとした建造物くらいは容易に踏み倒せるサイズを持っている。実際に倒壊した幾つもの家屋を見れば、その破壊力は一目瞭然。

にもかかわらず、合成獣らは都市の中心部に進撃せず、結果として全体的な被害はまだ収まっている。

何故か。その理由は、目の前にあった。

「……うごっ……ぉごぇっ……」

合成獣の一体が、一人の人間を弄んでいる。左腕は捥がれ、両足があらぬ方向に折れ曲がった人間を。

装備から見るに教会騎士の一人だろう。スフェンドヤードバニアを象徴するかのような重厚なフルプレートはしかし、合成獣の爪や牙の破壊を真正面から受けて平気なものではなかった。

そんな瀕死の教会騎士を、弄んでいる。喰うでもなく棄てるでもなく、ただ振り回したり噛み付いたりして。

「……くそっ！」

こいつらが教都の中心部まで進軍していないのは、何も足止めされていたわけではない。盾突いてきた人間をなぎ倒し、遊んでいただけである。

普通のモンスターならこんなことはしない。障害と見て殺すか、食料と見て食うかの二択だ。

まるでこの惨劇を生み出した黒幕のような、度し難い悪逆さがその合成獣からは滲み出ていた。

「……へっ、流石に胸糞悪ぃな」

「同感だね……！」

性格としては決して相容れないハノイとも、思わず意見が合致する。それくらいには、同じ人間であれば等しく激しい不快感を抱くであろう光景であった。

「右翼の孤立している一体。あれは俺とプリムが仕留める。美味しいところは譲ってやるよ」

「……分かった。そっちは頼む」

尊い犠牲によって都市への被害が抑えられているといえど、じゃあそれはのんびりしていいことにはならない。素早く戦況を確認したハノイが合成獣の四体のうち、やや孤立している一匹を桃色髪の魔術師とともに担当するという。

「うっし、一仕事すっかぁ。プリム！」

「うん！」

一足先に標的を定めたヴェルデアピス傭兵団の二人は、目標に向かって馬を駆っていく。

合成獣の力のほどはまだ不明なものの、教会騎士たちがことごとく敗れている様を見れば、どうまかり間違っても弱くはないだろう。であれば、化け物四体と人間四人ががっぷり四つではいくらなんでも分が悪い。乱戦になったら本当に勝ち目がなくなる。

なので少数で一体ずつ受け持ち、当初考えていた通りの各個撃破と相成りそうではある。連係面を鑑みても、あの二人で組んでもらう方が相性もいいはず。

しかし問題は残りの割り当てだ。ハノイとプリムが一体に向かうとなれば、残るは三体。こっちには俺とアリューシアしか残っていない。どちらかが分身でもしなければ、全部を一気に相手取るのは不可能である。

さて、どうするか。俺とアリューシアで分担しても一体は野放しになる。であれば、二人で協力して一体ずつ可能な限り仕留めていく線もあり得るか。

いやでも、その間にあの怪物が二体もフリーになるのはちょっとどうなんだ。流石に俺と彼女の二人で組んでも、あれを瞬殺出来るとは考えにくい。そうなると戦っている間、どんどん被害は拡大していくことになってしまう。

フリーとなった合成獣が増援としてやってきたらもう最悪だ。流石に俺もあのサイズの化け物を相手にして一対二で勝てるとは思えない。それはきっとアリューシアも同様だろう。

「先生、私たちも分散しましょう。一体でも多く仕留めなければ」

「……考えている暇もないか……！」

アリューシアの言う通り、とにかく被害を抑えることに重点を置くのであればこちらも分散するしかない。もっと頭数が欲しいところだが、贅沢は言っていられないからな。

仕方ない。武器の面ではアリューシアが明らかに不利。となれば、俺がめちゃくちゃ頑張ってどうにかしてあのうちの一体を沈めて、アリューシアの援護か残る一体に回るべきか。もうそれしか手は残されていない。

「……あれっ？」

そこまで考えて、よしやるかと腹を決めたところ。右翼に流れていた合成獣の一体とはまた別に。

三体がおおよそ纏まっていたはずなのだが、そのうちの一体が左方向に大きく進路をずらしていった。

「……誰かが釣ったのか……？」

「先生、どちらにせよ好都合です。今のうちに一体ずつ相手取りましょう」

「うん、そうだね。了解だ」

まあ何にせよ、二対三から二対二になったのは好都合ではある。この状況ならお互いタイマンに持ち込めそうだからな。

「……アリューシア、死なないようにね」

「無論です。先生も、ご武運を」

最後に互いに声を掛け、アリューシアと進路を別つ。

一歩間違えれば死ぬかもしれない。けれど、だからと言って尻尾を巻いて逃げるわけにもいかない。剣士としての役目を求められる限り、俺はそれに最大限応えると決めたから。

「……よっし！」

手綱を握る手に、自然と力が籠る。

さーて、化け物退治の始まりだ。気合入れて行くとしよう。

◇

「よ……っと。ありがとうな」

アリューシアと別れ、合成獣の一体のもとへと向かう。その道すがら、適当な場所で俺は馬を降りた。

馬に乗ったまま近付き過ぎると馬ごとやられる恐れがある。これはスフェンドヤードバニアからの借り物だから一応、傷つけないように配慮は必要だろう。

それに俺は馬上戦闘が出来ない。そりゃやろうと思えばまったく出来ないということはないと思うが、それでも地に足ついた剣士としての戦い方が俺の十八番だ。不慣れな戦い方で不覚を取ってしまえば元も子もないし、ここは徒で攻め入るべきだと判断した。

右翼の合成獣はハノイとプリムが。残る三体のうち、一体は何故か左翼に大きく逸れた。後は中央の二体を俺とアリューシアでそれぞれ対応すれば、とりあえず被害の拡大は防げる。無論、その誰しもが負けないという大変に厳しい前提条件は付いて回るが。

「……やっぱり大きいねえ……！」

馬を手近な柱に括り付け、合成獣の下へ急いだ先。

俺が対応する合成獣の一体は、犠牲になったディルマハカの一般人を啄《ついば》んでいるところであった。

狩りのため、自身が生き残るために人間を襲うというのは百歩譲って分かる。しかしこいつは合成獣という名の通り、人為的に作られた災害だ。その犠牲になってしまった罪もない人々の無念は、俺の手で晴らしてやりたいと強く思う。それが餞《はなむけ》になるかは、分からないけれど。

「ギュオッ？」

近付いてくる俺の存在に気付いたのか、合成獣は死体を貪る手を止めて、こちらに視線を向ける。

……まるで知性が感じられない瞳の色だ。俺もモンスターに特段詳しいわけじゃないけれども、これまで戦い、そして屠ってきた経験で言うならば、ロノ・アンブロンアに近い。あれはあれでちょっと今回とは趣が違うかもしれないが、知性を感じられないという点では一致している。

本来は自然の理に則り、死した後に安らかに眠るはずだった彼ら。その境遇に僅かながら憐憫の情は芽生えども、しかし見過ごすわけにはいかない。ここでこいつを仕留めなければ、更なる被害が生まれるのは必至。

「……恨むなら、君を生み出した人こそを恨んでほしいね」

「ギュッ！　ギュアッ！」

抜剣に合わせて、合成獣が吼える。どうやら俺を異物と認定したらしい。まあ変に懐かれたり逃げられたりするよりはマシだ。遠慮なく斬り伏せられる。

眼前の合成獣は、やはり大きさで言えばかなりのサイズであった。遠目からの目算通り、ゼノ・グレイブルと比べても二回りはデカいな。理論上は継ぎ接ぎし続ける限り無限に大きく出来そうではあるが、とは言えここまでのサイズを相手にした経験はない。

獅子の頭に、恐らく牛やらグリフォンやらの胴体を継ぎ接ぎして使っている。尻尾は大蛇と、見た目もかなりグロテスクだ。どんな戦い方を想定すればいいのか少し悩む。

「まあ、まずは一当て……かな！」

一気呵成に踏み込み、まずは小手調べとなる横薙ぎを放つ。クリウが硬すぎると言っていた合成獣の防御力がどれほどか、本格的な攻略を開始する前に手応えとして知っておく必要がある。

「ギュッ？」

俺もそれなりに殺す気で突っかかってはいったんだが、こいつはどうも殺気の類にはあまり反応しないらしい。ゼノ・グレイブルなどの生物と明確に違う点はここか。それが御しやすいかどうかはまた議論の余地があるけれど。

「っし！」

俺を認識してはいるものの、ある種呆けているようにも見える合成獣に向けて、横薙ぎを一閃。

前脚一本は頂戴する腹積もりで打ち込んだ剣撃はしかし。外皮を突き破りはしたものの、脚の中ほどに到達するかどうかというところで刃が止まってしまった。

皮は切れたが、凝縮された筋肉までを断ち切るにはやや不足。手応えとしてはそんなところ。

「ギュアッ!?」

「硬いね……！」

前脚に食い込んだ剣を引っ張り抜いて後ろへ下がる。俺が飛び退いて一呼吸くらいの間が空いたところで、先ほどまで俺が居た場所にもう片方の脚が勢いよく振り下ろされた。

うーん、これは想像よりちょいと硬いな。なんだかんだでこの赫々の剣なら切り通せると踏んでいただけに、少々戦い方を考える必要が出てきたかもしれん。余程の隙を晒してくれない限りは、瞬殺はちょっと難しい。そういった塩梅のように感じられた。

それと気になるのは、この合成獣の反応の遅さ。

俺の剣撃に対して防御どころか警戒すらしないというのはかなり大胆ではある。それか、俺のような矮小な人間一人如きは警戒にも値しないということだろうか。

なんだかそれはそれでちょっとムカついてきたぞ。以前までの俺ならこんな感情は抱かなかったはずだが、これも成長と呼べるのだろうか。慢心だとか増長だとかには類しないものであると願いたいばかりである。

ただ少なくとも、この剣なら斬れないことはない。斬撃が全く通用しないなら考え物ではあったが、とりあえず理論上倒せることは判明した。

それなら体力の続く限り被弾を避けつつ、斬り続ければいいだけである。ロノ・アンブロシアなんかよりもその点は遥かに楽だと言えるね。

「ギュオロロロロロッ!!」

「うおっと！」

どうやら先ほどのダメージによって、俺は警戒に値すべき敵だと評価を改められた様子。耳障りな叫びとともに、合成獣は続けざまに前脚を振り下ろしてきた。

ダン、ダン、ダン、と。巨大な前脚で踏み付ける音が重く鋭く鳴り響く。だがその全てが地を均《なら》す以上の成果を出せずに、俺が先ほどまで立っていた場所を平たくするだけにとどまっていた。

「……ふむ」

あくまで初見。あくまで接敵したばかりの第一印象にしか過ぎないが。

俺の脳に去来したのは「こんなもんか」という、なんともな感想であった。

デカいことは認めよう。その強大な体軀から繰り出される攻撃も、破壊力という一点のみで述べれば驚異的であると言わざるを得ない。一般市民どころか、堅牢な鎧に身を包んだ戦士であっても、この一撃を食らえば終い。それくらいの破壊力はある。決して油断をしていい相手ではない。

しかし、それだけ。攻撃には速度もあるし、鈍重ではない。むしろ体格を考えればかなり俊敏に動いている方だろう。だがそれでもゼノ・グレイブルよりは遅い。サーベルボアなんかよりは流石に速いけどね。

まだ隠し玉を持っている可能性もあるから油断は出来ないが、この程度なら俺でも十分に勝てる手合いである。それはアリューシアやハノイであっても同様。

問題はやはりあの硬さ。多分口腔内とかは相応に柔らかいのだろうと予想は付くが、そこに剣を届かせるのがゼノ・グレイブル以上に難しい。相手が大きいと単純に剣が届かないからだ。

「……なら、こうしようかな！」

「ギュエッ!?」

攻略プランをひとまず定め、再度吶喊。再び前脚を狙って今度は突いていく。

狙いと寸分違わず前脚に吸い込まれた剣先は、やはり貫くまでには至らず。剣先が少し肉の中に埋まったところで勢いが完全に死んでしまった。

だが、これでいい。手応えを確認した俺はすかさず剣を引き抜き距離を取る。数瞬前まで俺が居た地点に獅子頭の噛み付きが降り注ぎ、何もない空間を食む。

一撃で相手を戦闘不能に陥らせるのはほぼ不可能。少なくとも俺の火力では無理だ。

となればちくちくと削っていくしかないんだが、削り方を間違えればいくら時間をかけても優勢にはならない。つまり、とどめの一撃を放てるような状況に持っていくための削りが必要になる。

まあ要するに、前脚を削りに削って姿勢制御を出来なくさせてしまい、強制的に顔面の高さを下げようという話だな。そうすれば逃走防止にもなるし、なにより顔に剣が届く。

合成獣の弱点なんざ俺は知らないが、曲がりなりにも生物を模して動いている以上、他とそう大きくは変わらないだろう。

脳が駄目なら心臓。それでも駄目なら当たりを引くまで斬り続ければいい。前脚を破壊した後ならそれも容易い。勝利への道のりは遠いが、勝ち筋ははっきり見えている。そんな状況であった。

「ふんっ！」

近付いて、斬って、離れて、また近付いて。

敵方の力量も概ね把握出来た。今やっていることは戦闘ではなく、もはや作業に近い。恐らく尻尾に相当する大蛇も何かしら能力を持っているのだろうが、俺が真正面でしか戦っていないから逆に出番がない様子。

これは逆に単騎で当たったのが功を奏した形となったのかな。複数人で囲おうとすれば、あの尻尾が牙を剥いていたに違いないだろうから。

しかし、飛び道具とか持ってないのだろうかこいつは。ただ単純に硬い外皮を持つだけのゴリ押しでは素人はともかくとして、アリューシアやハノイといった練達を相手にするには荷が重いようにも思う。

まあ今出てこないからと言って持っていないと決めつけるのもよくないか。ゼノ・グレイブル戦では少々痛い目も見てしまったことだし、ここは油断せずに行こう。

「ギウエエアアアッ!!」

観察を続けつつ、ひたすら切り刻むことしばし。

度重なる俺の剣撃に、とうとう合成獣はキレたらしい。地団駄を踏むかのように両の脚を上下させ、地面が激しく揺れる。振り下ろされる前脚からは、普通の生物なら無視出来ない量の血が流れ出ていた。

これ以上暴れられると俺としてもちょっと面倒なんだが、それでも逃げられるよりは何倍もマシである。恐らくこいつが全力疾走すれば、俺の足では追い付けない。向かってくるならその全てを迎え撃ち、地に頭を擦《なす》り付けてやるとしよう。

とは言え、地道に前脚を削り続けた成果はようやく出始めたようで。

自ら地団駄を踏んだせいでより出血と傷口が広がり、その大きすぎる自重を満足に支えられていない様子が見て取れた。

つまり、好機。向こうが逆上しているのも今なら好都合。不完全な状態で攻撃してくれた方が、こちらとしても与しやすい。

「ふぅ――――ッ」

柄の握りを確認し、構えを大上段に。こいよ、という挑発を視線に乗せて、合成獣を睨む。

うちの道場では、大上段はほとんど使わない。そもそもが体捌きからの回避、そして反撃に繋げることを主としている流派故に、攻撃一辺倒の大上段は結構相性が悪い。こういうのは多分、クルニやヘンブリッツ君のようなパワータイプにこそ似合う構えのように思う。

しかし。ほとんど使わないというのは、まったく使わないわけではない。数は少ないながら、ちゃんと技として継承されているものがある。攻めの型が少ない流派ではあれど、それは攻め手が貧弱なわけではない。

「ギュロロロアアッ!!」

四肢をばたつかせながら不恰好に、合成獣が迫る。やはり前脚のダメージは無視出来ないらしく、その突進も一合目を打ち込んだ時よりも遥かに遅く、迫力もない。

それでも執念を燃やしながら突撃してくる様は、果たしてこの獣が持つ本来の獰猛《どうもう》さ故か、それとも歪な形で再び生を受けてしまった悔しさ故か。

俺には分からない。けれど、多数の人を殺めた罪はどうあろうと消えない。ならばそれは、今この場で清算してやるべきだろう。

「――ふしっ！」

真っ直ぐ迫り来る合成獣相手に一歩も引かず、真正面から受けて立つ。

木葉崩しのように相手の攻撃を搦《から》め捕《と》ったりはしない。そもそもこのサイズが相手では流石にいなせない。

蛇打ちのように体捌きを駆使した返し技でもない。あれは間合いを潰しながら引き打ちするには便利だが、この大きさが相手では有効打たり得ない。

「――ギュエ……？」

故に。

全身の筋肉と、手の内に持つすべての理力を総動員した、全身全霊の振り下ろし。この一撃でもって、確実に相手の命を屠る。

鳶《とび》落《お》とし。うちの道場に伝わる唯一の、大上段からの技。空高く舞い飛ぶ鳶すら撃ち落とすという、大言壮語にも捉えられる一振り。

振り下ろされた一閃は、遥か彼方の蒼空にはとても届かないけれど。合成獣の頭蓋の守りを打ち砕き、確実にその命を破壊する分には、十分な手応えを俺の手の内に齎した。

「……ふぅ」

ズズン、と。こと切れた巨体が地に沈む。当初の予定とは仕留め方が大分異なってしまったが、まあ結果オーライということにしておこう。最終的にこちらに被害なく倒せればよいのだ。

念のため剣先で小突いて反応があるかを確認しておく。野生の動物やらモンスターやらは時々、劣勢を悟ると死んだふりをしたりするからな。こいつは人為的に作られた合成獣だが、それでも擬死をしないとも限らない。

「……うん、大丈夫かな」

前脚を小突き、念には念を入れて獅子頭に軽く斬撃も入れておく。

反射もないということは完全に生命活動を停止しているということ。まあ脳天から頭蓋を派手にかち割ったので、これで生きている方が困るんだが。血以外のモノも大量に漏れ出ている様は、控え目に言っても凄惨である。この場の清掃とか絶対にやりたくないなとか思っちゃうね。

「よし、アリューシアの援護に――」

しっかり倒しきったのを確認し、剣を鞘に納める。だが今回の戦いはこいつを一体屠ったとて終わらない。

俺の場合はゼノ・グレイブルの剣があったからなんとかなったけれど、ただの数打ちの剣でこいつと打ち合うのはかなり厳しい。単純に攻撃が通らないだろう。

故に、アリューシアへの援護は必須。彼女のことだから負けることはないにしても、あの装備では勝ち切るのは至難の業。時間を無為にするよりはささっと仕留めて事態の収拾を図りたいところだ。

「――シュアアッ！」

「ッ!?」

合成獣から視線を外した直後。確かに殺したはずの骸から、不穏な音が耳を劈《つんざ》く。

俺が慌てて振り返るのと、合成獣の尾の役割を果たしていたはずの大蛇が、猛烈な勢いで突っ込んでくる様を視界に収めたのは、まったくの同時。

「しまっ――」

こいつら、独立して動くのか！

油断。その二文字が脳裏を過る。

次いで剣。駄目だ、抜くのが間に合わない。

なら回避は。既に戦闘態勢を解いた後。どうしたって一拍は遅れる。

「――先生！」

ああ、これは腕の一本くらいは飛んだな。そんな間抜けな感想が浮かんだところで。

俺の身体は何かに突き飛ばされ。

俺の視界は銀色に輝く分厚い盾に阻まれた。

「……なっ……!?」

想定の埒外から受けた衝撃を完全には殺し切れずに、思わず腰が沈む。

　腕は、付いている。痛みもない。弾き飛ばされて尻餅をついた痛みはあれど、瞬時に覚悟を決めたものに比べれば、気の抜けるくらい平和な痛みだった。

「ひゅっ！」

「シィイイッ！」

　どうやら俺は、どこかの誰かにすんでのところで助けられて。俺を庇うように翳した盾が大蛇の攻撃を受け止めて。俺を突き飛ばしたのはこの誰かなのだろう。

　そこまで思考が及んだのは、盾を翳した人物が独特の呼気をもって剣を振るい、大蛇の首を切り落としたのとほぼ同時。

「先生、ご無事ですか？」

　大蛇の首を一合で斬り伏せた人物が、こちらの安否を気遣う。寒空の下で吹き荒ぶ寒風が、彼女の透き通った青髪をやや乱暴に撫ぜた。

「あ、ああ。助かったよ……ロゼ」

　件《くだん》の人物をロゼと呼ぶべきか、純白の乙女と呼ぶべきか少し悩む。

　今の彼女は盾こそ最初に見たバックラーではなく銀色に輝くカイトシールドではあるが、その他の装備は変わっていない。得物はショートソードだし、防具はブレストプレートにスカートアーマー。そして純白の乙女を象徴する仮面だってそのままだ。これは純白の乙女という仮面をまだ完全には脱ぎ捨てていないことをきっと意味している。

けれど、まあ。彼女も俺のことを先生と呼んでしまったんだし、今この場には俺と彼女の二人しかいない。本名で呼んだってそんなに支障は出ないだろう。

「しかし……どうしてこっちに？」

間違いなく助けられたし、彼女が咄嗟に俺を庇っていなければ最低でも隻腕になっていただろうから、大変にありがたかったのは事実。しかし気になったのは、グレン王子の護衛をお願いしていたはずの彼女が何故こんな最前線に来ているのか、ということである。

「王子殿下からの命を受けました。ディルマハカを守れ、と」

「……そうか」

ということは、グレン王子は彼女の正体に気付いた。カイトシールドを持っているのもその証拠だろう。ロゼが白状したのか王子が察したのかは分からないけれど、重要なのはそこじゃない。

彼女の存在がやはり王子らにとって重要で、再び受け入れられたということ。彼女の心情を察するに、王子の傍でお守りしたかったはずではあろうが、その王子様直々の命令とあれば仕方がない。ロゼは今の立場だけで述べれば、グレン王子の命令に従う理由がない。その義理も義務も存在しないからだ。

けれど、彼女は応じた。無論、彼女が今後教会騎士団に復帰するのは難しいだろう。それはそれでいくつもの乗り越えなければならない障害がある。

しかし別に、国のために働くのは騎士団に入らなきゃ出来ないことでもないからね。その辺り、上手く落としどころを見つけられるといいなと思うばかりである。

「……っと、こうしちゃいられない。他の援護に回らないと……！」

感慨深いところではあるが、今はそれに耽っている場合でもなかった。アリューシアの援護に向かうべき状況であることは変わらないし、左翼に逸れていったもう一体がいつ戻ってくるかも分からない。

合成獣の一体を確実に屠れたのは喜ぶべきである反面、事態そのものはまだ収束しているわけじゃないからな。

「私も加勢いたします。それが役目ですから」

「分かった。心強いね」

俺の剣で倒せることは判明したので、そこに防御に優れたロゼが加わるのは大変心強い。これで事故の可能性がぐっと低くなる。

「馬……よりも走った方が早いかな」

「ええ、恐らくは」

移動手段としては乗馬するのも手だが、今から馬を止めているところに戻って乗り直すよりも、真っ直ぐアリューシアが居るだろう方向に走る方が多分早い。幸いながらというかなんというか、戦闘が起こっている場所は派手に土煙が上がっていて分かりやすいからな。

というか、仮面の女性がロゼとは分かっちゃいるものの、普段と喋り方が全然違うからそれはそれで違和感が凄い。あの独特の間延びした話し方だと、特にスフェンドヤードバニア内ではすぐに正体がバレてしまいそうだし、仕方がないのかもしれないが。

　恐らくあの仮面を着けるようになってから、口調一つとっても意識的に変えてきたに違いない。それはやはり、万が一にも教皇派に正体を曝け出すわけにはいかなかったという理由があるのだろう。

　だが今は限定的とはいえども、その仮面を脱ぎ捨てている。真に保身に走るならこんな厄介ごとに首を突っ込まずともよかったのに。

　これは彼女なりの覚悟とも取れるし、いよいよ正体を隠すまでもなく不穏分子を一掃してしまった方が早いという判断もあるのだろうか。その辺りの政治事情は相変わらず、俺には分からないままだ。

「よし、急ごう」

「はい、先生」

　まあそんな考え事は今は後回しだ。ひとまずはこの騒動に決着を付けねばならん。

　王権派と教皇派、政治的にどっちが正しいだとかそういう話はとんと分からない。けれど、一般市民を巻き込んだ事件を巻き起こすことは、何がどうあっても許されることではない。そのツケはしっかりと支払っていただかなくてはならない。

「俺のことを先生と呼ぶのはまだ止めといた方がいいんじゃないかな！」

「すみませ～ん！　やっと話せると思うとつい～！」

走りながら、この場にはあまりにも似つかわしくない雑談が交じる。話題を振ったのは俺だけどさ。

何にせよ、ロゼの正体を今このタイミングで公的に明らかにしてしまうのは多分、よくはないと思うのだ。俺への呼び方一つで聡い人は当たりを付けちゃうと思うから、その辺りの自衛も今後徹底してほしいところである。

「……あれか！」

気を取り直して、土煙の上がっている方向へ足を急がせてしばらく。その発生源に俺とロゼの二人は到着しようとしていた。

見た感じ、アリューシアが優勢ではあるものの押し切れてはいない。やはりあの硬い外皮を数打ちの剣で突破するのは難しいと見た。良くも悪くも予想が当たったという感じである。

最悪のパターンは、あの剣が折れてしまいアリューシアの攻め手が完全になくなってしまうことであったが、その事態は何とか避けられているようで何よりだ。

「アリューシア！　加勢する！」

「……ッ先生!?」

声を張り上げ、彼女と合成獣の意識を少しでもこちらへ向ける。とりあえず新手が出てきたと僅かにでも警戒してくれれば儲けもの。その分アリューシアが被弾する確率が減るからね。

まあ彼女は俺なんか比べ物にならないくらい俊敏だから、あの程度の攻撃に当たってしまう可能性は本当に極僅かだが。それでも良くない可能性は少しでも減らしておくに限る。限りなくゼロに近いは、ゼロではないのだから。

「そぅりゃっ！」

駆け寄る速度そのままに、突然の乱入者に一瞬固まった合成獣の横っ腹に一浴びせ。

十分にスピードは乗っていたはずだが、それでも俺の剣撃は骨やら筋肉やらに阻まれて、振り下ろす半ばで止まる。それでもダメージはあるし、多少なりとも動きが鈍れば万事好しだ。

ちなみに、先ほど戦って分かったことだが。こいつらは本当の意味での生物ではなく、禁術で無理やり動かされているだけの存在であるため、筋収縮が起きない。あるいは起きにくい。

ゼノ・グレイブルとやった時のような、刃が通りはしたものの今度は逆に剣が抜けない、みたいな事態が起きないのはありがたいことだった。単純にカチコチな骨と筋肉の鎧があるだけで、それ以外で手こずる要素がほぼない、というのは結構御しやすい相手だったりする。

「シィイアアッ！」

「おっと！」

一体目の時と違い横合いから突っかかったため、尻尾の大蛇の射程圏内に入っていたらしい。その太い胴をぐるんとしならせて、一対の牙が猛撃を仕掛けてくる。こちらは剣を引いたばかりなので、続けざまに切り付けるのはちょっと難しい。素直に距離を取って間合いを空けることにしよう。

「はっ！」

俺と入れ違いとなるように、ロゼがショートソードを振るう。だが大蛇は伸び切った胴体をしゅるると巻き戻して、ロゼの間合いからこちらも外れた。

蛇の部分は頭や胴体と違って、反応速度もそれなりか。先ほどの苦い経験から、こいつらが別個の生命を持っていることは判明しているので、その辺りの性能にも個体差があるんだろう。

「貴方は……!?」

俺とロゼの乱入を見て、驚いたのはアリューシアだ。特に後者に対しては少なくない驚愕が見られる。

「彼女も加勢に来てくれた。俺も先ほど助けられてね、二人で手早く仕留めてきたんだ」

「……そう、ですか。分かりました」

アリューシアに純白の乙女の正体を教えてしまうかどうかの是非は置いておくとして。少なくとも今この場で必要なカミングアウトではない。確実に味方である練達が一人増える。その情報だけで戦場においては十分だ。

「こいつらは頭と尾で別の命を持ってる。獅子頭を仕留めても油断しないように」

「承知しました」

彼女と足並みを揃え、まずは重要な情報共有から。たとえアリューシアであっても、あのカラクリを初見で見破るのはかなり難しいだろう。

逆に言えば、その種さえ分かっていれば対処は容易い。不用意に足を掬われないためにも、ここは三人で確殺を取りにいく。

「ギュオオオッ!!」

胴体にそこそこいい一撃が入ったおかげで、俺たち二人のことをこいつらはきっちり敵と認識してくれたらしい。相手の力量もほぼ把握出来ている今、一番困るのは逃げられること。なので掛かってきてくれる分にはありがたい。

「……」

そして同時に気になるのは、アリューシアの武器の具合。

合成獣からそれとなく視線を外し、彼女の手を視界に収める。やはり損耗が激しい様子で、正直この相手に勝ち切れる武器とは言い難い。

遥か昔に渡した数打ちの剣が今でも現役であること自体驚くべき事柄だが、物持ちが良いからと言って剣そのものの性能が上がるわけではないからな。それこそ完全な打ち直しをしないと厳しい。

武器なんてものは使い込めば使い込むほど、純粋な性能は落ちる。手の馴染み方とか普段から使っている安心感とか、そういう要素が戦いにおいては多少の切れ味よりも重要なだけだ。極論を言えば、性能面のみで考えれば一度使う度に新品を買うのが理想ですらあるからね。

「アリューシア、剣は通るかい」

「……残念ながら」

視線を合成獣に戻しながら問う。彼女の返答は予想していた通りのもので、事実彼女が相手をしていた合成獣にそれらしい傷はない。目立つものといえば先ほど俺が切り付けたやつくらいである。

　これだけ硬い相手に剣を駄目にしていないだけでも素晴らしい腕前だが、逆に言えば剣への必要以上な気遣いがある故に、目いっぱい振れていないとも取れる。

　ここはひとつ、曲がりなりにも彼女の師匠であった甲斐性というものを見せておくべきか。

「事態が収拾したら、俺がまた新しい剣を贈ってあげよう。だから、思い切って振り抜くといい」

「！　……はい。そのお言葉、しかと受け取りました」

　俺の言葉に、アリューシアの言葉が一瞬跳ねた。

　思い出の品。それは確かに大切だ。うちの道場で過ごした四年間をそれほど大事に思ってくれているのなら、師匠冥利に尽きる。これ以上の喜びはそうそうないだろう。

　しかし何度も言っているが、俺の門下生だった頃の彼女と、レベリオ騎士団長の座を頂く彼女とでは、実力と環境が違う。あの時はまさかアリューシアがこんな大物になるなんて思いもよらなかったが、それならそれで今の彼女に相応しい一振りを贈る。それもまた師匠の務めであろう。

「……純白の乙女《ホワイト・メイデン》。君は尾の大蛇を相手取ってほしい。正面は俺とアリューシアで担当する」

「……」

　次いで口を出た俺の注文に、ロゼは無言で応えた。やはりアリューシアが居る手前、下手に喋るのも危なっかしいということかな。彼女の折角の努力を俺がふいにしてしまうのもよくない。ここは俺も頷きを返すのみにとどめておく。

「よっし、行こうか！」

「はい！」

「ギュオオアアアッ!!」

作戦も準備も整った。俺が駆け出したと同時、合成獣が吼える。突進してからの噛み付き、あるいは頭突きか。俺が胴体に一撃入れてはいるものの、動き自体はそう鈍っていない。まだまだ元気だということだろう。

しかしもはや、俺を含めた三人が一か所に集ってしまった時点でほぼ勝ち確である。確かに驚異的な規格と膂力を持つ化け物ではある。だが一流の剣士というものは、残念ながらそれだけで負けてやることは出来ない。

「しぃっ！」

瞬発力に優れたアリューシアが先に合成獣とぶつかる。合成獣の噛み付きを、彼女は神秘的とすら言い足り得る足捌きで躱し、神速の突きが文字通り目にもとまらぬ速度で二度三度、獅子頭の顔面に叩き込まれた。

「ギャウッ!!」

その突きは、その実大した痛痒には至っていない。合成獣は鬱陶しそうに一吼えし、前脚による迎撃を試みる。

けれど、一瞬でも意識がアリューシアのみに持っていかれた時点で。

合成獣の敗北と、俺たちの勝利は確定していた。

「ふんっ！」

合成獣が勢いよく振り上げ、そして振り下ろした右前脚。それを迎え撃つように、全力で斬り上げる。

先ほどまで一対一でやりあっていた時と違い、体勢も十全。下半身の踏ん張りとしなりを活かし、相手の質量すらを利用して剣撃を貫き通す。

「ギュウエエッ!?」

果たして。俺の斬り上げは合成獣の振り下ろす速度と質量に真っ向から歯向かい。こちとら腕の筋肉が張り裂けそうな思いをしながらも踏ん張り。

恐らく人間でいう肘やや下あたりの部分を、見事一撃で切断することに成功した。

「ギュアッアアッ!!」

片脚を失ったことで姿勢の制御が利かなくなり、その大きすぎる重量に押しつぶされるように合成獣がバランスを崩す。

俺はすかさずとどめとなる一撃を放とうとして、その動作を途中で止める。

「はあああああっ!!」

構え直したアリューシアが、前傾し頭部が地面に傾いた合成獣に吶喊。その速度に対応する術《すべ》をこの個体は既に持ち得ておらず。

アリューシア渾身の突きは、驚愕の表情に濡れる獅子頭の咽喉部へと、寸分違わず吸い込まれていった。

「……ッ！」

絶死に至る痛撃を見舞ったアリューシアの表情が、やり切ったものから気落ちしたものへと変わる。

恐らく、最後の一撃で本格的に剣が駄目になったのだろう。確かに咽喉部はどんな生物でも基本的に柔らかいが、その奥となるとやや話は異なる。剣の長さからして、どこかの骨に到達した可能性も捨てきれない。いくらアリューシアが流麗に剣を扱おうと、絶対的な硬度を持つものにぶち当たったらどうしようもないからね。

奇しくもそれは、俺の剣がスレナのブロードソードに叩き折られた時と状況は違えど同じであった。

「はっ！」

「シイ……ッ！」

正面での戦闘の合間。ロゼが相手取っている大蛇は、アリューシアが獅子頭にとどめを刺したのとほぼ同時にその生命を散らした。本体が動かなくなって動きに制限が生まれた隙を逃さず、一体目と同じように胴を一刀両断しての決着である。

彼女は彼女で、教会騎士団を抜けてからも剣の腕は錆び付いていないようで何よりだ。

「……はあ」

「……その剣はここが墓場だった。ディルマハカの沢山の人を守ったんだ。剣としても本望だと思うよ」

「そう、ですね」

見るからに落ち込んでいるアリューシアを励ます。剣を駄目にしてもいいから思いっきり振れと言ったのは俺だ。その言葉には責任を取らなくてはならない。

恐らく、彼女の本心としてはここで剣を失うつもりはなかったのだと思う。突きを選択したのもその表れか。だが予定は裏切られ、合成獣の硬さに打ち負けて剣はその輝きを失った。

そういうのも含めてやっぱり、彼女の剣はここが墓場だったのだろうな。俺も自分の剣が駄目になった時はそれなりにショックだったから、気にするなとは言えないけれど。

「……そうだ、もう一体を……！」

そこまで考えた後、未だ現状は落ち着いてない事実に気付く。そうだ、右翼の一体はハノイたちが相手をしているからいいものの、何故か左翼に進路を逸れた合成獣はどうなったのか。

多分何か獲物を見つけたからあっちに行ったんだとは思うが、あの硬さと攻撃力を持つ合成獣を少数で食い止められる使い手など限られてくる。あっちはあっちで早急に援護に向かった方がいいだろう。合成獣に睨まれたら普通の人どころか、多少戦いの心得を持っている程度ではかなり厳しい。

「お前たち、無事か！」

左翼にもう一体残されていることは、直前まで行動を共にしていたアリューシアも承知しているところ。なので早速向かおうと思った矢先、まさに俺たちが今走り出そうとした方角から、数頭の馬と、それに乗った者たちがこちらに近付いてきていた。

「あちらの一体は始末した。こちらは……先生!?」

一等馬格に優れた馬を駆り、先頭を走っていた人影。

特徴的な赤髪に、彼女のトレードマークとも言える二振りのブロードソード。冒険者ギルドが認定する最高位、ブラックランクに位置するエースオブエース。

「……スレナ？」

〝竜双剣〟スレナ・リサンデラが、供回りの冒険者を引き連れて、俺たちの前へ現れた。

「リサンデラ……？」

思わぬ人物の登場に、アリューシアが不穏な音とともにその人物の名を告げる。

どうしてお前がここに居るんだと言わんばかりの表情だ。ただその点に関しては俺もまっこと同意である。何故冒険者であるスレナがこんなところに、しかも手勢を引き連れての参戦となっているのか、皆目見当が付かない。

「シトラスと……お前は見たことがないな、教会騎士でもない……傭兵か？　まあいい。ひとまず

は無事でよかった」

馬を停止させたスレナはその場で下馬し、状況を確認する。よもや最高位の冒険者が終わった戦況を見誤ることはあるまい。俺たちの勝ちで、合成獣の負けだ。

「スレナ、どうしてここに……」

彼女の下馬に合わせて、疑問が思わず口を衝《つ》いて出る。

さっきからロゼといいスレナといい、こちらの想定にない人物の参戦ばっかりである。いやまあ結果として助かってはいるのだが、何故この状況に至ったのか、誰かに説明してほしい気持ちで一杯だった。

「端的に言えば、依頼を受けました。色々と複雑な経緯があるにはあるのですが……」

「そ、そうか」

恐らくその依頼の詳細に関して俺はおろか、他の人間には口外出来ない。俺の言葉に反応したスレナの表情と声色は、その推測を裏付けるには十分なものであった。

流れとしてはきっとハノイたちと同じ感じなんだろうな。彼らもどこからか依頼を受けてスフェンドヤードバニアにやってきたのは間違いないが、その詳細は頑として語ろうとしない。語れない契約になっている。

冒険者としてもそれは同様で、多分依頼の詳細について口外するなみたいな契約が盛り込まれた依頼なんだろうね。

何が起きているのかの説明が欲しいのは事実だけれど、言外に「言えない」と主張している者たちに強引に言い寄るのも、なんだか憚られる気がした。

「とりあえず、納得はまだ出来ないが……理解はしたよ。左翼の合成獣はスレナたちが？」

「はい。同時に相手取るのは得策でないと判断し、一体を釣り出しました」

「なるほどね、いい判断だと思う」

「ありがとうございます！」

やはりこの辺りの判断の早さと良さは流石だ。あれを複数体まとめて相手取るのは如何なスレナといえども厳しい。たとえ他の冒険者の援護があったとしても、である。俺だって流石にあれと多対一が出来るとまでは慢心していない。ルーシーならやりそうではあるが。

「じゃあ残すは後一体か……」

一体は俺が仕留め、一体はアリューシアがとどめを刺した。一体はスレナたち冒険者が片付けた。となると残るはハノイとプリムが向かった一体のみ。プリムの方は正直どれほどの実力かは未知数なところがあれど、ハノイほどの練達であれば勝てはするだろう。魔術師の援護を貰えれば尚更余裕をもって始末出来るはずである。これ以上の増援がないという前提ではあるけれど。

「一応、見に行こうか。あの二人が負けるとも思えないけど」

「そうですね。状況は己が目で確認してこそです」

俺の提案に、アリューシアが同意する。言っていることも至極真っ当だ。百聞は一見に如かずとは言うけれど、こと戦場においてそれは一層大事である。

そしてアリューシアは先端が完全に駄目になってしまったロングソードを数瞬愛おしそうに見つめ、その後に鞘へと戻した。

ちらっと見えただけだが、あれはもう無理だ。研ぎでどうにかなる段階を遥かに超越してしまっている。

柄だけ残して剣身を新しく拵えるか、完全に別の剣にするかはまだ悩みどころだけれど、それは全てが終わってから考えればいい。アリューシアやスレナほどではないにしろ、俺の財布は今結構温かいからね。

「スレナも確認していると思うけど、合成獣はもう一体残っている。俺たちはそっちに行くけどどうする？」

「無論、お供します」

一応確認を取ってみるけれど、やはりついてくる様子であった。

俺に加えてアリューシア、スレナ、ロゼと揃っていれば正直負ける気がしない。連れてきている冒険者たちもスレナには及ばずとも練達には違いないだろうし、あっちにこれ以上の隠し玉がなければ事態は遠からず終息するはず。

「俺たちは一度馬を取りに行こう。徒歩はちょっと遠い」

「そうですね。では現地で集合ということで」

「ああ」

　俺とロゼ、アリューシアは現場の途中まで馬に乗ってきたが、留めている場所はそれぞれ異なる。仲良しこよしで馬を拾い集めていては余計な時間を食う。ならば各々で動いて現地集合が一番合理的だろうな。

「では我々は先行します。行くぞ！」

「はっ！」

　既に馬を用意しているスレナたち冒険者パーティが、残る一体の下へ走る。

　連れてきている冒険者は四名。スレナと合わせて五人の練達。走り去る間際にちらりとプレートが見えたが、どうやらプラチナムランクが中心らしい。十分な戦力と言えよう。

「では先生、後程」

「ああ、またあとでね」

　ここでアリューシアとも別れ、ロゼと二人で馬を拾いに行く。

　逆に言えば、二人で気兼ねなく話せる恐らく最後の時間だ。なので、気になったことを尋ねておこう。

「ロゼ。今回の事件の黒幕が教皇様というのは」

「事実です。現在教会騎士団が各教会を回っています。成果はまだ上がっていないようですが」

「そうか……」

俺の質問に、彼女は淀みなく返した。ロゼが言うなら間違いはない、か。

今回王子殿下の婚姻の儀に水を差し、合成獣という化け物を都内に放った重犯罪者。宗教団体のトップが起こしたとは思えない事件ではあるものの、それを否定する要素が今の俺にはない。

「……どうやって、そこまでの情報を？」

次いで気になったのはここだ。彼女の持つ情報は、どう考えても一介の傭兵が持つべき範囲を逸脱している。協力者が居ることはほぼ確定だが、その内情はどうしても気になってしまった。

「……すみません、お伝え出来ません」

「……そうか。分かった」

返ってきた言葉は、半ば予想していたもの。そりゃ言えるならもっと大々的に情報を流しているだろうしな。まさかロゼが確証も何もないただの噂話程度で動くわけもなし。

それに彼女は騙されていたとは言え、教皇派に積極的に協力していた一人。情報の大切さというものは身をもって実感しているはずである。逆説的に、教皇が黒幕である信ぴょう性が増すというものだ。

「お、いたいた」

「ブルルッ！」

しばらく考え込みながら走っていると、足となる馬を見つけた。どうやら戦闘音で多少気が立っているものの、外傷などはなさそうで何よりである。精神的に消耗しているところ悪いけれど、もうひと頑張りしていただこう。

「よっ」

手綱を解き、馬の背にひとっ飛び。少々暴れているがまだ操縦出来る範囲で助かった。俺には完全に入れ込んだ馬を御せるほどの技術はないからな。

「では先生、参りましょう」

「ああ」

意外なことに、ロゼも俺とあまり離れていないところに馬を止めていた。まあ俺の救援に来たのだから辿った道筋は凡《およ》そ同じなわけで。その分ロゼの馬を探す手間が省けたというのは地味に大きい。

「はっ！」

馬を駆り、目的地を目指す。

正直最後の一体は結構遠い場所に居たから、合成獣に至るまでの正確な道が分かるかどうかは微妙だ。とりあえずそれっぽい方角に馬を走らせるしかない。

まだ戦闘中なら近付けば音は聞こえるはずだし、もし既に終わっていたとしても、何かしら目立つものはあるだろう。あれだけの巨体が暴れていたのなら、相応の傷痕は街のあちこちに残っているはずである。

この事件の幕が下りたら、この国はどうなってしまうのだろうか。馬に跨りながら考えたのは、そんな少し先の未来のこと。

しばらくはディルマハカの復興に力と時間を注ぐしかないだろう。統治する土地が死んでいては意味がない。問題はその後にある。

本当に教皇がこの事件を起こしたとなれば、スフェン教も今まで通りとはいかないはずだ。それは、スフェン教を国教と定めているスフェンドヤードバニアとしても同じことが言える。

きっと俺たちは今、一つの国家における歴史の転換点の中心に居る。転換点となった出来事自体は、とても歓迎出来る内容のものではないけれど。

恐らくこれから、グレン王子やサラキア王女の肩には多大な重責が降り注ぐだろう。俺なんかが想像しているよりも遥かに大きいであろう重責が。

願わくは、それらの問題に二人で手を取り合って向かい合ってほしいものである。なんだか物凄く他人事のような感想に落ち着いてしまったが、実際に他人事ではあるからな。勿論求められれば協力はするが。

けれどそんな忙しい日々も、今この場を片付けないことには訪れない。彼らが様々な問題にひいこら言いながら国を導くためにも、今この国を瓦解させるわけにはいかない。

俺の剣でその未来が少しでも切り拓けるのなら、喜んで振るおうじゃないか。

「……あっちか」

ディルマハカの広過ぎる大通りから脇道に入る。多分角度的にここで曲がるのが一番早い。多分ね。

その方針はどうやら正解だったようで、街並みの破壊痕が視界に入ってきた。この辺りで合成獣が暴れたのは間違いないだろう。

戦闘音は聞こえてこないから、もしかしたらもう決着がついているのかもしれないな。もしついていなくとも、ハノイとプリムに加えてスレナやアリューシアが加わったのでは遠からず終わる。俺とロゼの到着をいちいち待つ必要もないし。

破壊という名の痕跡を辿り、合成獣が今居るであろう場所を目指す。

行き着いた先は大通りでもなく、教会のような建造物がある場所でもなく。それでも広大なスペースが見受けられる、農地のような場所であった。

規模は違えどバルトレーンの南区を思い起こさせる風景だ。あそこも王族暗殺未遂事件で凄惨な現場になってしまったが、小麦が肥ゆる平和な時期に一度見てみたいものである。

「……!?」

視線の先。広い農地の奥で、合成獣が横たわっていた。

それだけならまだいい。無事に勝利を収められたという事実があるだけだから。

「ちっ……!」

ハノイが、膝を突いていた。あのヴェルデアピス傭兵団の頭領、ハノイが。

彼の相棒であるはずの桃色髪の魔術師の姿は見当たらない。既にこの場を去ったのか、それとも倒れ込んでいるせいで俺の視界に入らないのか。嫌な汗と予感が、背中を一筋伝った。

まさか、やられたのか。しかしあいつとは直接やりあった仲だが、たとえ合成獣とタイマンだったとしても負けるとは思えない。油断をするようなタイプでもないだろう。

ならば何故、膝を突いている。その原因は、ハノイからやや距離を置いて佇んでいる一人の人影にあるように思えた。

「ふむ、増援かね？　骨は折れるが……まあ、ここで厄介な芽は全て摘んでおく方がいいのかもしれないね」

その男は、はっきり言って戦う類の人種には見えなかった。

皺が深く刻まれた様は、相応の年齢を思わせる。魔術師学院のブラウン元教頭程とは言えないまでも、少なくとも俺よりは遥かに年上。

けれども何というか。立ち居振る舞い。雰囲気。それら全てが、この人は戦える人ではないと強烈に訴えかけている。

それ程までに男は、一般人であった。スフェン教らしい重厚なローブを身に着けてさえいなければ。

「モーリス……教皇……」

俺のすぐ隣で、ロゼが呟く。

「君は――ああ、過日はご苦労であった。もう一息だったと聞いていたんだがねえ。これも運命の思し召しかな」

男は、さも日常を紡ぐかのような口調で応える。

この状況で、微笑みすら浮かべているこの男。

端的に言って、壊れていた。あまりにも真摯に、あまりにも誠実に、彼はナニカによって壊れている。手強い剣客と相対した時とは全く別種の緊張感と不快感が、鋭く全身を駆け巡った。

「先生！」

俺とロゼがモーリス教皇との邂逅を終えた直後。冒険者たちを引き連れてスレナ一行が現場に到着。ほぼ同時に、馬を駆ったアリューシアが現着した。

「すみません、満足に馬を通せる道が少なく遅れました」

「いや、大丈夫」

スレナが下馬しながら謝罪を述べてくるが、それを言葉のみで返す。視線はモーリス教皇から外さない。

本当に異質だ。無論、敵を見た目で判断するなという、あまりに使い古された格言はしっかり理解しているつもりだが、それを前提に置いたとしても認識が狂う。

どこからどう見ても戦えるような人に見えない。スフェン教を信奉する善良な神父様と言われればまるっと信じてしまうくらいには、眼前の老人からは何も感じられなかった。

彼の一番近いところでハノイが膝を突いているという、ただ事実として視界に入る状況だけが、その予測をなんとか否定している、そんな状態。

「うーん、続々と集まってくるね。これは背信者の……いや、どこからか情報が漏れていたと考えるのが妥当かな」

モーリス教皇は独り言とも取れる言葉を紡ぐが、やはり戦場に立つ者としての〝強さ〟は見られない。のんびり農地を眺めながら今日の予定をどうしようか考えている……そんな風にすら映る。

だが、そんな楽観的な見方はすべきではない。ハノイが膝を突いているのは勿論、ロゼの緊迫した雰囲気が隣からひしひしと伝わってきているからだ。これで見た目通り武力的に御しやすい人物であったなら、こうはなっていないだろう。

「合成獣でもう少し押し込めると思ったんだけど……やはり四体は少なかったか？　しかし時間は残されていなかったし……いやはや、そう上手くはいかないものだね」

「……」

モーリス教皇の語りは止まらない。現状確認のために声を出して状況を整理している、と考えれば一応納得は出来るけれども、それにしたって今この場で悠長にやるべきことではないように思えた。

「スフェン教教皇、モーリス・パシューシカ。貴方を今回の事件の重要参考人として拘束、連行します」

彼の語りにしびれを切らしたか、アリューシアが一歩前に出て通告する。

無論、順序だてて彼に対する拘束を上から命じられたわけではない。しかし状況証拠としては十分、現行犯逮捕たり得る状態だ。合成獣をけしかけたのも、発言を信じるならモーリス教皇のようだし、ここで逃す選択肢はない。

「拘束か。それは困るね。逃げるつもりはないけれど、動けなくなるのは困る」

アリューシアの言葉を受けて、返ってきたのはそんな反応。

普通に考えれば、戦力として負けるはずはない。俺もそうだしアリューシア、スレナ、ロゼが居る。スレナ手勢の冒険者だって素人ではない。プラチナランクと言えば十分に一線級の戦力だ。加えてそれが四人。

唯一の懸念点としては、単独で相当な戦闘力を誇るハノイが彼を拘束出来ていないという事実だが。

「気を付けろ……！　こいつ、妙な技を使う……！」

「おらあああっ！」

ハノイの忠告が耳に入るのと、逸ったプラチナランクの冒険者が二人、モーリス教皇に襲い掛かるのはほぼ同時だった。

「参ったなあ。ここに居る全員を殺さなきゃならないなんて、人類の損失には違いないだろうに」

「ぶっ!?」

次の刹那。教皇に襲い掛かったはずの二人は、弾かれるように吹っ飛んだ。

何かをやったのは分かる。よもやプラチナムランクにまで上り詰めた冒険者が勝手に自滅するなどあり得ない。

だが、その何かが分からない。

俺はモーリス教皇から目を離していない。一時もだ。それでも、何が起きたか見えなかった。戦いの場にはそれなりに長く身を置いてきたつもりだが、こんなことは初めての経験である。

「……アリューシア、見えたかい？」

「……いえ、まったく」

俺から見ても抜群の眼を持つ騎士団長に問いかけても、答えは否。

無論、冒険者と教皇が重なったタイミングで何かを発した可能性は残る。複数の人が近くに居れば、絶対にどこかしらの死角は生まれるからだ。しかし、そうに違いないと楽観的な決め付けを行い、無防備に吶喊するのはどうにも憚られた。

「いやしかし、死者蘇生の奇跡が完成さえすれば……それもまた尊い犠牲の一つか。うん」

教皇は自ら吹っ飛ばした冒険者二人を一瞥《いちべつ》もせぬまま呟く。派手に転がったプラチナムランクの二人は、ともに腹を押さえて蹲《うずくま》っていた。

血は出ていないことから、何かしらの痛打を貰ったのは間違いないだろう。しかし教皇は見る限り武器の類を持っていない。暗器の可能性も捨てきれないが、それなら何かしらの怪我はあるはずだ。

打撃。恐らく答えはそれ。だが武器もなければ、戦う構えすら見せていなかったモーリス教皇にそんな力があるとは思えない。第一、棒立ちの状態から腕だけを振るったとてその威力は高が知れている。

「強化魔法か……！」

「ん？　違うよ、スフェン神から賜った奇跡と言ってほしいね」

辿り着いた答えに、モーリス教皇は俺たちからすれば随分と的外れな否定を返した。

　この現象には心覚えがある。以前レビオス司教を捕えようとした時、相手として立ちはだかった教会騎士団が使ったそれだ。

　確かに魔力で無理やり力を増設すれば、棒立ちの状態からでも痛打を見舞うことは可能だろう。スフェン教が奇跡と称する回復魔法と強化魔法について深い技術と知識を持っていることも、教皇という立場から見れば納得も出来る。

　だがそれにしたって、威力が俺の知っている強化魔法とは桁違いに高い。戦闘態勢に入った人間が枯れ枝のような腕の力だけで派手に吹っ飛ぶような力はなかったはずだ。少なくとも、俺が見てきた限りの魔法においては。

「……スレナ、アリューシア。合わせてほしい」

「……分かりました」

　赫々の剣を鞘から抜き放ちながら告げる。

手加減は出来ない。加減でもしようものならこっちがぶっ飛ばされる。殺しても已む無しの覚悟で突っ込まなければ、俺たち全員が寝っ転がる破目になるだろう。

「……」

俺の構えに合わせて、アリューシアとスレナ、そしてロゼもショートソードを中段に構える。

四対一。普通なら負けるわけがない。けれど勝利への道筋は、まるで薄氷の上を歩くかのようにか細いものに感じられた。

「はっ！」

しかし、たとえ薄氷であっても渡り切りさえすれば俺たちの勝ちだ。

決意を込めて大地を蹴る。数瞬遅れて、後ろの三人が同じく地を蹴った音を耳が捉えた。

「ふむ。私に剣術は分からないが、君たちは物凄く強いのだろうね」

踏み込んで見舞った下段斬りは、モーリス教皇が間合いを見切って半歩下がることで躱された。

だがそれでいい。俺の初撃で勝負が決まるなんて誰も思っちゃいない。

「はああああっ！」

「ひゅっ！」

俺を追い越したスレナとロゼが、それぞれの得物を振るう。スレナは左から交差斬り。ロゼは右から突きを見舞った。

人間、動いた直後にまた動くのは実は結構難しい。つまり、剣撃を躱した直後にまた躱すのも難しい。それも抜群の威力と速度を誇る練達二人の連撃だ。たとえそれが来ると分かっていても身体は案外ついていかないものである。

「おっと、老骨には厳しいね」

しかし。スレナとロゼの連撃を、教皇は眉一つ動かさずに身体を捻らせることで回避する。

あり得ない動き。人間の可動域こそ超えてはいないものの、あんな動きをすれば全身の筋肉が悲鳴を上げる。強化魔法というやつは極めればこんな常識はずれな芸当まで出来るようになるのか。

「はあっ！」

教皇の不可解な動きに戸惑いこそ感じたが、俺たちの攻撃はこれで終わっちゃいない。その瞬発力を活かして一瞬で背後まで回り込んだアリューシアが、とどめとなり得る袈裟切りを放った。

彼の体勢は崩れている。アリューシアの剣撃は、間違いなくモーリス教皇に当たる。いくら常識の埒外の動きをしようが、人間である以上は人間以上の動きは出来ない。

アリューシアのロングソードも先端が壊れているとはいえ、剣身自体は無事だ。上手く剣の腹で当てれば十分に斬れる。そしてその当て方を間違える彼女ではなかった。

「よいしょ」

「ぐっ……!?」

だが、齎された結果は無残にもモーリス教皇が地に伏せるものではなく。

捩じれた状態の身体を更に捩じり、普通の人間では到底繰り出せない姿勢と角度から放たれた蹴りによって、アリューシアの身体が宙に舞うものであった。

「がっ……はっ……！」

よしんば回避されるところまでは想定していても、あの完璧な連係から反撃を食らうところまでは予想していなかったのだろう。腹に痛打を貰った彼女は二度三度地面を転がり、衝撃によって齎された痛みと吐き気に悶えていた。

「シトラス……！　貴様ッ！」

「君たちは私を殺す気で来た。だから私もそれに対応したのだが、そうまで怒ることだろうか」

アリューシアが吹っ飛ばされる事態は、ここに居る誰もが予想し得なかったこと。それでも一早く精神の回復を見せたスレナが、竜双剣の名に違わぬ連撃でモーリス教皇を追い詰める。否、追い詰めているように見える。

……何かがおかしい。いや、強化魔法で身体能力が底上げされているのは分かる。

教皇は老体と言っても差し支えない風貌だが、見た目以上のパワーを生み出していることは事実だし、それが魔法の恩恵ですよと言われても納得はしよう。無理な姿勢から反撃に転じることが出来るのもまた然り。

しかし、いくら身体能力が向上しようと限界はある。無論、まだ限界に達していないとの見方も可能ではある。それでも身体が良く動くようになったからと言って、スレナの全力から繰り出される超速度の連撃をいなせるとは考えにくい。

そこに何かしらの種があるはずなのだ。単純なパワーだけで戦闘の優劣が決まるのなら、俺はヘンブリッツ君に勝てなかった。

……あ、そうか。分かったぞ。そういうことか。

「スレナ！　一度離れるんだ！」

「ッ!?　はいっ！」

怒濤の攻めを続けていたスレナを、一旦下がらせる。このまま攻め通しも悪い手ではないにしても、やっぱり当たる気配がない。強化魔法がある以上、スタミナ勝負に持ち込むのもあまり分の良い賭けではないだろう。

それよりも、モーリス教皇が何故あそこまで攻撃を避け続けることが出来るのか。その種を共有する方が現状では重要に思えた。

「……眼だ。教皇は強化魔法で眼と……多分、脳も強化している」

「ほう。気付いたのか、凄い観察眼だね。けれど魔法ではなくて奇跡だよ。出来の悪い生徒を相手にしている気分だ」

強化魔法が筋力だけを強化する魔法だと誰が決めたのか。否、誰も決めていない。強いて言えば、俺たちが勝手にそうだと思い込んでいた。

彼は全身に強化魔法を張り巡らせ、筋力のみならず動体視力と反射神経、そしてそれらの情報を統括する脳まで強化していると見た。ぶっちゃけ反則である。

「合点がいきました。体捌きはまるで素人なのに、何故か当たらない」

「すべてを無理やり動かしているんだ。普通そういうものは長く続かないというのが相場だけど……望みは薄いだろうね」

素早く身を引いたスレナがこちらと合流する。

アリューシアは……意識は保っているものの、すぐに戦線復帰は無理だろう。線の細さと美しさでついつい忘れがちになるが、彼女は王国一の騎士団を纏め上げる長であり、常人以上のタフネスは勿論持ち合わせている。

それが蹴り一発で戦線離脱だ。如何程の威力の蹴りだったのか、自分の身体で確かめたくはないものだね。

多分、ハノイがやられたカラクリも同じだな。

どんな破壊力を秘めようとも、攻撃が当たらなければ意味がない。そして如何に強靭な肉体を持っていても、殴られ続ければ機能も落ちる。プリムは恐らくその衝撃で気絶したか、最悪死んだか。

「だけど、チャンスはある。……純白の乙女《ホワイト・メイデン》」

「……？」

俺の思い付きを、この場で唯一実現出来る女性を呼ぶ。

今のモーリス教皇は、視野とそれに伴う動体視力がえげつないことになっている。どんな手練れであってもあの状態の敵に対し、平押しで一撃を当てるのは限りなく不可能に近い。アリューシアの一撃が躱された以上、それよりも速く剣撃を届かせられる人間が居ないからだ。

残された可能性は人海戦術と弓などの遠距離攻撃を組み合わせることだが、人員も遠距離武器もここにはない。しかし、それらを準備したとてモーリス教皇には逃げられる。こちらが構えた通りに相手がやってきてくれるのは知性のない動物とモンスターだけだ。

「――行けるね？」

思いついた作戦を、スレナとロゼに共有。あちらから仕掛けてこないのはこの場では僥倖と言えた。自ら打って出るのが苦手なのか、余裕を持っているのかは分からないけれど。

俺の言葉に、スレナとロゼはそれぞれ肯定を返してくれた。試行している余裕はないので、ぶっつけ本番の作戦である。このまま考えなしに戦闘を続けていても埒が明かないから、ないよりはマシだと思いたい。

「行くよ！」

「はいっ！」

発破に合わせ、俺とスレナの身体が弾けるように教皇へと迫る。

まずはモーリス教皇を釘付けにしないと俺の策は発動しない。そのためにはどうしても、絶え間なく攻める必要がある。

「神は試練を与えるものだが……それは私も君たちも同様だ」

俺より僅かに早く教皇の間合いへと進んだスレナが双剣を振るう。素人どころか普通の剣士なら間違いなく被弾しているであろう連撃を、やはり彼はすんでのところで無理やり躱している。

その隙間を縫うように俺の剣を滑り込ませるものの、これもまた不可解な動きで見切られてしまった。

一般的な戦いの場においてどう動くかの予想は俺もある程度出来るけれど、その予測が今回に限っては悪い方向に傾いている。こう動くだろう、という予想をことごとく外してくるから、こちらとしても半歩対応が遅れてしまうのだ。

「見事だね。私は戦いにおいては素人だが、下手に反撃をするとよくないことくらいは分かるよ」

「くっ……！」

スレナの双剣が空を切り、俺の剣が空を切り、そしてまたスレナの双剣が空を切る。

ロノ・アンブロシアなどの実体のない相手よりも一層厄介だ。相手は確かに人間で、確かに当たる軌跡を描いているはずなのに当たらない。あの特別討伐指定個体とはまた別の意味で、脳の認識がおかしくなりそうであった。

ロゼも俺とスレナが戦っている間、じりじりと間合いを詰めている。だが仕掛けはしない。彼女にはここ一番で果たすべき重要な役目がある。

「ふっ！」

「おお、ここか。やっと見えた気がするよ」

何度目かも分からない、スレナの剣が空気だけを断った直後。一人分空いた隙間に俺は身体を捻じ込ませ、やや大振りに斬り上げを放った。

威力こそ乗るものの、少なからず隙を晒してしまう構えだ。当然、眼と脳を強化しているモーリス教皇がその間隙を見誤ることはなく。ぎょろりと不気味に動いた双眸が、寸分違わず俺の隙に気付く。

「はっ！」

「おや？」

モーリス教皇の放った、この風貌からはとても想像出来ない鋭い拳は、しかし俺の身体に届くことはなく。代わりにその隙間に更に割って入ったロゼのカイトシールドによって真正面から受け止められた。

ゴォン、と。とても素手で盾を殴ったとは思えない鈍い音が響く。

無論、これだけで教皇の動きを封じられたとは思っていない。ただ一発の拳を防いだだけである。しかし、ロゼのカイトシールドが防いだのは拳だけではない。一瞬といえど、教皇の視界をも封じることに成功していた。

俺とロゼと教皇は、今この瞬間、極めて近い位置に居る。そしてロゼが割り込んだ分、俺は人一人分外にずれることで、剣を操る空間を確保出来ていた。

とは言え、いちいち振りかぶる時間的猶予も空間もない。それに、この剣であれば大仰な振りは不要だ。ただ切っ先がモーリス教皇の身体に届けばよい。

「……なるほど。いくら視力に優れども、見えなければ意味はないと」

「……そうですね。貴方が戦いにおいては素人でよかった」

逆手に持ち替えた赫々の剣は。

ロゼのカイトシールドが生み出した僅かな死角から、彼の腹へと深々と突き刺さっていた。

「ふんっ！」

教皇の腹部に深々と刺さった剣を引き抜いてから、素早く順手にまた持ち替える。そのまま肩を貫き、彼を地面に縫い留めた。

こうでもしないと逃げられる可能性があるからな。回復魔法とやらが実際どこまでの効果を発揮するかは未知数なれど、モーリス教皇ほどの使い手となれば、重傷を瞬時に治してもなんら不思議ではない。となれば、物理的に動けない状態に持っていくのが一番いい。

そしてやはり、モーリス教皇自体は決して無敵などではなかった。負傷すれば痛みもあるし動きも鈍る。その隙を突けたからからこそ、今こうやって彼を倒せているわけだな。

「……凄い剣だね。私の力でも折れないとは」

「ええ。優秀な鍛冶師が拵えた、入魂の一振りですから」

「なるほど。人の強い想いは時に大いなる力たり得る。鍛冶でも信仰でもね」

左肩を貫かれた教皇は逆の手で剣を掴み取るが、剣は微動だにせず。勿論俺が全力で抑え込んでいることもあるんだが、その力に耐えられるこの剣はやはり大業物だ。

「げほっ……先、生」

「アリューシア、無理をしなくていい。もう少し休んでいてもばちは当たらないよ」

ふらつきながらもこちらに歩み寄ってくるアリューシア。しかし顔色を見るにまだダメージはほとんど抜けていない。教皇も無事とは言えずとも捕えられたので、今しばらくは体力の回復に努めてほしいところ。

しかし冷静に考えれば、他国の剣士がスフェン教の教皇を串刺しにしているというとんでもないシーンである。無論それに値する蛮行を犯した人ではあれど、良くも悪くもギャラリーが居なくて助かった。

「さて、困ったな。これは私の敗けということになりそうだ。うーむ、やはり上手くはいかないものだね」

「……」

肩と腹の裂傷もあるだろうに、モーリス教皇は何事もなかったかのように呟く。

本当にこの人は底が知れない。ろくに会話を交わしたわけでもないけれど、得体の知れなさという点で言えば、今まで出会ってきたどのような人物よりも上だ。頭のてっぺんからつま先まで、何を考えているのかが皆目分からない。

「……何故、このようなことを」

ない頭を振り絞ってようやく出てきた内容は、月並みな質問であった。

　別に明確な答えを求めていたわけじゃない。どう論理的に取り繕ったとしても、こんな大事件を引き起こすような人間の思考回路なんて分かるわけがない。

　けれど、やはり。聞いておかなければならないことなのだろう。その事件の渦中に放り込まれた人間の心理としては。

「何故、何故か。そう問われれば、神の思し召しとしか言いようがない」

　俺の質問に対し、教皇は特に考える素振りも見せぬまま答える。

　俺はスフェン教の詳細を知らないし、スフェンがどんな神なのかも知らない。しかし、こんな一歩間違えれば大虐殺めいたことを是とするような神であれば、そんなもんこっちから願い下げだ。そう思ってしまうのは、俺が教徒ではないからだろうか。

「信徒の多くを混乱に叩き落とし、命すら散らせるのが神の思し召しと？」

「考え方の順番が逆だよ君は。まず神が在り、その御許《みもと》に信徒が集まっている。神と民。その重要性の違いは一目瞭然ではないかね。無論、それは私自身を含めてだ」

「……！」

　続いて投げた質問にも、にべもなく返された。その答えは、到底納得のいくものではない。

　だが短い問答なれど、これ以上は無駄だろうなという予感もあった。そもそもの考え方がおかしいんだ、この人は。ちょっと人とは違うとか常識外れとか、そういう範疇にない。一個の人間として同じ生を受けてはいるものの、彼は生命体としては別種であるとすら感じられる。

端的な物言いをすれば、人間ではない。

言葉は通じるが会話が成立しないという状況は、我ながら初めての経験であった。

「……理解出来ませんね」

「及ばずとも結構。正しく識る者が幾人か居ればよい。ああ、別に君たちを軽視しているわけじゃないんだ。ただ重みが違うだけだよ、純粋な重みがね」

吐き捨てるように出た言葉は、彼の弁明とも言えぬ言葉によって掻き消される。

納得は出来ない。出来ないが、言葉の一端はようやくと言うべきか、少し理解は出来た。

モーリス教皇は重みという表現を用いたが、要するに命の価値は等価ではないということ。俺にとって、というか大抵の人間にとって、自分や自分に近しい人々の命の方が重く、他人であればあるほどその価値は軽い。

ただ教皇にとっては、神という存在そのものがまず最重要であり、次いでその御心を正しく理解出来ている者たちが続く。それ以外は等しく軽いのだろう。それがたとえ自身や自国の王族の身であっても。

「……そうまでして成し遂げたい、スフェン教の大意とは」

「死者蘇生の奇跡。これさえ成せれば世界は変わる。歴史の闇に散った罪なき人々も過去の同胞も、君たちの想い人なども等しく全て救われる」

「……」

これも同じく、一定の理解は出来よう。

死者蘇生の奇跡が本当に実現すれば、それでいくらか世界が幸福に傾くのは恐らく間違いない。誰だって物言わぬ屍と化した人と、もう一度言葉を交わしたいと思うのは当然の理屈でもある。その実現のため、あらゆる犠牲を厭わない姿勢は、状況さえ違えば美しくも映ったことだろう。

しかし、彼らは教えに殉じると言えば聞こえはいいものの、やっていることは禁忌とされる術の研究である。今更彼らを一般常識に当てはめるつもりこそないが、それでも世間の考え方とは逸脱していると言わざるを得ない。

「叶うかも分からない伝説のために、犠牲を強いたと？」

「叶う叶わないではない。叶える。信仰とはそういうものだよ」

「……」

駄目だな。これ以上の問答を重ねても、モーリス教皇に罪の意識を芽生えさせるのは不可能だと判断出来る。

まあ、仮にも一つの宗教団体のトップにまで上り詰め、信仰を重ねてきた人間の考え方を俺一人がどうにかしようなどと、烏滸《おこ》がましいにも程がある。

彼は彼の思想に殉じた。それが世間では大罪と罵られることも、恐らくは承知の上で。

「さて、聞きたいことはそれで全部かな」

「……ええ」

いつの間にか、貫いた腹の傷は癒えていた。剣が刺さったままの肩は流石に治せないとしても、やはりモーリス教皇は回復魔法の達人でもあったか。ものの数十秒であれだけの傷を完治させてしまうのだから、放っておいたら間違いなくその間に傷を治して逃走、あるいは反撃を図っていたに違いない。

「ふむ。志半ばといえども、まあこれも運命か。さ、殺したまえ」

「えっ」

想定外の言葉が飛び出し、思わず思考が一瞬固まる。

慌てて教皇の顔を覗いても、別段破れかぶれだとかヤケになったとか、そういう感じではなかった。この人は最初から最後まで、ずっと凪のように穏やかな声色と表情を変えない。物事の結果がたとえ望むものでなかったとしても、それは全て神の示した道筋であるとでも言いたげな様子であった。

「……貴方には、生きて罪を償う義務があると思いますが」

「ないよ。そもそも私は罪を犯していない。ああ、君たちの基準では大罪に当たることは承知しているとも。だが私の心は常に信仰とともにある。その教義に則る限り、罪を犯したなどとは口が裂けても言えないことだ」

「……ッ！」

罪人を捕えるということは、公に罪を自認させ、そこからの反省や更生を促すことにある。

　だがモーリス教皇は自身が犯した罪を罪と認識していない。そして少ないながら会話を重ねた感触としては、その認識を改めさせるのは不可能。

　無論、彼を裁くのは俺ではないが、そんな感想を抱いてしまうくらい彼の更生は絶望的だと感じてしまった。

「……貴方は」

「うん？」

　何も言えぬまま固まっていると、ロゼが唐突に問いかけ始める。

「無辜《むこ》の人々が丁寧に作り上げた生活、歴史、文化。それらは信仰の前では等しく無価値だと」

「無価値ではない。尊ばれるべきものたちだ。無論、すべて等しく信仰の次にではあるがね」

「……そうですか」

　その答えを聞いたロゼは、どういう表情をしていたのだろうか。薄く軽い、しかし断固とした壁として立ちはだかる仮面の下を、終ぞ垣間見ることは出来なかった。

「――さようなら。モーリス・パシューシカ」

「ああ、さようなら。また逢う日まで」

　最期のお別れを告げると同時。

　彼女のショートソードは、モーリス教皇の額から脳にかけて。一直線に吸い込まれていった。

「ロッ……!?」

突然の行動に、思わず彼女の名が口を衝《つ》いて出かける。スレナも、アリューシアも、プラチナムランクの冒険者たちも。誰も彼女の手を止めることは叶わなかった。

俺の目は、確かに彼女が剣を突き刺した瞬間を捉えている。しかし俺の両手はモーリス教皇の肩を縫い留めている剣を維持するのに必死で、すぐに動かせる状況ではなく。ロゼの動きを止められるとしたら、すぐ傍に居た俺だけだったのに。

「モーリス・パシューシカ教皇は、教えに殉じた。それが、答えです」

「……」

彼女の紡ぐ言葉は微塵も揺れてはおらず。まるで自身の手で彼の生涯を閉ざすことこそが使命とでも言わんばかりの堂々ぶり。

いつものように「そうか」と言って納得することは、出来なかった。

経緯はどうあれ、彼女にはこれから教皇殺しの事実が付き纏うことになる。国のため民のためにといくらでもお題目を掲げることは出来れども、その手を血に染めた事実に変わりはない。

「……」

最期の瞬間を迎えた教皇は、やはり穏やかな表情を崩してはいなかった。

まるで人の生き死にでさえ自身の意思ではなく流れに身を任せているような、そんな貌付き。何をもってそこまでの悟りを得たのかは終ぞ分からないままだ。

俺にも、自身の生涯を閉じるその時がいつかやってきたら。果たしてこのような顔で逝けるだろうか。そんな未来につい思いを馳せてしまう程度には、彼の顔つきは平穏そのものであった。

◇

「……そうか。皆ご苦労であった」

合成獣の討伐、モーリス教皇との戦い。それらを終えてからしばらく時計の針を進めた時分。

俺たちは負傷者と教皇の遺体を回収し、グレン王子とサラキア王女、そしてガトガたち教会騎士団が待つ宮殿へとその足を進めていた。

正門前で警邏に当たっていた教会騎士に事情を話し、グレン王子との謁見を賜り、ディルマハカで起きたことのあらましを伝えた後に聞かされた第一声が先ほどのものである。

万感の籠ったご苦労という言葉。

彼は戦える人間ではないが、そこを察せられないほどの暗愚ではない。きっと様々な感情が渦巻いているのだろうが、それらを俺たちに今ぶつけても意味がないことを彼はよく理解していた。

「しかしモーリス教皇も手強く……生きて捕らえることは叶いませんでした。その点は誠に申し訳なく」

「いや、十分だろう。結果としてこの事態を終息させてくれたのだ、贅沢は言うまい」

ただ、ロゼが動けなくなった教皇をわざわざ仕留めたという話はこちらから振るべきか少し迷った。これはこれで、明言してしまうと様々な問題が付随してくることになる。

教皇を殺した汚名を誰が被るのか。不可抗力で殺めてしまったのとは明らかに事情が異なる、明確な殺意。

誰が殺したかまでは言わずとも、スフェン教の教皇というとびっきりの有名人がその命を散らしてしまった事実は、どうあがいても市井に公表せねばならない。その在り方をどうするかというのは、恐らくこの国のあらゆる政治屋が頭を悩ませる問題のように思えた。

「事態を収めた功労者として、褒奨の準備もしておこう。君たちは十分それに値する働きをしてくれた」

「過分なご評価、恐れ入ります」

一通り報告を終えた後、グレン王子からありがたいお言葉を賜る。

褒奨、褒奨ね。そりゃ貰えるものは基本的に貰っておく方がいいのだろうけれど、微妙な後味の悪さというものが尾を引いて、素直にありがたいとは思えなかった。

無論、だからと言って褒奨を受け取らない選択肢はない。冒険者ギルドからの謝礼を渋った時とは状況が違う。国家ぐるみのお礼を受け取らないとなれば、色々なところに敵を作ってしまう。

「褒奨ね。是非とも金で頼むぜ。名誉も肩書も俺たちには必要ねえ」

「無論だ。各々が望むものを用意しよう」

「くっく！　いいね、王子サマは物事ってやつを良く分かってらっしゃる」

ハノイの失礼な物言いにも、グレン王子は揺るがない。最初にバルトレーンでお会いした時にはまだあどけなさも残る風貌だったと記憶しているが、この短い間に随分とご立派になられたように思う。

ただ、それは彼が立派にならざるを得なかった情勢というものも大いにあるだろう。第一王子の精神的成長は一般的に喜ばれるべきものだが、その起因となった出来事自体を喜べるかと問われれば、難しい。

ちなみにモーリス教皇との戦闘を終えた後、各々負傷者の対応も行ったのだが、ハノイはアリューシアと同じくいい打撃を何発か貰ったようでそのダメージが蓄積していたらしい。プリムは一発でダウンしてしまったとのこと。

アリューシアやプリムといった者たちが一撃で行動不能に陥ったことを考えると、やはりハノイのタフネスは驚異的だ。多分俺でも、教皇の打撃を一発でも貰えば動けなくなる自信がある。

剣の技術ではそうそう負けやしないという自負はあるものの、人間の耐久力ってのは慣れもあるがそれ以上に才能の域だからね。耐えられる衝撃の大きさは個人差が大きいし、どんな人間であっても耐えられんものは耐えられんのだ。

アリューシアが食らった一撃にしても、幸いなことに内臓や骨にまで達したものではなかった。

故に時間さえ経てば普段通りの彼女の姿を見られたのだが、やはり被弾した事実自体がアリューシアの自信を多少なりとも傷付けたのだろう。あの場から撤収して宮殿に向かうまで、彼女の表情はどこか晴れないものが続いていた。

あるいはやはり、長年愛用してきたロングソードが損傷してしまったことが、僅かにでも彼女の精彩を欠いたのかもしれない。俺にはその責任の一端どころか主翼があるので、その辺りの埋め合わせというか、そういうものはしっかりしていきたいなと思う次第である。

「重ねて言うが、ご苦労であった。今日明日は身体を休めてくれ。宿が必要であればこちらで手配する」

「お、そんじゃお願いしようかね。俺たち全員分とまでは言わねえが、俺とプリム、あとクリウの分は頼みてえ」

「分かった、その通りにしよう」

グレン王子の申し出にすかさず飛び付いたハノイ。ヴェルデアピス傭兵団の全員分を要求しないだけ弁えたとも言えるが、それでも王族の提案にノータイムで飛び付く度胸は流石である。

仮に俺が同じ立場であったら、ここまでの要求は恐らく出来ない。肝の太さという点では、ある意味で見習うところがあるのかもしれないね。

しかし、ハノイたち傭兵団の態度は最初から最後まで一貫しているな。遜《へりくだ》ったり相手を立てたりという場面は本当に皆無だ。

いくら今回の事件の功労者とはいえ、こんな態度を続ければ褒奨の取り消しどころか打ち首まで有り得そうなところだが、彼らにはそういった権力に対する怖れがまったく感じられなかった。きっと指名手配されても返り討ちにするくらいの自信があるのだろう。

あるいは、今回の雇い主がグレン王子ではないことも関係しているのかもしれない。

俺も傭兵という人種のすべてを知っているわけではないけれど、何にせよ彼らの生き様とでも言えばいいのか、そういうものが良くも悪くも発揮された一日だったように思う。

「では、我々は受けた報告から今後の方針を固めるとしよう。以上で解散とする」

「はっ」

報告自体は恙《つつが》なく終え、グレン王子から解散を命じられる。護衛として立っていた教会騎士を先導として、宮殿の謁見の間から退場する運びとなった。

この場に同席した教会騎士たちにしても、ハノイの横暴な態度によく口を挟まなかったものだなと感心する。あるいは事前に王子側からそういう言い含めがあったのかもしれないが。

「ふう……皆、お疲れ様」

教会騎士たちにいっそ恭しく送られて、宮殿の正門前。一仕事終えたことに違いはないので、自然と労わるような言葉が口を衝いて出てきた。

スフェンドヤードバニアが被った具体的な損害はまだ分からない。今は事態の収拾に皆が皆躍起になっている最中だから。

しかし聞ける話を聞いた限り、少なくとも俺の見知った顔に大きな被害は出ていない様子であった。

　ヘンブリッツ君やレベリオの騎士たちもしっかり役目を果たしていたようだし、トラキアスやキフォー、アデラートといった道中ご一緒した外交官たちも無事だ。イブロイのおっちゃんもちゃっかり生還している。

　俺個人というごく狭い範囲でのみ語るならば、今回の戦闘は実質的に大勝利と言っても過言ではなかった。

　そんなわけで、とりあえずお疲れ様という言葉が出てしまったわけである。

「……事情はどうあれ、先生の隣に再び立つことが出来て光栄でした」

「いや、こちらこそ助かったよ。ありがとうスレナ」

　その後は各々解散かなと思っていたところ、スレナが姿勢を正して改めて言葉を発していた。

　事情はどうあれ、という部分はきっと突っ込まない方がいいのだろう。それぞれに思惑があるように、スレナにはスレナの、もっと言えば冒険者ギルドには冒険者ギルドの都合というものがある。

　それに言った通り、彼女たち冒険者チームが来てくれなかったら、合成獣の残り一体がどうなっていたか分からない。掛け値なしに彼女たちの助力はありがたいものであった。なので今ここで俺がすべきことは、彼女たちがディルマハカにやってきた真意を問い質すことではなく、感謝の言葉を述べることだ。

「スレナはこの後は？」

「ひとまず一泊して、翌日にはディルマハカを発ちます。ですので先生、またバルトレーンで」

「そうか。帰りの道中も気を付けてね」

「はい。ありがとうございます」

予想はしていたけれど観光気分でのんびり、とはいかないらしい。最高位ランクの冒険者ともなれば、俺なんかよりよほど忙しい毎日を過ごしているのだろう。

「シトラス」

「……何ですか」

去り際、スレナはまだ表情の晴れないアリューシアに声を掛けた。普段から反りが合わない二人。アリューシアはややぶっきらぼうに返したものの、いつものような覇気はやはり感じられない。

「修練が足りんな。だがまあ、五体満足でよかったんじゃないか」

「……ええ、そうですね」

続くスレナの言葉に、アリューシアは一瞬目を瞬《しばたた》かせ、その後いつもの調子で返した。

彼女は彼女で、アリューシアのことを心配はしているのだろうな。仲が良いとは決して言えないにしても、そこには確かな気遣いが感じられた。

何より、モーリス教皇の一撃を食らって地に伏せた彼女に対し、真っ先に反応したのはスレナだ。気に食わないが、認めるところはしっかり認める。それが出来ているからこそ、彼女はブラックランクにまで上り詰められたのだろう。

「そんじゃ俺も一旦あいつらと合流すっかね。じゃあなオッサン、今度は敵同士であることを祈るぜ」

「……もし次の機会があれば、今度こそ叩きのめしてあげるよ」

「はっはっは！　楽しみにしとくぜ」

ハノイも一度傭兵たちのもとへ戻るようだ。クリウという男は見る限りでは無事だったが、魔術師のプリムにはダメージもあるだろう。それに、連れてきた黒衣の傭兵が全員無事である保証なんてどこにもない。それらの確認も、団長である彼の仕事か。

正直に言って、こいつらのことは好きにはなれない。次にまた戦場で相まみえることがあれば、今度こそ完膚なきまでに叩き潰してやろうという意気込みがあるのも事実。

だがアリューシアとはまた違った、人の上に立つ者としての立ち居振る舞いという点では、多少なり参考にするところはある。その意味では、彼との邂逅も僅かばかりの財産にはなりそうであった。

「……ふぅ」

スレナが去り、ハノイが去り。これで今ここに残っているのは俺とアリューシア、そしてロゼの三人となった。

本当はロゼにも色々と聞きたいことはあるんだけれど、アリューシアが残っている手前、下手な言葉は切り出しづらい。

「その……貴女は」

微妙に口を出しそびれていると、アリューシアが先に口端を開く。その矛先は、未だ仮面を被ったままであるロゼに向けられていた。

「……いえ。――マーブルハートという名の女性をご存じで？」

「……」

数瞬、次に紡ぐ言葉を迷ったように見えた彼女は一度かぶりを振って、声を重ね直す。

その問いは半ば確信を持ったような口振りであったがしかし。仮面の女性から返ってきたのは、沈黙とともに否定を示す動作。先ほどのアリューシアとはまた別の意味をもって、その首を横に振った。

「そうですか。いえ、突然変なことを伺って申し訳ありません」

その返答を受けた彼女は、それもまた予想の範疇とでも言うように、何でもないように続けた。

ほぼ間違いなく、アリューシアは純白の乙女がロゼであるかどうかを直接問いたかった。しかし、わざわざ傭兵という肩書を持ち、仮面を被ってまでこの事件にかかわった経緯を、彼女なりに咀《そ》嚼《しゃく》したのだろう。それ以上の追及がなされることはなく、再度この場を沈黙が支配する。

「では先生。私も騎士たちの下へ戻ります。また後日」

「あ、ああ。アリューシアもよく休むようにね」

「はい、心得ております」

完全にすっきりしたとは言えないだろうに、アリューシアはそれら諸々を呑《の》み込んで、仕切り直すような口調で自身もこの場を離れることを告げる。

彼女は彼女でこの後も仕事が多い。騎士たちの取りまとめもしなければならないし、帰国の手続きなどもあるだろう。俺もそれに乗っかる形になるので大変恐縮ではあるんだが。

「先生。少し、歩きませんか」

「……ああ、そうしようか」

そうしてアリューシアが宮殿の前を去り、互いの会話も聞かれないくらいに距離が開いたところ。ロゼが唐突に散策を切り出した。確かにここで立ち呆けるのもなんだかなという感じなので、素直に彼女の提案に頷いておく。

ディルマハカの街並みは、やはり綺麗と言えば綺麗だ。合成獣やモーリス教皇が暴れた傷痕も、この都市の中心部にまでは及んでいない。

しかしながら、普段の活気とは一味も二味も違う独特の慌ただしさというやつが、一つの戦後状態であることを如実に物語る。

それらの空気を感じながら、ロゼと二人。特に目的もないまま彼女に先導を任せ、この都市の象徴とも言える大通りを並んで歩く。

「……ふふ。なんだかバルトレーンの時とは逆になってしまいましたね～」

「……ああ、そうだね」

ロゼがまだ教会騎士団の副団長であった頃。グレン王子たちスフェンドヤードバニア使節団の来訪に合わせて、彼女はバルトレーンへと足を運んでいた。その際にもこうやって、二人で街を歩いたことを思い出す。

あの時も案内という建前はあったにしろ、具体的にどこがどうと説明をしながら歩いたわけではなかった。奇しくも今の状況と同じ。ロゼだって今更ディルマハカの街を案内しようとして提案したわけではないだろう。

「……後悔は、ないのかい」

互いに無言で歩くことしばし。沈黙の帳を上げるように、俺は言葉を発していた。このことを聞いてどうしようという具体的な思考に及ぶこともなく。

「ありません。……と言い切ってしまえば、多少は嘘になるのでしょうね。けれど、これが私の進む道であったと納得はしています」

「……そうか」

教皇派の策謀に踊らされ、グレン王子を危険に晒し。その後は教会騎士団副団長の座を辞して、傭兵としての身分を選択。自身の正体を隠しながら活動し、最終的にはその手でモーリス教皇を殺めた。

この歩みに何一つ後悔がないとは、口が裂けても言えないだろう。我ながら無意味な質問をしてしまったなと、やや自己嫌悪にも陥る。

「君は、これから？」

一度過ぎ去った時間は止まりもしないし巻き戻りもしない。反省も大事だが、それよりも気にすべきことは未来について。即ち、ロゼがこれからどういう身の振り方をするのか、である。

「何も変わりません。この国の行く先を見届けます。ああでも、肩書は変わっちゃいましたけど」

「……そっか」

そう告げたロゼは、表情こそ仮面で隠されてはいたけれど。声色や身振りから察するに、そう悲観しているわけでもなさそうであった。

「……ですが」

「ん？」

一度言葉を切ったロゼは、はにかむように微笑んで、続けた。

「以前にも増して、死ななくなっちゃいました。今までは、大義が成されるのなら私の命なんて……と思っていたんですけれど」

「そうか。それはきっと、良い変化だよ」

確かに今の彼女からは、俺と対峙した時のような退廃っぷりは感じられない。己の命すら容易く天秤にかけ、一度傾けばその結果に何の不満も抱かないような、そんな様子がなくなっていた。

これは言った通り、良い変化なのだろう。人間、死ぬ気で頑張るというのも時には大事だが、ずっと自分の命をベットし続けて正常でいられるほど頑丈ではない。その意味で彼女の精神は、ようやく正常性を取り戻したとも言える。

「この国の先を見届ける。それもあります。けれど、先生から受けた恩をまだ、返せていないですから」

「……不要だ、と言っても、君は返しにくるんだろうねえ」

「はい、勿論」

俺は俺が学び、そして教えた剣の道に則ってロゼと対峙した。そのことを恩に着せたとは考えていない。だから恩返しというものは、本当に不要ではある。

けれど恩義や感情というものは、一方的に受け取り拒否をして丸く収まるものではないのだ。その意味では、俺にもまた死ねない理由が一つ増えたということになる。彼女から恩返しを頂戴するまで、俺は生きていなきゃならない。そうしないと恐らくは、ロゼの精神がまた底に沈んでしまうだろうから。

それは彼女の、一種の贖罪とも言える。結果として、ロゼがこうなるきっかけを作ったのは俺だ。ならば、その責任の一端くらいは担うのが筋というものだろうな。

彼女は事情はどうあれ、これから生きる上でとてつもない大きさの十字架を複数背負うことになった。その負荷は、俺なんかが到底肩代わり出来るものではない。

きっとこれからも、彼女が彼女自身を赦す日は未来永劫訪れないのだろう。それくらい能天気に生きていられるのなら、これからもこの国の先を見届けるなんて大層な言葉は、きっと出てこない。

「……ロゼ」

「はい」

立ち止まり、彼女の名を呼ぶ。

道行く人々は皆慌ただしく動いており、道端で歩みを止めた俺たち二人に視線が乗ることはない。

「君は、君の役目を果たした。……君の過去は変わらない。だけど君の決意が掴み取った現在《いま》は、何物にも代えがたい君自身の持つべき勲章だ。それを俺は、絶対に忘れない」

ロゼが自分を赦せないなら、俺が彼女を赦そう。なんの実権もない、ただ剣を振るのが多少上手いだけのおじさんの赦しでしかないけれど。

それでも、彼女がどんな想いと決意を抱いて今まで動いてきたのかは、俺自身もよく分かっているつもりだ。それを喧伝出来ないことが悔しいとさえ思う。

だから、今この時だけでも。俺は彼女を赦し、称えたい。これは打算だとか気遣いだとか、そういう不純物が一切混じらない、今の俺の純粋な気持ちだった。

「――はい。ありがとうございます」

仮面を着けている彼女の表情は、分からない。けれどその言葉を発した彼女の口は、確かに微笑んでいた。

俺なんかの言葉でよければ、いつ何時でも彼女のために届けよう。それも一つの、師としての役目。少なくとも俺は、そう捉えていた。

「……ところで、先生」

「何かな？」

立ち止まっている俺のもとに、ススッとロゼが寄ってくる。彼女は問いかけの言葉を発しながら、大通りからは丁度陰となる角度で、その仮面を手ずから外した。

「もし私が路頭に迷っちゃったら、その時は拾ってくれますか～？」

ああ、これだ。この顔だ。俺の知るロゼ・マーブルハートという女性の顔は。

この表情を再び目に出来ただけでも、いくらか頑張った甲斐は十分にある。そんな思いが一撫ぜ、俺の心中を駆け抜けていく。

「それとこれとは話が別じゃないかな？」

「ちぇ～」

快晴なれど、寒風やや強し。

そんな寒空の下、確かな温もりを感じる一陣の風が優しく頬を撫ぜる。この風はきっと、気のせいじゃない。

ロゼ・マーブルハートという女性が起こした、慈愛の風。俺にはそう感じられた。

末　片田舎のおっさん、約束する

「いらっしゃいませ、二名様でしょうか」
「はい。出来ればテーブル席で」
「畏まりました」

動く死体の群れや合成獣、そしてモーリス教皇との邂逅。それらの事件がひとまず着地を見て、さりとて国の中枢に居る人たちはてんやわんやしているある日のこと。

俺はアリューシアに誘われて、一軒の飯処を訪れていた。

場所は未だスフェンドヤードバニアの教都、ディルマハカである。流石にあれだけの事件を目の当たりにした俺たちとしても、じゃあ教皇は片付いたので後はさようなら……とは中々言い出しづらい。そもそも後処理やら事情聴取やらがあったせいで、正直この数日間は本当に慌ただしく過ぎていった。

とは言え、俺たちは言ってしまえば他国の人間である。その他国の連中に何から何までおんぶに抱っこは流石によろしくなかろうということになったらしく。諸々の情報を伝え終えた今、ようやく一時の安寧を貪ることを許された、という形であった。

　そしてその休息が訪れたタイミングで、アリューシアからディナーに誘われた。二人きりでちょっとお高そうなところへの出撃である。

「……いいお店だね」

「はい。ラズオーンから仕入れた情報なので間違いはないでしょう」

「なるほどね……」

　当然ながら俺もアリューシアも、ディルマハカの地理には明るくない。スフェンドヤードバニア一番の都市である以上、そう不味いところはないだろうが、ガトガの助言もあれば外れを引くことはあるまい。

　店内の雰囲気は、何というか静謐《せいひつ》な空気が漂っていた。バルトレーンでは普通の酒場も喧《やかま》しいが、ちょっといいランクのお店でも基本は賑やかである。賑やかの質が安酒場とは全然違うというのは置いておくとしても。

　で、ディルマハカのちょっといい店というのは、何というか本当に静か。ささやかな談笑の声こそ聞こえるものの、基本は皆静かにお行儀よくご飯を食べているという印象である。まあこれもこの一軒しか知らないから統計的には何の意味もないけれどね。

　もしかしたら、アリューシアに合わせてガトガがそういう店を選んだのかもしれない。彼女には確かに、賑やかな飯処よりはこういった静かな空気が似合う。そこに異論はない。

　どちらかと言えば問題は、俺がその雰囲気に馴染めるかどうかである。一応それなりのお店ということでいつもの平服ではなくジャケットを着込んできたものの、どうにも浮いている気がしないでもない。

「こちらにお掛けください」

「ありがとうございます」

　二人を出迎えてくれたボーイさんの案内で、席に着く。簡素な敷居でテーブルごとに区分けされており、防音の効果こそ期待出来ないものの視線の類は抑えられる。奇異の目で見られる事態を防げると考えれば十分だろう。

　この辺り、いい加減自己意識と周囲からの評判というものを合わせていかなければならないのだが、これがまた難しい。

　一応剣の腕に関して卑下することは止めたつもりではあるけれど、有名人として見られるのにはやっぱり慣れない。ここは慣れというより個人の気質な気もしないでもないので、半ば諦めている。

「さて、何を頼みましょうか」

「そうだなあ……」

　対面に座ったアリューシアとともにメニューへ視線を泳がせる。

　ちゃんと腹は減っているんだよな。今まで色々なことに巻き込まれてはきたが、なんだかんだで食欲がなくなったという事態には幸いにも出くわしていない。やはり剣士は第一に身体が資本なので、その辺りのメンタルは案外太いんだなと、この年になって新たな自分を発見した気持ちにもなる。

俺は年齢の割にまあまあ食べる方だと自分では思っているけれど、アリューシアとかクルニとかは結構な健啖家だからな。特に前者はその細い身体にどうやって収納されているんだというくらいぱくぱく食べる。

別段お行儀が悪いとかそういうこともなく、淀みない速度で延々と食べ続けるのである。

よく食べる子はそれだけで可愛いのでむしろ微笑ましい光景ではあるんだけどね。ミュイも最近はよく食べるようになってきて何よりである。

「お、この海鮮盛り合わせとか美味しそう」

「いいですね。あちらでは中々食べられませんし」

スフェンドヤードバニアとレベリス王国はそこまで気候も変わらないので、ほとんどのメニューはなんとなく想像の付くものだ。しかし想像は付くが、海の幸というものは特にバルトレーンでは中々手が出ない代物だ。

この国はレベリス王国と比して国土面積が小さい。そして海に面しているから、相対的に海の幸が手に入りやすいのだろう。折角ならバルトレーンで味わいづらい食材を楽しみたいものだ。

ミュイと魚を食ってから、割と海鮮系への興味はそそられている。今回のメニューには魚とは書いていないので、また別の味が楽しめると思うとちょっとテンションが上がってくるね。

「すみません、エール二つと海鮮の盛り合わせを二つ。それとチーズと腸詰の盛り合わせもお願いします」

「畏まりました」

アリューシアがボーイさんを捕まえて注文を告げる。ちゃっかりチーズと腸詰の盛り合わせまでぶっこんでいるところは御愛嬌か。まあなんだかんだで定番は定番で食べたくなるもんな。

「ようやく落ち着いたねえ」

「そうですね。今後のグレン王子殿下、サラキア王女殿下のご心労を考えますと素直には喜べませんが……」

「まあそれもそうか……」

注文を待つ間にも話題になるのは、やはり今般の事件についてである。

俺たちはとりあえず解放されたが、これから真に大変なのは両殿下や現国王、スフェン教の幹部などの上層部だ。国内を取りまとめるのは勿論、レベリス王国への弁明も必要だろう。その辺りの落としどころをどうするかというのは、大変に頭を悩ませる問題であるように思う。

まあでも、レベリス王国としてもスフェンドヤードバニアの内部がきな臭いということくらいは流石に察しているはず。それらを加味してサラキア王女殿下を輿入れさせたのだから、ある程度は融通が利くと思いたいところだ。

「お待たせいたしました」

ちょっとした考え事をしていると、二人の前にまずはエールが到着。ディルマハカに至る旅程の中でも飲みはしたけれど、こうやって少人数でゆっくりという場はあまりなかった。泊まる場所は個室であっても、会食みたいなものは避けて通れなかったからね。

なので、多少なりとも気心知れた相手とだけ飲むエールというのは、実は結構久しぶりでもある。

「乾杯……は難しいね。何に対してすればいいのか」

「そうですね……。それでは、まずは我々の無事を祝して」

「そうしよう。乾杯」

両殿下の婚姻はおめでたいが、それに付随して起きた出来事はまったくおめでたくない。でもお酒が来たからには始めなければならず、とりあえず俺たちの無事を祝してというお題目になった。

実際レベリオ騎士団はじめ、レベリス王国の人間に目立った被害がなかったのは大きい。これで何かが起きていたら余計に外交問題が拗れていたところである。

「……うん、美味しい」

「ええ」

ひとまず考え事を止めて、エールに口をつける。やはりエールには外れがなくて良いな。どこで飲んでも基本的に美味い。これは勿論、俺が酒を好きだということも多分に作用していると思うが、美味いものは美味いんでね。

「……ふぅ」

「相変わらずだねえ」

二口程エールを含んで喉を潤していたところ。アリューシアはこの一瞬でさっとグラスを空けてしまった。相変わらずのすげえ蟒蛇《うわばみ》っぷりだ。駆けつけ一杯どころの騒ぎじゃない。

「すみません、私も飲むのが久々なもので……」

「謝ることはないよ。美味しいものを美味しく味わうのは誰にだって許された幸福さ」

彼女はその飲みっぷりを恥ずかしがっている側面がある。別に誰彼構わず見せているのでなければいいんじゃないかと俺は思うけれどね。騎士団長としての見られ方という点では確かに気を遣うだろうが、今ここには俺しかいないんだから、気を抜いてもよかろうと思うのだ。

「腰が空くと落ち着きませんから、その影響もあるかもしれません」

「うっ……まあでも、気持ちは分かるよ」

その後、俺への反撃のつもりなのか、ちょっと悪戯《いたずら》っぽい表情を浮かべながら言葉を続けるアリューシア。それはもう本当に仰る通りで俺はマジで何も言い返せなかった。

今、彼女は帯剣していない。無論、着ているのが私服だからな面もあるだろう。けれどやはり、満足に振れなくなった剣を腰に提げたままというのは、それはそれで落ち着かないものだ。

一方、腰が空いていれば空いていたでこれも落ち着かないのだから、剣士というのは本当に面倒臭い人種である。俺自身剣士だけど、やっぱりそう感じざるを得ない。

「すみません、エールのお代わりを。……先生から賜る新たな剣、楽しみにしていますね」

「……勿論。俺の出し得る全てをもって拵えるつもりだよ」
レベリオ騎士団長、アリューシア・シトラスに相応しい一振り。とんでもない難易度の注文だ。だが、この課題をクリアしてこその師匠だろうと、己に発破を掛ける。そもそも剣を駄目にしていいから振りなさいって言ったのは俺だしね。自身が吐いた言葉の責任は取らねばならない。とりあえず打ち手としてバルデルを頼るのは確定。問題は材質である。バルデルの腕なら普通に頼んでも見事な一品をお出ししてくるとは思うが、それがアリューシアに足る得物かと問われると難しい。

　この辺はバルトレーンに帰ってからじっくりと考えよう。あまり長いこと彼女の腰を空けるわけにはいかないから、そうのんびりもしていられないけれど。

「前の剣はどうするつもりだい？」
「出来る限りの修繕を依頼したのち、自宅で飾ります。思い出の品には違いありませんので」
「そうか」

　十何年も昔に贈ったただのロングソードを、そこまで愛してくれたのは本当に嬉しい。しかも聞く限り柄《つか》と鍔《つば》を残して差し替えたりもせず、マジで渡したまんまの剣身を使っていた様子である。

　凄まじい物持ちの良さに感嘆すると同時、そこまでの思い入れを持たれていたことに、嬉しさを超えて少々の気恥ずかしさも交じる。

「お待たせしました。海鮮の盛り合わせとチーズと腸詰の盛り合わせとなります」

「おお、美味しそうだね」

こっぱずかしさに震えていたところで、メインとなる海鮮と腸詰の登場である。

チーズと腸詰はまあ、バルトレーンの酒場でもよく見かける安定の品なんだが、海鮮の方はなんだか凄い。見たことない具材が沢山ある。きっと何も知らずにこの料理を見たら、これ本当に食べ物ですか？　と思わず問い質したくなるくらいには、普段触れている食材とは少々趣が異なっていた。

「では、いただきます」

「うん、いただこう」

エールで口内をスッキリさせて、いざ実食。まずは正体不明の白いぷりぷりしたやつからいってみよう。

「うん……うん、噛み応えがあるね。優しい味で、美味しい」

「イカでしょうか。何度か口にしたことはありますが……美味しいですね」

俺に合わせて同じやつを突《つつ》くアリューシア。別にそこまで合わせなくてもいいと思うんだが、食材の解説が聞けるのはちょっとありがたい。

この白いやつの正体はイカか。噛めば噛むほど味が染み出てくる憎いやつだ。真っ白い見た目とは裏腹に旨味が凝縮されていて、もっきゅもっきゅといくらでも噛み続けられそうな感触と味であった。

イカ自体は干物になったやつを齧ったことはあるが、あれとは比べ物にならない旨味である。やはり飯とエールは新鮮なものに限るね。

「これは……貝かな」

「ですね。大きい……」

続いて堅牢な殻を持つ魚介類、貝をいただく。中々のサイズを持つそれは、貝殻に比例して身も大きい。

フォークとナイフでぷちぷちと身を剝がしてぱくり。うむ、こっちはイカよりも分かりやすい味だな。

どれも肉のようにガツンとくるタイプではなく、じんわりと味が染み出していく感じがする。おじさんの胃にはありがたい優しさであった。

そしてまた、こういうほんのりした味とエールの相性がまた良いんだ。

普段バルトレーンではあまりお目に掛かれない、そしてお目に掛かれたとしてもほどほど以上に値が張る魚介類を口いっぱいに頬張れるのは、中々に貴重な体験と言えよう。

「アクセントが欲しい時は……やっぱりこれだね」

「違いありません」

そして爽やかな味が続いて少しばかり口が寂しくなった時には、合わせて頼んでおいた腸詰とチーズでパンチを加える。

　腸詰はいい。どこで食べても基本的に美味い。ありとあらゆる飯処で鉄板として出されるのも納得の味であった。

「ふう……あ、すみませんエールお代わりで」

「私もお願いします」

「畏まりました」

　海鮮と腸詰を味わったところで一杯目のエールが底を突く。そのタイミングでアリューシアは三杯目に突入しようとしていた。凄いね、俺が二十歳若返ったとしても真似出来ない芸当だ。

「……先生」

「ん？　どうかした？」

　一通り味わって腹と気持ちが落ち着いた頃合いで、彼女はやや改まって話を切り出した。

「今回の遠征、お付き合いいただき本当にありがとうございます。先生が居なければ、万が一も有り得たやもしれません」

「感謝することはないさ。俺の剣が役に立つならいくらでも振る……その言葉を、俺なりに実行しようとしただけだよ」

　言った通り、今回の遠征に加わったこと自体は別段感謝されることではないと思っている。

　立場上出てこいと言われてもそれは納得の範疇であるし、結果として俺の剣でいくらか事態を良い方向に運べたとは思うので、俺は俺の役目を最低限は果たせたと見ていいだろう。

些《いささ》か後味の悪い結末にはなってしまったものの、それはもう不可避の事態だったとして割り切るしかない。王室に連なる皆様に大事がなかった。その成果をもぎ取れただけでも個人的には十分だ。

「それでも……それでも。貴方とこうして並び立てたこと、私個人として光栄に思います」

「そうか……ありがとう。なんだかむず痒いね」

思えば、彼女と肩を並べて何かを成したことは意外と少ないことに気付く。

王族暗殺未遂事件の際も俺はロゼの対応で実質的に別行動だった。強いて言えばハノイたちヴェルデアピス傭兵団に襲われた時だが、あれを何かを成し遂げたとカウントしていいものかは悩みどころ。

「ですので」

「うん？」

アリューシアの真っ向からの感謝にやや照れ臭さを感じていると、更に彼女は続けた。

「今後も先生の隣に並び立つためにも……是非とも、是非とも！　最高の剣を、二人で選んでいきたいです」

「……うん、そうだね。最高の一振りを一緒に考えようか」

「――はい。ありがとうございます」

彼女の剣を、彼女とともに選ぶ。剣に携わるものとして考えれば中々の名誉だ。国王陛下からお褒めの言葉を頂戴した時もそりゃ嬉しいと言えば嬉しかったが、やっぱり俺にそういう資質はないらしい。

こうして大切な元弟子の歩みを支えていく方が、何倍も嬉しいし糧になるから。

とは言え、難題であることには変わりない。〝神速〟アリューシア・シトラスに見合う剣。それを見出すのか作るのか、具体的な手法は一旦置いておくとしても、実に挑戦し甲斐のある課題である。

願わくは、無事アリューシアが最高の一振りを得て。彼女のこれからの剣生が、一層華々しくなる未来を祈りたいものだ。

「ふ、ふふ……先生とともに私の剣を選ぶ……これは紛うことなきデー――」

「ん？」

「いえ何でもありません」

「そ、そう」

ころころと表情を変えるアリューシアは、凛々しくも可愛く、また愛おしい。なんだかんだで大切な弟子たちという括りの中でも、彼女は少し特別なのかもしれないな。

彼女の微笑ましい姿を間近で視界に収めながら。忙しくも充実した日々を今年も送れますようにと、人知れず願った。

あとがき

皆様お久しぶりです、佐賀崎《さがざき》しげるです。

この度は『片田舎のおっさん、剣聖になる 7』をお手に取っていただき、ありがとうございます。あれやこれやと続けまして七巻目です。毎度のことですが、こうやって続刊出来るのも読者の皆様のおかげです。誠にありがとうございます。

今回の執筆も相も変わらず苦労いたしました。単純に筆が進まなかった時期というのもあるにはあったんですが、今回に関しては色々と事情が折り重なった結果、皆様にお待ちいただく形となってしまいました。

まず七月に流行り病に罹ってしまいまして。これで二週間くらい消し飛びました。

ついでに体調が良くなった後も、軽度の味覚障害が一か月ほど続き、メシを食う喜びが感じられないのは想像以上のストレスがかかるんだなと自分の身で感じる破目になりました。正直二度と罹りたくないです。これは恐らく、すべての罹患者が共通して感じる事柄だと思います。本当に辛かった。

そして大体その時期と前後して、今まであまり良くなかった腰がいよいよ限界を迎えてしまいました。普通に椅子に座るのもキツくて、ストレッチをしたり普段シャワーで済ませるところを湯船に浸かったりしましたが改善せず。こらヤバいということで、接骨院に通い始めました。

その甲斐あってか、このあとがきを執筆している今は大分マシにはなりました。ですが今でも痛みがひどい時はコルセットを使用し、接骨院にも週三で通っています。この本が世に出回るのは年明け頃だと思いますが、その時には今よりももうちょっとマシになっていることを願うばかりです。皆さんも腰は大事にしましょうね。


さて。七巻本編を執筆している時期は夏から秋だったんですが、舞台の季節は冬に突入しました。刊行される時季と作中の時季が同じなのはちょっと珍しい気がしています。もしかしたら感情移入もしやすくなるのかもしれません。

本編の内容については、当初予定していた一つの大きな物語をどうにか書き切った、というのが今の感想です。

結末としても最初から考えていたものと大きくズレてはいませんし、私としては珍しく、比較的当初のプロット通りに進んだなという印象です。その内容の多寡は大きく変わりましたが。

今回はなんと十八万字以上あります。私は書いている時に文字数はあまり意識せず、このボリュームなら大体このくらいの文字数だろうという感じでどんぶり勘定しているのですが、今回はめちゃくちゃ外しました。どんぶりのサイズを派手に間違えたみたいです。

その分しっかり密度のある話を書けたような気はしています。とは言っても、その評価を下すのは私ではなく最終的には読者の皆様ですので、お眼鏡に適っていることを祈るばかりです。

また、秋田書店版のコミカライズが非常に順調で、コミックス累計三百五十万部を突破したそうです。もはや意味の分からない数字になっています。作画を担当されている漫画家の乍藤《さとう》先生には本当に感謝を伝える以上のことが出来ず大変恐縮なんですが、改めてこの場でも感謝申し上げるとともに、原作小説、およびコミック版をご購入いただいている読者の方々にも改めて感謝申し上げます。

ちなみにコミックスの最新五巻が、本作七巻と同月に発売予定となっています。発売スケジュール的にはこの小説が先に出て、同月の末にコミックスが出る形です。こちらも是非楽しみにしていただけると嬉しいです。

乍藤先生とは作品の解釈や展開等、色々と話し合って伝え合って進めています。小説との違いが大きい部分もありますが、基本的にベリルの一人称では伝えられない部分の解釈をあれやこれやと話している感じです。その新約とも言えるコミックス版が好調なのは私も嬉しい限りです。これからも小説、コミックスともにお付き合いいただけますと幸甚です。

ストーリーの一つが着地しましたが、まだ書きたいこと、書かなければいけないことはじゃぶじゃぶありますので、それらを上手く皆様のもとへお届け出来るよう、これからも頑張って執筆して参ります。

それでは、また。

SQEXノベル

片田舎のおっさん、剣聖になる　7

～ただの田舎の剣術師範だったのに、大成した弟子たちが俺を放ってくれない件～

著者
佐賀崎しげる

イラストレーター
鍋島テツヒロ

2024年1月6日　初版発行

発行人
松浦克義

発行所
株式会社スクウェア・エニックス
〒160－8430
東京都新宿区新宿6－27－30　新宿イーストサイドスクエア
（お問い合わせ）スクウェア・エニックス　サポートセンター
https://sqex.to/PUB

印刷所
図書印刷株式会社

担当編集
鈴木優作

装幀
石田隆（ムシカゴグラフィクス）

ISBN978-4-7575-8997-1　C0093　　Printed in Japan